本书由人文在线出版基金资助出版

魏琛琳◎著

雅俗之间

——李渔的矛盾性及其审美独特性

九州出版社

JIUZHOUPRESS

图书在版编目（CIP）数据

雅俗之间：李渔的矛盾性及其审美独特性 / 魏琛琳
著. --北京：九州出版社，2018.11
ISBN 978-7-5108-7639-4

Ⅰ.①雅… Ⅱ.①魏… Ⅲ.①李渔（1611–约1679）
—文学研究 Ⅳ.①I206.2

中国版本图书馆CIP数据核字（2018）第281183号

雅俗之间——李渔的矛盾性及其审美独特性

作　　者	魏琛琳　著
出版发行	九州出版社
地　　址	北京市西城区阜外大街甲 35 号 (100037)
发行电话	（010）68992190/3/5/6
网　　址	www.jiuzhoupress.com
电子信箱	jiuzhou@jiuzhoupress.com
印　　刷	北京市金星印务有限公司
开　　本	710 毫米 ×1000 毫米　16 开
印　　张	15.5
字　　数	183 千字
版　　次	2019 年 4 月第 1 版
印　　次	2019 年 4 月第 1 次印刷
书　　号	ISBN 978-7-5108-7639-4
定　　价	62.00元

序

  魏琛琳博士的大著《李渔的矛盾性及其审美独特性》即将付梓，她嘱我给她写一篇序，我对李渔没有专门研究，且自认为资历太浅，还远不到可以给人的书作序的时候，本想婉拒，但还是答应下来了。

  2016 年暑假，琛琳博士随香港大学中文学院的暑期班来北大中文系，参加过一个为期一个月的学术讨论班，但在这期间我们接触不多，我对她只有一些模糊的印象。今年 5 月上旬，琛琳在港大的导师余文章教授邀我参加她的博士论文评审和远程答辩会。她的这篇论文给我留下了深刻的印象，尤其是她文笔之清通，辨析之审慎，剖判之独到，令人眼为之顿青，我在港大发来的论文评审表上，毫不犹豫地勾选了 "excellent" 这一项。后来在答辩会上，答辩主席公布了另外几位评审专家的意见，我才发现来自不同领域的五位专家的看法都完全一致。这充分说明了她这篇论文确实相当出色。这也是我答应她来写这篇序的主要原因了。

  琛琳的这篇论文选择了由明入清的著名作家李渔作为她的研究对象。自清代以来，李渔就是一位饱受争议的人物——他是成就斐然的小说家、戏曲家、文学批评家、生活艺术家，他传世的著作被今人整理成《李渔全集》，竟然达到皇皇二十巨册！李渔也是一位成功的戏班老板、导演和书铺经营者，但同时他还是一位游走于权贵之门的"帮闲文人"与"山人清客"，尤以后面这一层身份备受同时人与后代人非议。进入现代以来，学术界对李渔的评价也一直毁誉参半，在不同的历史时期，对他的评价表现出很大的差异。那么为什么会出现这么一种奇怪的现象呢？琛琳的论文就致力于从一个特定的角度来回答这一问题。

这本专著的篇幅不算大，但选题相当精彩，问题意识也十分突出，她试图从整体上对李渔和其同时代其他文人的生活方式和艺术创作进行对比分析，从而解释李渔在人格与创作两个方面所表现出来的复杂性，并进一步对其所处时代及其特征加以更准确的理解和判断。

她从李渔对"雅"的态度、作文和为人的独特性以及饮食书写这三个方面来展开论述，全面结合李渔存世的全部作品文本来解读其复杂性与独特性。

对"雅"的态度方面，作者没有泛泛而论，而是从晚明文人对"雅"的四大要素"古""合宜""素""清"的讨论入手来加以分析，指出李渔跟当时其他风雅文人相比，对待"雅"的主要态度方面颇为相似，但他又跟这些人之间有着明显的不同。比如，他只对"雅"的前三个要素进行过明确认同，而他对这些要素的看法跟同时期大多数风雅文人观念中的概念也并不完全相同，也就是说，看上去他们都是在提倡"雅"，但是"雅"的内涵、适用范围，或是潜在的意义已经发生了改变。而这一变化的最核心的内容乃是李渔对"物"的鉴赏标准已经开始向着世俗化、市民化的方向转变，他对"物"的要求在所谓"雅"之外，也很重视其实用性的目的，重视工巧的技艺作为一个独立的审美对象所具有的审美效应。李渔要表现出自己比大多数风雅文人更高明之处，因此刻意创新求奇。他抱着一种引导性的态度对大众进行劝说，各种主张明显具有普适性，是有预设观众和阅读对象的刻意标榜。虽然打着"脱俗"、"风雅"的旗号，但仍不乏"适俗"之举，言行并不完全一致。

从作文的角度而言，作者指出，李渔的主要精力并没有放在长久以来传统文人最为重视的文体如诗、词、文的创作方面，而是以诗词文创作为辅，以小说戏曲为主，并使用白话文进行写作，这是他与同时期传统知识分子的区别。他的话本小说创作虽然对于以往的话本小说形式有所继承，但更多的还是创新，出于迎合市场需求和大众喜好的考虑，他的作品普遍通俗化，颇多贴近日常生活的人情故事，不仅创作目的、写作风格和内容选取等方面都与传统文人不同，而且与他自己在《闲情偶寄》中提出的创作理论也颇多自相矛盾之处——诸如此类的问题都可以看出李渔的言行不一。作者对这一问题的论述可以说是这篇论文中最精彩的部分之一。

论文又从四个方面论述李渔的人生道路选择与同时期文人的差别：就谋生方式而言，他放弃了传统文人普遍选择的科举入仕之途，走上了亦文亦商的人生道路，但他从未疏离或排斥过主流政治。从政治立场而言，他既有对保有遗民气节之人的称赞，也不乏对变节降清之友的宽容和理解。从个人心态的角度而言，他既安于现状、自我满足，常有自我称赞和自我标举之语，但又从未摆脱仕途未就的苦闷、未能实现更大抱负的失落和不得不安于现状的不甘。从自我评价的角度而言，他既标榜自己为"风雅功臣"，认为自己能够借戏场来"维节义"、"为大众慈航"，令"当世耳目为我一新"，但另一方面又说自己"于世无损益"，与正人君子们相比，"形容自愧"、"面目堪憎"、"有目羞瞠。"看似既自豪，又谦虚，实则对自己的选择充满犹豫，内心纠结，自我矛盾。此外，从饮食书写的角度而言，他也同样表现出类似的自我矛盾之处。

总之，如果结合李渔的性格、作品、人生道路选择及处世方式，并将这些方面与其同时期文人加以对比便可以发现，李渔的文化人格、人生志趣、审美心态、艺术思想、政治态度等都具有明显的独特性，而所有的这些独特性都有一个共同的指向——矛盾。而这种矛盾，既包括李渔和当时持同类观点的风雅文人或传统文人的矛盾，更包括李渔自己言行之间的自相矛盾。

作者进一步指出，李渔的矛盾，其实是那个时代每一位经历了鼎革和动荡的士人共同的矛盾。"齐家、治国、平天下"，"先天下之忧而忧，后天下之乐而乐"，这些崇高的观念是传统社会对于儒家知识分子的要求与期许，但社会的巨变、残酷的现实让这种儒家理想的实现变得极为艰难。李渔早年应该也有过这样的思想抱负，但特殊的历史环境、鲜明的个性特点与个人的特殊境遇让李渔不得不做出了最具实用性的选择。于是，他的人生道路便逐渐脱离了社会对儒家知识分子的期待，这种"脱离"表现在李渔这一个体的身上，就是无处不在的矛盾——正是这些矛盾，让他与传统精英文人拉开了距离，同时也正是这些矛盾，让李渔没有彻底沦为唯利是图或恶俗不堪的狡猾商人，而是成为一个亦正亦邪、亦文亦商、亦雅亦俗、亦理智亦随性的"风雅文人"。与其说李渔整个人都是被矛盾充斥的，倒不如说他代表着这一时期知识分子的无奈与反抗，也体现着作为特殊时期历史见证者和应对者的自觉追求。

从以上内容，我们可以看出本论文的逻辑结构，那就是：李渔的审美取向与创作形态中所具有的矛盾性与复杂性，来源于他个体的人生选择与心理状态方面的矛盾性与复杂性，而后两个方面的矛盾性与复杂性又植根于他所处时代的特殊环境与其个人的具体境遇。这样一个研究思路看起来跟过去一度盛行的作家心态研究颇为相似，但作者运用丰富的文献资料，进行了细致深入的分析论证，更重要的是她把李渔置入跟同时代文人的广泛对比之中来展开她的论述，这就使她对李渔的理解获得了一种真正的深度感与立体感，也获得了一种真正意义上的"了解之同情"，从而跟以往对李渔比较简单粗暴的评价拉开了距离。

对于李渔这样的重要作家而言，已有的研究积累已经比较丰厚，要在此基础上有所拓展，有所创获，很不容易。在一段时期内，出于填补所谓研究空白的多少带些功利性的考虑，导致很多研究者都避重就轻，把目光投向那些三流、四流甚至完全没有什么价值可言的研究对象，而回避对重要作家与经典作品的研究，对这种研究取向，笔者很不以为然。不久前的 10 月 31 日，笔者在《文学遗产》编辑部组织的一次中青年学者座谈会上做了一个发言，本来以为只是老生常谈，没想到在微信圈里转发之后，竟然很意外地获得了同行朋友们的众多共鸣，这里我想引用其中的一段：

　　古代文学研究作为人文学科研究的重镇，它的目的首先是：整理这一学科的全部文献，梳理文学发展的历史，探索其发展演变的规律，总结经验和教训，积极参与当代的文化建设，这自然是题中应有之义。但古代文学研究还应该更重视另一个功能，那就是要通过我们的研究给个体的人生带来智慧的启迪，审美的愉悦，情感的熏陶，精神境界的提升，提供创造幸福人生的精神动力。基于这样的认识，我们未来的古代文学研究或许就应该朝着如下的方向努力：1. 大力提倡回归经典文本、经典作家，重视经典文本对研究者本人以及普通民众的涵养和提升作用，而不能抱着过于功利主义的态度来对待经典文本的研究，因为在目前的评价体制下，抱着功利主义态度来从事研究，必然导致对经典的疏离与忽视；2. 提倡在文献整理、基本史实研究的基础上上升到艺术与审美的研究，理论的研究，以及对文学中所反映的人生的重大问题、根本问题的研究；3. 重新理解古代文学研究的创造性，我认为我们应该把新文献的发现、新史实的确定视为发现性研究，而把在发现性研究的基础上对古代文学提出实事求是的新的理解、新的判断与新的理论阐释，尤其是对人的精神情感活动与艺术审美活动的特征及其规律提出新的认识的研究，视为创造性研究。

之所以引用这段文字，是因为我认为琛琳的著作正符合我所期待的这样两个标准：一是对重要作家的研究，二是创造性研究。多年前，我曾跟随葛晓音先生去北大燕南园拜访林庚先生，林先生说过一句令我一直难忘的话，他说他们那个时代的研究重视创造性，而现在的研究重视资料性。多少年来，我一直在思考这句话的意义，究竟什么是林庚先生所说的创造性研究呢？林先生自己最富有创造性的发明是提出了"盛唐气象"这一重要的理论范畴，对后来的唐诗研究发生了深远的影响。而他赖以提出这一理论的基本资料也就是一些常见的唐诗名篇，是所有研究者都看过、甚至都能背诵的作品，那么为什么只有林先生提出了"盛唐气象"而别人都没能提出来呢？

我在这里提及这段往事，当然不是说琛琳的研究已经达到了林庚先生所要求的高度，而是要说她确实也是在大家都能看到的常规资料范围内，独具慧眼地解读了李渔这位重要作家的复杂性，并对这种复杂性的成因做出了颇具说服力的解释，这为我们更深入、更全面、也更公正地理解李渔和他的全部创作提供了一个重要的角度。而这，也正是她这部著作最重要的学术意义吧。

李鹏飞

2018 年 12 月 6 日于北大人文学苑

目录 CONTENTS

一、绪论

　　本论文的研究对象为明末（1368-1644）清初（1644-1912）的文学家、戏剧理论家、文艺评论家、美学思想家李渔（1611-1680）。李渔，江苏如皋人，祖籍浙江兰溪。初名仙侣，后改名渔，字谪凡，号笠翁。他不仅自幼聪颖，少时便获赠猛虎还乡，而且一生著述丰富，《无声戏》《十二楼》《闲情偶寄》《笠翁十种曲》《笠翁对韵》等都受到当时市民的追捧，引发了一波又一波的阅读风潮。不仅如此，他还批阅《三国志》，改定《金瓶梅》，倡编《芥子园画谱》，在文学、艺术和审美上都取得了显著的成果。

　　李渔出身商人家庭，"髫岁即著神颖之称，于诗赋古文词罔不优赡"，应童子试"独以五经见拔"，受知于主试。于是年少的他试图走"学而优则仕"的道路，期盼获得科举功名。但在之后的考试中，李渔屡次落第。科举的失意、易代之际的战乱、家境的衰落等逐渐消解着他的入仕之心，他徒劳地感叹"才亦犹人命不遭"，决定"归园学圃"，做一个耕耘钓月、绝意浮名的"识字农"。于是他改名易字，决心归隐，自谓"此身不作王摩诘，身后还须葬辋川"。可是后来，生活的贫困、生计的压力、籍籍无名的失落以及个人的生活旨趣，使得李渔不能像好友杜濬（1611-1687）等人一样做一个甘于清贫的明朝"遗民"，而是中断了自己的隐居生活，"又从今日始，追逐少年场……易衣游舞榭，借马系垂杨"，过上了砚田笔耕、托钵糊口的生活。投身于文学创作的李渔取得了颇为显著的成就，其作品不仅受到市民阶层的追捧和喜爱，还赢得了当权者的认同和接纳——从这个角度而言，他可以称得上是中国最早的畅销书作家。在写出了社会大众喜闻乐见的爱情小说和市井传奇之后，李渔乘胜追击，走上了"写而优则商"的道路。他创办芥子园书铺，出版和排印自己的文学作品，向达官贵人约稿，组稿、篆修、刊刻图书、发行画谱；他还在芥子园书铺印售书签、信笺等文化用品，发展文化周边产业。此外，他还勉力经营家庭戏班，组织姬妾练习、排演剧目，到达官贵人府上演出，从而"混迹公卿大夫间，日食五候之鲭，夜宴三公之府"。就这样，李渔凭借着自己的才华和能力，在"文人"和"商人"这两种社会身份之间游走，身兼数职却游刃有余。

李渔的复杂性既源自于他本人出身和成长的家庭生活环境，同时更离不开明清易代之际巨大的历史变革。与这种身份复杂性并存的，是李渔与同时期传统文人的差异性、其思想和行为上的矛盾性、及其个人心态的独特性。因此，本书将对李渔进行个案分析。这一分析不仅有助于我们更好地认识李渔，同时也可以让我们更清晰地看到当时的知识分子在面临社会变革时做出的尝试和探索，从而帮助我们更好地了解当时的时代和社会。具体来说，本书的研究将从以下几个方面展开：

首先，从后世认可的角度而言，李渔被称为"中国戏剧理论的始祖""世界戏剧大师""生活美学的集大成者"；此外他还是一个事必躬亲的出版者、成功的文化商人，等等。多种不同的身份在李渔身上交叠，使他成为一个很有厚度的历史形象。那么，这些身份共存在李渔的身上，会让他具有怎样与众不同的特点？在他人生的漫漫长路上，又是哪种身份对他的影响最大，从根本上制约着李渔的形象？

其次，从身份认定和阶层划分的角度而言，李渔的文化水平使他能够被归类为士大夫知识分子，这一身份可以使他在社会上享有一定的声誉和名望；但李渔的经济水平使他仅能够隶属于普通的市民群体，可以被认为是明末清初为生计而奔波劳碌的市民阶层的代表，因而在商品经济飞速发展、城市日趋繁荣的明清易代之际的社会生活中不占有任何优势。这种文化地位和经济地位的不对等，甚至是截然相反的情况，会对李渔产生什么样的影响？以怎样的方式展现出来？从另一个角度而言，即使李渔的经济地位较为低下，在日常生活的消费、鉴赏和经营中也不占任何优势，但是其生活美学著作《闲情偶寄》仍然获得了各个阶层读者的喜爱，其中提及的生活方式和各类日常装饰、居所布置等建议更是得到了大众的争相效仿。大众认可他的原因是什么？不仅如此，他的其他作品也造成了万人空巷的局面，盗版、翻刻、伪刻的现象层出不穷。他是凭借什么才从当时众多的作家中脱颖而出的？其特殊性究竟表现在哪里？

再次，如果着重关注李渔的选择，我们可以发现，无论是其人生道路的选择、文学创作方面的选择还是政治立场的选择，都呈现出纠结和摇摆的特点。他一度选择了科举和仕途，并为自己"学为公卿"的人生理想付出了多年的努力；但当其科举不顺时，他便回到家乡开始隐居，并写诗记录自己此时平淡闲适的心绪，强调自己"决意浮名""不干寸禄""擅有生之至乐"的渔樵之志，说自己的隐居生活可谓"享列仙之福"。但没过多久，他便厌倦了隐居生活的平静和寂寞，感叹自己"疏城市交"、担心自己"岂无身后句，难向目前誉"，于是中断隐居生活重新"出山"，投身于戏曲创作，并卖文为生，搬演戏剧、去达官贵人家中"打抽丰",过上了亦文亦商的生活。可就在这种生活方式刚刚稳定下来,并带给他颇为丰厚的回报时,他又开始不停地发出懊恼与愧悔的感叹……似乎无论他选择怎样的人生道路,都会感到无尽的纠结、苦恼、懊悔和矛盾。又如,他选择了一种创作方式,自夸以这种方式写出的作品长处颇多,可以吸引更多的读者、有助于向更多的人进行道德教化,但一旦跟其他人进行比较,李渔便又觉得自己的创作也没好到哪里去,甚至说自己在前贤面前总感到"形容自愧""面目堪增"。他在做出选择和对自己以往的选择进行评价时,总是呈现出一种纠结和摇摆的状态;再如李渔曾明确表达过自己对故朝的眷恋以及对清朝的不满,然而他并没有像范景文(1587–1644)、刘宗周(1578–1645)一样直接参加抗清的政治、军事斗争,或是以流亡隐居或削发为僧保持气节,而是对清廷既回避又迎合,在一定程度上表现得比较纠结和暧昧:一方面不肯折节仕清,并对献身明朝的忠义之士表达赞美;另一方面却又依靠清朝权贵施舍的"抽丰"为生,积极拓展、维系与清朝政府官员的关系,日食五侯之鲭,夜宴三公之府。总之,李渔身上的种种纠结、矛盾和摇摆更加说明了他是一个独特而复杂的存在,是在明末清初文人中褒贬不一、聚讼纷纭,也是让人最难做出恰切评价的重要作家。

也正是因为这样,李渔在对自己的历史作用和意义进行自我定位时,在感受到自我失落的同时进行了格外的自我张扬,这是十分值得研究的。所谓文学是人学,作为人生的镜像,从李渔的作品中我们能够看到他的人生轨迹、个人选择;若对此深入分析,我们甚至可以将其作品看作是在明清易代的巨大社会变革之中,一个经济上不占有任何优势,文化地位也在逐渐丧失的文人,在面对各阶层的社会力量重新分配时所作出的尝试、探索和反抗。从这个角度而言,李渔可以作为一个案例,帮助我们了解当时知识分子心理上普遍存在着的矛盾和纠结,帮助我们更好地理解他们的地位和作用、人生道路和人生选择。与此同时,帮助我们更准确地认识那个时代。

此外,李渔的特殊性要从"差异"处看出:他的写作是对从勾栏瓦舍中发展起来的市民文学传统的发扬,这与一直以来的文人文学传统是很不一样的。从比较的角度来看他与传统的风雅文人、精英文人的区别,才是他的独特性所在。也只有这个基础上,我们才能更好的理解李渔的创新性——在市民文化土壤上生发出的文化市场意识、文化产业意识,乃至维护版权的意识。

前文曾提及,李渔的复杂性还来源于其家庭环境。他出身于医药世家,是家族中同辈人里唯一一名"读书人"。其叔父李如椿是当地小有名气的冠带医生,因为医术精湛,很多人都去找他求医问药。于是其父亲李如松便开办了一所药铺,专门从事药材生意。这样,李如椿便可以把那些找自己看过病的病人们直接推荐到哥哥李如松的药铺去买药。这样,他们一家逐渐形成了看病、抓药、治病行业的产业链,极具经商意识。出生和成长于这样家庭中的李渔,耳濡目染了商人们的思考方式、生活作风和营利手段,这是他在面对社会力量重新分配时,自发形成市场意识和产业意识的缘由。再加上李如椿因为出诊看病的缘故经常出入官宦之家,偶尔还会携李渔同去,使李渔在"乳发未燥"之际便有了"游大人之门"①的经历,他在贵人、官绅面前背诗、与他们对谈、唱和,这些都潜移默化地影响着成年后的李渔

---

① 李渔曾在《与陈学山少宰》一文中谈及自己年少时的生活:"自乳发未燥,即游大人之门,今且老矣,满朝朱紫,半是垂青顾盼之人。"(李渔.李渔全集:第一卷[M].杭州:浙江古籍出版社,1991:165.)

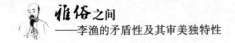

做出自己的人生选择。

本书围绕"差异"和"区别"展开，通过将李渔与同处于明末清初社会环境中的其他文人进行多方位的对比，如他们的思想主张、具体行为、生活方式、创作风格、政治立场等，对其中的差异之处加以观照，探讨其人生选择、个性心态的复杂性和矛盾性，考察其社会角色、文化品格与传统文人相比的特殊之处，以及形成这种特殊性的原因。希望能够呈现出一个更加复杂、多元、甚至是更加矛盾，但同时也是更符合历史真实的李渔形象。

纵观目前的李渔研究情况，学术界在研究的深度和广度上都取得了重要的成果。研究范围涉及了戏曲理论、小说创作、舞台搬演、诗词唱和、文献考证、小说评点，甚至园林、美学、服饰、养生等诸多方面，也产生了大量的理论专著和学术论文。而在考证和研究的同时，除了对李渔的生平考订真伪、探索源流外，还尽量避免了对成见的固守和对历史的曲解，采取较为理性的态度对李渔进行了更加公正和客观的评价，这是目前李渔研究的一大进步，十分令人欣喜。但值得注意的是，近年来李渔研究虽然关注度明显增加，且成果颇丰，但仍然存在着一些问题。主要表现为以下几个方面：

首先，研究的关注点聚焦于李渔及其文学作品本身。但值得注意的是，所谓"一代有一代之文学"，文学的发展离不开当时的历史环境和社会背景。如果关注的焦点仅仅停留在作者或作品本身，忽略了文学作品产生的社会背景、时代风潮等，便很难对相关作家、作品做出准确评价，局限性显而易见。当然，前人研究中亦不乏《明清时代之社会经济巨变与新文化》这样优秀的著作，将李渔放在了明清时期的社会大背景下进行考察，但它的研究对象更多的是在分析李渔本人的周边生活环境、其朋友圈和所处的文化圈，通过镜像透视分析法（mirror-image approach）探讨李渔的文学在多大程度上反映了他的社会和时代，以及特殊的社会条件如何影响了其个性及其文学创作。具体来说，这本书主要是在探讨李渔的周边生活环境及当时的整体社会风尚对他产生的影响，进而讨论李渔在多大程度上带有其所属文化圈的共同特色。易言之，李渔与其时代、环境共性的东西。然而，它对于李渔和那些与其共处在同一个"圈子"中的同时代文人的不同之处缺乏足够的关注，当然也就没能进行专门的考察与深入的分析。虽然目前已有内容为"李渔交游考"一类的文章，但这些研究大多是从某个单一角度出发对李渔进行研究，或是分析李渔与朋友之间的书信往来、诗词唱和，或是分析李渔与"打抽丰"对象之间的相处模式，又或是分析他的朋友们对其作品的评点和解读，以及这些评价背后的深层意涵。但一直少有文章或专著把李渔作为一个复杂、多元的综合体，与同处于明末清初特殊社会环境中的其他士人进行多方位的对比，如思想主张、具体行为、生活方式、创作习惯等，并对其中的差别加以关照。虽有对李渔社会角色定位的系统分析，但尚未言及其社会角色、文化品格与同时期文人相比的特殊之处，以及形成这种特殊性的原因。总之，学术界缺乏对"李渔为人的特殊性"以及"李渔审美的独特性"等话题系统、全面、深入的考察研究。

其次，对于李渔饮食文观的研究十分有限。李渔关于饮食的思考主要体现在其《闲情偶寄》中，但一直以来国内外学者对李渔的关注都主要集中在其小说和戏曲创作上，对《闲情偶寄》研究相对较为薄弱，即使有专文、辟专章探讨，也主要是对其中的戏曲创作、舞台搬演理论进行分析。随着时间的推移，李渔在大众心中的认可度增加，近年来有一些研究者对其中的园林美学亦多少有所涉及，但对其饮食文观的研究，截至目前为止依然十分薄弱，顶多是将其与后代袁枚等人的饮食思想进行比较，研究角度比较单一和表面，很少有人将李渔的饮食书写作为进一步了解李渔个性和为人的信息渠道进行深入探讨。然而，对其饮食文观的分析其实是十分有助于研究者更好地了解李渔的性格、取向、处世方式及其审美独特性的。

再次，对李渔思想中的"矛盾性"关注不够。在前人的研究中，有些学者或多或少提及了这一问题，如韩南（Patrick Hanan）在《创造李渔》一书中提到"他的大众化态度也与含'韵'味的高雅审美形成尖锐对立"。又如中国石油大学杜文平的硕士学位论文《从〈闲情偶寄〉看李渔的自我矛盾性》中提出"李渔清醒地认识到了生存与精神之间的矛盾，却放不下对于自我生命的珍视和对于世俗生活的热爱"这一观点。但是如果将李渔放在一个更广阔的空间进行考察，他的矛盾性还体现在哪些地方？除了处于"雅俗之间"的矛盾、现实生活与精神取向之间的矛盾之外，他的主张和当时社会的主流观念是否有矛盾？其个人观念中又是否有其他自相矛盾的地方？这些问题都缺乏进一步的考察和深入细致的研究。

因此，笔者认为，如果将李渔置于明末清初的时代背景下，将其与同时代其他文人，以及他们采取的生活方式、秉持的思想主张加以比较，会更加明确李渔与他们的相似之处与差异、区别。通过这些，我们可以对李渔的社会角色进行更为准确的定位，进而探究李渔的特殊社会角色对其艺术世界的影响，分析其艺术审美的独特性与代表性。在此基础上，深究其审美独特性的成因，以及其中的时代特色。这一研究可以填补目前学界的研究空白。

是故，本书将从以下几个方面进行探索：

首先，明末清初的许多文人都在自己的著作或与友朋的书信中表达了崇"雅"之情。可以说，对"雅"的追求是晚明社会最显著的特色，但是"雅"的概念在当时是比较宽泛和不固定的。"雅"的内涵是什么？李渔对于"雅"的看法和同时期其他文人是否相同，又有怎样的区别？通过对"雅"概念内涵和外延的分析可以看出李渔在审美方面怎样的独特性？这是本书探讨的第一个层面。

其次，李渔深明文学乃其谋生之道，因此出自其手的作品，无论是小说还是戏曲，都在写作上刻意迎合当时读者的口味，还有一些尤为标新立异（以其美学论述首当其冲），希望证明自己的与众不同，在争取读者认可的同时引领时尚风潮。是故，无论是《十二楼》《无声戏》还是《闲情偶寄》《笠翁一家言诗文集》等都与同时期文人的创作风格、写作内容大相径庭。这种不同之处具体表现在哪里？说明了什么问题？李渔本人是否认识到了这一点？我们又应当如何看待？这是本书关注的第二个层面。

最后，由于李渔个人身份、社会角色的复杂性，使得他的文学创作具有比较多重的面向。从文化属性而言，李渔属于士大夫知识分子阶层；从经济水平而言，他又属于普通的市民群体，这一"士""民"身份的交叠使得他的思想出现了一定的交叉性，显得比较复杂甚至是矛盾，这一点在其人生道路选择、饮食书写、戏曲理论的提出和戏剧的搬演、小说的写作及评点中都体现得十分明显。这些"矛盾"具体体现在哪里？说明了什么问题？和李渔本人的性格特征、生活方式、人生追求等又有怎样的联系？这是本书关注的第三个层面。

总之，本书希望以"差异""矛盾"为关键词和切入点，对李渔进行别开生面的分析和研讨。

二、概述

（一）市民、文人

　　李渔所在的明末清初是一个市民阶层极度活跃的时期，研究李渔对自身身份的认定，我们首先需要厘清市民、文人、士大夫等相关概念。

　　市民通俗来讲是指城市居民，所谓"山民朴、市民玩，处也"。早期的"市民"是作为与"山民"相对的概念出现的。罗筠筠在《华夏审美风尚史》中指出，"市民"的概念主要指近代商业文明背景下成长起来的城市工商阶层。"城市居民的结构复杂，差异很大，其主要组成人员包括商人、手工业者、破落书生、民间艺人和流民。他们有经济上的独立和政治上的自由，既可以如商人那样急功近利、贪得无厌；也可如文人那样附庸风雅、舞文弄墨。"戴健在其《明代后期吴越城市娱乐文化与市民文学》一书中提出："宽泛而言，居住在城市中的人皆为市民……狭义的市民概念指城市中非仕宦居民，如商贾贩夫、退休官员、伶人歌妓、塾师清客、布衣文人、工匠织女、无业流民等，亦即，举凡非仕宦阶层、长期生活于城市者，皆为市民。"

此外，市民的流动性强，涉及的范围比较广泛。

文人相当于我们今天说的"知识分子"，它包含的种类也比较多，本书涉及到的有士大夫文人、精英文人、风雅文人等等。士大夫文人相当于我们通常所说的传统文人，也就是通过自己的才学为自己争取到了政治权利的人。

具体来说，春秋战国时期，孔子（约前551-前479）提出"士志于道"的标准，认为"士"是社会价值的维护者，需要承担"治天下"的历史使命。"行己有耻，使于四方不辱君命，可谓士矣。"（《论语·子路》）"士不可以不弘毅，任重而道远。仁以为己任，不亦重乎？死而后已，不亦远乎？"（《论语·泰伯章》）也就是说，对于国家的责任感是"士"的基本衡量标准。因此后来又有"汉末党锢领袖如李膺（？-169），史言其'高自标持，欲以天下风教是非为己任'，又如陈蕃（？-168）、范滂（137-169）则皆'有澄清天下之志'。北宋承五代之浇漓，范仲淹（989-1502）起而提倡'士当先天下之忧而忧，后天下之乐而乐'，激动了一代读书人的理想和豪情。晚明东林人物的'事事关心'，直到如今还能震动现代中国知识分子的心弦……'士'作为一个承担着文化使命的特殊阶层，自始便在中国史上发挥着'知识分子'的作用。"这些都说明，作为社会的道义担当，士大夫是需要对国家有深切关怀的，这种关怀要超越个人私利，带有深厚的责任感，承担着文化使命。而随着科举制度的产生和盛行，"士"逐渐在文化和政治方面占据核心位置，拥有了更多的社会权利。

本书的"传统文人"是"士大夫文人"的别名，也是指以天下为己任，认为自己有责任为天地立心，为生民立命，为往圣继绝学，为万世开太平的一类人，他们有强烈的正统观念和社会责任感，通常会通过科举建功立业，也会将出仕做官作为人生的第一要务，认为"士之仕也，犹农夫之耕也。"有着较强的话语权利，可以"格君心之非"。如果将传统文人的范围再做缩小，就可以得到本书中"精英文人"的概念，精英文人是要具备较好的家世，或出身于书香门第，家学渊源深厚；或官居要职、背景煊赫、家境优渥。总之是指那些要么出身高贵，要么凭借自己后天的努力获得了特殊的政治身份，在地方、社会上有一定影响力的人。"风雅文人"是指在自己的生活、著作中，多次提倡风雅、甚至是引领了晚明崇雅风尚的一类人。他们向往摆脱凡俗的圣贤境界，追求高雅、脱俗的精神生活。也就是说，风雅文人与传统士大夫文人最大的区别在于，他们的身份和地位在更大的程度上是通过其文化话语权和影响力而非政治话语权和控制力而得到保障的。

（二）晚明社会的新变

随着晚明商品经济的发展、城市的繁荣、思想的极度解放、整个社会力量的重新分配、文化生活、思想艺术、审美风尚等都发生了新的变化。

首先，随着经济的发展，传统的思想观念和各项行为标准都受到很大的冲击。人们对"商"的态度产生变化，崭新的社会时尚形成。对"商"的态度变化体现在"士大夫至讳与贾人交"的传统偏见被打破，甚至有人提出"良贾何负闳儒"的观点。此外，商人还成了文人"润笔"的对象，为商人做墓表、碑铭的现象屡见不鲜 ①，社会上甚至出现了许多"弃儒就贾"的行为，《二刻拍案惊奇》中也说"徽州风俗以商贾为第一等生业，科第反在次着"。罗莤莤曾借用时人服饰穿着的变化说明这一现象："人们渐渐在服制上不再以名分等级为标准，相反却常常以财富地位为标准，乃至'人人皆有志于尊崇富侈，不复知有明禁，群相蹈之'。"商业的繁荣、商人在时人心目中地位的提高、乃至于商品交易在社会经济中所起到的作用，都是十分巨大的。在这样的情况下，不仅士大夫对商人的态度日趋正面（如不再抗拒与商人联姻），而且有一些官场失意的官员和破落文人也转而开始从事商业活动。

此外，人们的观念也不知不觉出现了变化，新的审美风尚形成。社会上不仅出现了崇奢的观念，鉴赏和收藏之风也十分盛行。在明代之前，消费、收藏、鉴赏行为虽然也有，但远没有形成一种风气，更没有人专职于此，而仅仅是文人那样寄情为乐的生活趣味之外化。他们注重藏品背后的文化意蕴，进行自我联想、感受内在心性的沉潜，享受"吾辈自有乐地"的内在满足感。但到了晚明，这种原本只有少数文人热衷的行为逐渐变成富有缙绅和商人们争相效仿的时尚，"竞相加入收藏队伍之人无所不包，既有手握重权、官高财显的当朝重

① 余英时在其《士与中国文化》一书中提到："如果说树碑立传的儒家文化向来是由士大夫阶层所独占的，那么十六世纪以后整个商人阶层也开始争取它了。"明代儒学大师唐顺之（1507-1560）也曾提及："仆居闲偶想起，宇宙间有一二事，人人见惯而绝是可笑者。其屠沽细人，有一碗饭吃，其死后则必有一篇墓志；其达官贵人与中科第人，稍有名目在世间者，其死后必则有一部诗文刻集。如生而饮食，死而棺椁之不可缺。"可见，当时为商人作墓志铭的现象已经到了泛滥的地步，无论是富商大贾，还是普通的小商人，都可以享受到这一服务了。除了文人文集中的大量商人墓志，还有如李维桢（1547-1626）的《大泌山房集》、汪道昆（1525-1593）的《太函集》中，都记载着当时商人的生平。

臣（其中最著名的有张居正、严嵩），也有一些附庸风雅的'中涓人'（即太监，如钱能、高隆、王赐等），更有许多富商巨贾，当然人数最多的还是那些有钱又有文才的'文地主'"。这些人在附庸风雅的同时，借收藏来进行身份的装饰、财富的夸示和名声与利益的追逐。总之，商业发展所带来的商人社会地位的提高和他们进行的种种消费及相关行为，为晚明社会的意识形态带来了很大冲击，随之而来的城市繁荣和市民阶层的壮大，进一步促进了新的消费需求、流行时尚、生活方式、价值观念的产生。

其次，随着晚明经济发展而来的是思想意识的解放、审美范围的广泛化和价值取向的多元化。思想的解放自不必说，社会价值观念的变化和人生追求的异动便是它的直接影响——例如思想家倡导人性复苏、追求个性自由的审美趣味；艺术家在创作中求新、求奇、力求打破传统。此外，思想的解放还使得人们的生活观、价值观、交友观等都发生了很大的变化，除了日常生活追求奢华虚荣，对器皿玩物、奇装异服、精致饮食、叠石造园、名优美妓的需求急剧增加，"无益之靡费"甚多，格外讲究排场之外，还直接导致了"人情以放荡为快"，个人的情感与趣味都得到了极大的重视与张扬。人们开始肯定私欲，追求各种各样不同的生活方式，甚至产生了嗜癖言行。也正是因为个人受到重视，审美范围才变得日益广泛化①，日常生活中各种各样的

---

① 谈及晚明审美范围的广泛化，小品文的兴盛便是一个明证。文人通过即兴创作的各类小品文表达他们的内心世界和个人情感。无论是外出郊游、欣赏美景，还是参禅清赏、焚香品茗，又或是进行艺术创作、物质享乐，甚至是家庭琐事、好友赠答、人情世故都会被书写者诉诸笔端，反映他们当下最为真实和隐秘的心绪。这种文体在此时的兴起和广泛使用足以说明时人们思想的自由和解放，对欲望的正视和肯定、以及审美范围的明显扩大。

"物"进入了时人视野，小至花鸟虫鱼，大至房屋楼宇——这也是为何社会上出现了前文中提及的消费、收藏、鉴赏的新审美风潮。与此同时，人们的价值取向愈发多元，是谓"一城之内，民生其间，风尚顿异"。可以说，社会上形成了复杂多样、内部充满矛盾的意识形态，虽然都在进行同类的事情（如收藏及各种嗜癖言行），但价值标准、评定准则却五花八门。

有学者曾以艺术商业化为例论述思想发展导致审美标准多元化的现象："经济的发展甚至使一些一向自命清高的艺术家争相鬻画生财，以至于出现了艺术商业化的现象，当然这些靠出卖作品赚钱的人与那些在作品中追求自我表现的人的创作动机和价值取向是完全不同的。即使是同一位画家，由于身处当时那种时代背景，也有可能出现自身互相矛盾的现象。明末大画家董其昌（1555-1636）便是一例。我们从他的画论和作品中可以看出，他一方面重视结构的均衡布局，另一方面又要求画家要率意为画；一方面刻意学古……另一方面在他自己的创作中又要求尽力求变……董其昌这种表面上的艺术创作中的混乱，正是与当时思想界各种思潮纷纭而起遥相呼应的。"

再次，晚明时期，社会上出现了艺术审美趣味大融合的情况。随着市民阶层的繁荣壮大，文人审美和市民艺术之间的距离逐渐缩小，出现了互相接纳、互相渗透、互相融合的现象。罗筠筠在《华夏审美风尚史》中曾提到："市民阶层独特的意识形态，他们的人生观、价值观和理想追求，给社会的艺术和审美活动以很大的冲击，在贵族地主阶级的奢侈华丽和士大夫阶层的典雅超逸的审美风尚之外，又出现了一种质朴、俗丽的审美倾向。它对社会的重要影响使前两个阶层的文学艺术和审美风尚开始趋向于世俗化，而其自身则在与社会的文化交流之中不断总结提高，日益走向精致和程式化。"也就是说，虽然市民阶层的日常生活与风雅、闲适、清淡、自得的文人士大夫的生活迥异，但随着城市经济的发达和社会结构的变迁，他们的审美趣味逐渐摆脱了以往的低级化、庸俗化，逐渐向文人审美靠近，呈现出前所未有的景观。与此同时，文人阶层的审美却慢慢向着通俗化、日常化的方向转变，两者呈现出明显的互相渗透、互相融合之趋势。这样，一种前所未有的、崇尚新奇、追求享乐的审美文化风尚诞生了，它既存在于市民阶层中，又逐渐为士大夫阶层所接受。随着社会审美风尚的变化和融合，戏曲、小说等文体从传统的文学形式中凸显出来，它们由文人撰写，但大多取材于市民的日常生活，因而成为这两类社会风尚融合的结果和沟通的桥梁。自然而然，它们成为当时最富生命力、最受不同阶层社会大众普遍喜爱的文学形式。

（三）晚明的审美风尚

上一个部分对晚明社会的新变进行了阐述，包括时人在进行消费时的奢靡态度。值得注意的是，这种追求奢靡的态度并不局限于某个阶层，而是一种当时普遍流行的社会风尚①。

---

① 从谢肇淛（1567-1624）的批判中可看出当时奢靡之风的盛行。"今之富家巨室，穷山之珍，竭水之错，南方之蛎房，北方之熊掌，东海之鳆炙，西域之马奶，真昔人所谓富有小四海者，一筵之费，竭中家之产，不能办也。此以名得意，示豪举则可矣，习以为常，不惟开子孙骄溢之门，亦恐折此生有限之福。"（谢肇淛. 五杂组 [M].上海：上海古籍出版社，2001：217.）

例如朱国桢曾记录张居正"书劄至用肖金大红帖，奢已极矣，闻江陵盛时，馈者用织锦，以大红绒为地，青绒为字，而绣金上下格为蟒龙蟠曲之状，江陵见之嘻笑，不为非也。"不仅如此，根据时人记载，只要家庭条件允许，人们便倾向于行奢侈之举："凡家累千金，垣屋稍治，必欲营治一园。"又如，"嘉靖末年，士大夫家不必言，至于百姓有三间客厅费千金者，金碧辉煌，高耸过倍，往往重檐兽脊，如官衙然，园囿僭拟公侯。下至勾阑之中，亦多画屋矣。"屋内摆设也是"隆万以来，虽奴隶快甲之家，皆用细器。"不仅"人人皆小舆，无一骑马者"就连优伶戏子等也"竟有乘轩赴演者"。再如《通州志》中记载时人奢靡着装："今者里中弟子，谓罗绮不足珍，及求远方吴袖宋锦云缣驼褐，价高而美丽者以为衣，下逮裤袜亦皆纯采。"就连日常生活的赏玩也是如此："吾浙之俗，灯市绮靡，甲于天下，人情习为固然。"不仅如此，还有很多人为当时的奢靡之风进行辩护，如陆楫就曾提出奢易治生的观点，认为"天地生财只有此数"。还明确发表黜俭言论，认为节俭反而是有弊端的，"吾未见奢之足以贫天下也。自一人言之，一人俭则一人或可免于贫；自一家言之，一家俭则一家或可免于贫。致于统论天下之势则不然……予每博观天下之势，大抵其地奢则其民必易为生；其地俭则其民必不易为生者也。何者？势使然也"。还提出"因奢以为治"的观点，认为只有奢侈消费才能刺激商品的生产和流通。就这样，一个以满足人的欲望和需求为核心、提倡奢侈享乐和个性张扬的消费社会就这样形成了，在这个社会中的人们，不仅仅要求消费得更多，同时还期待享受得更好。

这样的社会观念直接导致了浮躁矫饰习气的产生，袁宏道批判曰："士无蓄而藻缋日工，民愈耗而淫巧奇丽之作日甚，薄平淡而乐深……师新异而惊径捷……";谢肇淛《五杂组》中也有"士子习于周旋，文饰俯仰，应对娴熟，至不可耐，而市井小人，百虚一实，舞文狙诈，不事本业。盖视四方之人皆以为椎鲁可笑，而独擅巧胜之名"的说法，可见这种态度已经不仅仅限于士人阶层，连普通市民亦以此为尚。

此前也曾提到，这种衣食无忧而引发的日益奢侈，导致人们热衷于各种形式的消费。"细木家伙，如书椟禅椅之类，余少年曾不一见。民间止用银杏金漆方椟。自莫廷韩与顾、宋两家公子，用细木数件，亦从吴门购之。隆、万以来，虽奴隶快甲之家，皆用细器，而徽之小木匠，争列肆于郡治中，即嫁妆杂器，俱属之矣，纨绔豪奢，又以椐木不足贵，凡床橱几椟，皆用花梨、瘿木、乌木、相思木与黄杨木，极其贵巧，动费万钱，亦俗之一靡也。尤可怪者，如皂快偶得居止，即整一小憩，以木板装铺，庭畜盆鱼杂卉，内列细椟拂尘，号称'书房'，竟不知皂快所读何书也！"在具备了充足消费能力的前提下，人们开始将对物的消费作为自己身份和能力的象征。就这样，被消费的物成为了一种文化心理的载体，它不再仅仅是具备交换价值的商品，更是人们欲求、心理的真实反映——由于"雅俗之分，在于古玩之有无"，故"不惜重值，争而收入"，"乃近世贫贱之家，往往效颦于富贵。见富贵者偶尚绮罗，则耻布帛为贱，必觅绮罗以效之；见富贵者单崇珠翠，则鄙金玉为常，而假珠翠以代之。事事皆然，习以成性，"这样的现象比比皆是。

社会学家凡勃伦将这些看似毫无用处但价格高昂的消费归类为"炫耀性消费"（conspicious consumption），认为这类消费具备的功能并不仅仅是官能性或生理性的享受而已，而是在阻止社会的流动，把之前上升到社会上层的少数地位群体加以制度化。沈德符在《万历野获编》中也曾提及人们对于时玩的消费，说有一种非常脆薄易损的窑"始于一二雅人，赏识摩挲，滥觞于江南好事缙绅，波靡于新安耳食。诸大估曰千曰百，动辄倾囊相酬，真赝不可复辨"。这样一来，作者便通过时人对物的消费，划分了"雅人""好事缙绅""新安耳食"三类。既然消费可以起到身份认定和阶层划分的作用，那么社会精英便开始通过对大众文化的挪用，来实现获得更高身份和名望的目的。他们的做法，就是在晚明时期对"雅"的概念进行更改和偷换，然后将对"雅"物的占有和占有方式作为划分等级的衡量标准。这些标准被他们写在了《长物志》《遵生八笺》《瓶史》等审美鉴赏书籍中。

那么，当人们进行"雅"物的赏鉴和消费时，便必将受到书写者所在的社会阶级和当时社会结构的影响。这一点将在之后的章节进行论述。

（四）雅与俗

"雅"的本义是一种鸟，《说文解字》解释："像形，凡隹之属皆从隹，雅，楚乌也。"这种鸟在秦地称之为雅。章炳麟（1869-1936）进一步解释说："雅"即"鸦"的古代同声，发"乌"音，"乌乌"是秦地特殊的声音。先秦时期，由于秦地为周朝王畿之地，雅声作为秦地之声就成为王畿之声（音乐），后来便成为了周朝时期区别于各种地方语言的标准和规范的语言。后来，"雅"被用于说明一种文体，如《毛诗序》就把"雅"作为一种诗体"诗有六义焉，一曰风，二曰赋，三曰比，四曰兴，五曰雅，六曰颂……"唐代的孔颖达

（574-648）"风、雅、颂者，诗篇之异体"也是把"雅"作为一种诗体，持类似观点的还有许多。此外，"雅"还被用于评价诗文的创作风格、意蕴情性，曹丕（187-226）有"奏议宜雅，书论宜理，铭诔尚实，诗赋欲丽"，刘勰（465-532）在《文心雕龙》中将文章分为八种风格："一曰典雅，二曰远奥……"还多次使用"丽词雅义，符采相胜"、"颂惟典雅，辞必清铄"等词来进行评价。而作为创作主体的人，也被拉入参与"雅"的评判，就像陆游（1125-1210）所说："夫心之所养，发而为言；言之所发，比而成文。人之邪正，至观其文则尽矣、决矣，不可复隐矣"。也就是说通过作品就可以看出创作者的人品、价值观、道德情操、行事准则等等。所以有"高士之文雅"、"大雅君子，言符其德""严庄温雅之人，其诗自然从容而超乎事物之表"，"人高则诗亦高，人俗则诗亦俗"。这样，"雅"与评价一个人的人品、修养直接挂钩。

到了晚明时期，"雅"出现了一些明显的变化。首先，"雅"涉及的范围明显扩大。晚明时期"雅"的出现频率极高，且被用于日常生活的方方面面，涉及物的鉴赏、居室设置、园林营造、服饰搭配、饮食的习惯等。其次，从"雅"本身而言，晚明之前"雅乐""雅文""雅人""雅韵"等表述中，"雅"是作为一个形容词出现来形容、定义其他对象物的，"雅"在其中起到辅助描述的作用。但是到了晚明时期，"雅"不再仅仅用于描述他物，而是成为了一个"被定义的对象"，晚明文献中常有"某物如何为雅，某物如何则为俗"的类似表述，"雅"成了一个被赋予概念内涵的对象出现，并具有了自己独特的意义。再次，崇"雅"的目的和作用发生了变化。作为一个划分的标准，虽然"雅"一直都具有区分的作用，然而它并不是出于主观上刻意标榜的目的，亦没有客观上的带动作用——之前并没有哪个群体提倡"雅"是为了证明自己的优越性①，更没有哪个群体盲目地主动追随，进行趋雅避俗的选择（当然我们不排除一些理智思考下的雅俗并举或者以俗为雅的行为）②。由此可见，"雅"在晚明以前更多的是强调"差异"和"区别"，而非"排斥"或"对立"。但是晚明时期精英文人定义的"雅"作为对"物"的最高评价标准，开始被用于价值判断，具有了"高雅"之意，成为一个与"俗"截然相对的概念。

"俗"这个词在以往的资料中虽然早被提及，但更多的时候代表的是"不正"、"风俗"、"大众"等意思。如"恶郑声之乱雅乐"中的"郑声"作为"乱世之音"、"桑间濮上之音"、"亡国之音"虽然与作为"正声"、"能感动人之善心"的"雅乐"相对，但他们之间的对立代表的仅仅是正统与非正统的矛盾，并没有高下之分或优劣之别；如"世俗所谓不孝者五"，"华周、杞梁之妻善哭其夫而变国俗"，"时移则俗易""甘其食，美其服，安其居，乐其俗"，"吾欲整齐风俗"、"观民之俗，以察己道""此真浇风薄俗者之心也。"等都是风俗的意思；"俗人昭昭，我独若昏。俗人察察，分别别析也。"、"诸愚俗所为也"，这里"俗"被用于表达"众人"、"普通"等意。这种情况至明朝初期仍是如此，"一身不俗是才郎"，"汝休小觑我。我非俗吏，奈未遇其主。""公仪表非俗，何故失身于贼？""岂与俗子共论乎？"其

---

① 即使是明确提出"尚雅卑俗"的孔子，目的也只是在于更好地治理国家，而非证明自己高人一等。

② 比如"雅乐"，虽然作为官方正统的音乐与其他地区的音乐相对，但其他地区的音乐并没有因此就纷纷向"雅乐"靠拢，依然或慷慨激昂，或忧伤悲凉，或哀婉缠绵，表达着庶民大众的真情实感；而文学界也并没有因为雅俗之分，而导致俗文学的灭亡，反倒是出现了"以俗为雅"的创作理念，提倡"不俗不雅"，打通雅俗的关系。

中的"俗"仍是一般、普通、平凡等意;《论语集注·雍也第六》中的"言二国之正俗有美恶,故其变而之道有难易"更多的则是"不正"之意。虽然偶有表示贬义,如"岂得以俗士凡情,空相拘制,何其鄙陋,一至于此。"(《太平广记》)但这种情况并不多见。

直到晚明,俗作为贬义形容词才被广泛使用,如《金瓶梅》中的"雅俗熙熙""和光混俗,惟其利欲是前""粗俗不知文理",《封神演义》中"脱俗网以修真","檀板讴歌,觉俗气逼人耳","无香近亵,不知音近俗,不洁近秽"等,具有明确的贬义色彩。而这一时期文人士大夫的著作更是将"俗"的地位降到了极端,置于"雅"的反面,"高雅绝俗""欲雅反俗""雅俗之别"等显著的对立性并置出现。这种对立不仅让这一时期代表"雅"的文人们与较"俗"的市民大众拉开了明显的距离,更使他们按照自己的审美趣味来进行价值判断并引领鉴赏、收藏和消费的风潮成为可能。

三 从对"雅"的态度看李渔的审美独特性

在晚明的鉴赏文献中,"雅"是一个出现频率很高的字眼,围绕着"雅",又组成了许多词语,如"精雅"、"高雅"、"清雅"、"古雅"、"素雅"等,同时衍生了许多同质性的词语,如"韵"、"趣"、"妙"、"佳"、"古"、"淡"、"精"、"奇"等。而从文献中同样出现率很高的"高雅绝俗"[①]、"雅俗莫辩"[②]、"欲雅反俗"[③]等词语不难看出,"俗"被置于"雅"的对立面上,代表着与"雅"截然相反的内涵[④],

---

[①] "故韵士所居,入门便有一种高雅绝俗之趣。"(文震亨.长物志校注 [M].南京:江苏科学技术出版社,1984:347.)

[②] "今人见闻不广,又习见时世所尚,遂致雅俗莫辨。"(文震亨.长物志校注 [M].南京:江苏科学技术出版社,1984:246.)

[③] 文震亨在《长物志》第八卷衣饰篇帐条中写道:"纸帐与绸裙等帐,最俗。……有以画裙为之,有写山水墨梅于上者,此皆欲雅反俗。"(文震亨.长物志校注 [M].南京:江苏科学技术出版社,1984:333.)

[④] 笔者认为在晚明时期,"俗"被置于"雅"的对立面,表达与"俗"截然相反的含义,这一观点可以从晚明时期的文人作品中看出。如文震亨"室庐"篇中"照壁"一节:"得文木如豆瓣楠之类为之,华而复雅……有以夹纱窗或细格代之者,俱称俗品。"(文震亨.长物志校注 [M].南京:江苏科学技术出版社,1984:26.)沈德符(1673–1769)在其《万历野获编》中论"折扇"时写道:"今吴中(接下页)

"板俗"、"恶俗"、"凡俗"、"俗品"、"悦俗眼"、"不入品"等语汇的出现，是对"俗"的补充性描述。

"雅"和"俗"的这种对立性并置是晚明非常显著的文化模式之一，究其出现的原因，应当源于一种社会区隔的需要。晚明的物质供给相当充足，商业的繁荣发展直接导致了原有社会秩序的瓦解和新的商品社会关系的建立，经济结构和生产方式的改变，带来的是"士农工商"阶级地位排序的变化——随着原来以科举功名为标准的身份认定方法影响力逐渐减退①，士人地位下降且愈加贫穷，处于没落的边

（接上页）折扇，凡紫檀、象牙、乌木者，俱目为作俗制。惟以棕竹、毛竹为之，称怀袖雅物。"（沈德符.万历野获编：下册 [M].北京：中华书局，1959：663.）计成在《园冶》中提及园林铺路时，也把"雅"和"俗"作为对立的概念直接使用："园林砌路，做小乱石砌如榴子者，坚固而雅致，曲折高卑，从山摄壑，唯斯如一。有用鹅子石间花纹砌路，尚且不坚易俗"（计成.园冶注释 [M].北京：中国建筑工业出版社，1988：197.），其中的"坚固而雅致"和"不坚易俗"的并列使用，可见"俗"具有了"雅"的相反意义。

① 虽然明代仍然继续实行科举取士，而且科举取士给明代社会带来了一定的流动性，但是有限的科举名额早已无法应付士人数量的不断增长，文征明曾在《三学上陆冢宰书》中说："承平日久，人材日多，生徒日盛，学校廪增正额之外，所谓附学者不啻数倍。此皆选自有司，非通经能文者不与。虽有一二幸进，然亦鲜矣。略以吾苏一郡八州县言之，大约千有五百人。合三年所贡不及二十，乡试所举不及三十。以千五百人之众，历三年之久，合科贡两途，而所拔才五十人。夫以往时人才鲜少，隘额举之而有余，顾宽其额。祖宗之意诚不欲以此塞进贤之路也。及今人材众多，宽额举之而不足，而又隘焉，几何而不至于沉滞也。故有食廪三十年不得充贡，增附二十年不得升补者"（文征明.甫田集 [M].// 景印文渊阁四库全书：第一二七三册.台北：中国台湾商务印书馆，1983—1986：179.）。韩邦奇（1479—1556）也感叹"岁贡虽二十补廪，五十方得贡出，六十以上方得选官，前程能有几何？"（韩邦奇.苑洛集 [M].// 景印文渊阁四库全书：第一二六九册.台北：中国台湾商务印书馆，1983—1986：653.）。（接下页）

缘；而财富拥有者们却通过发展自己的经济实力，逐渐争取着本群体在文化领域和政治领域的话语权。不仅匠人地位上升，权贵和富商更是常常直接介入，毫不隐晦地表达他们对"文化"的渴求与向往。这

（接上页）可见当时的科举制度已经无力应付激增的人口，中举很难，为官不易。另外，科举影响力的减弱还表现在随着经济上占有优势地位的市民（尤其是商人）做出了一些捐官、贿赂考官的行为，使得科举在选贤任能方面发挥的作用减弱了。《明清社会史论》中曾对社会阶层化和社会流动的问题进行过讨论，使用了有三代履历的明清进士登科录、以及会试、乡试同年齿录等等，用统计方法做了量化的分析。指出随着"富"与"贵"紧密结合，纳捐制度的影响力日趋增强，平民向上流动的机会大减。还提出各种制度化和非制度化的因素，对明清时代社会流动起了重要的作用。例如：由于兴起的满洲带来的压力，及晚明财政亟需经费的情况，使明朝政府在某些如南通这样的地方，在天启元年（1621）与七年（1627）之间公然贩卖生员资格；又如战乱也对时人的身份认定办法产生影响，例如马惟兴出身寇盗，幼贫，不识字，甚至不识父母名字，但还是能官至总兵（相当于旅长，正二品）；还有陈昂、林亮等很多的将领都起自兵卒（何炳棣.明清社会史论［M］.台北：联经出版事业股份有限公司，2013：271.）。此外，科举的影响力逐渐减退也表现在它无法像原来一般继续保持中举者的身份和地位，即使通过参与科举成为官员，政治身份的获得已经无法保证中举者在社会地位和话语权等方面的优越性了。《明代的社会转型与文化变迁》里面提到生员层的"向下流动"，即生员流向社会、处馆、游幕、习医、经商甚至成为讼师，也从侧面说明了科举力量在减弱，所以他们转而去寻求其他的谋生方式（陈宝良.明代社会转型与文化变迁［M］.重庆：重庆大学出版社，2014：10.）。此外，凌濛初也是一个很好的例子，他十八岁补廪膳生，后多次赴科举考试均未中，后来便投身于《初刻拍案惊奇》和《二刻拍案惊奇》等作品的编著中，凭借自己的创作在当时形成很大影响。《明实录》里面也有"言士庶敢于犯上"（明穆宗实录［M］.台北：中国台湾中央研究院历史语言研究所，1962：1329.）"法制罔遵、上下无辩"（明神宗实录［M］.台北：中国台湾中央研究院历史语言研究所，1962：1196.）诸如此类的记载，这些都可以说明当时科举已无法继续保证文人的社会地位了。余英时先生的《士与中国文化》一书中也专辟《士商互动与儒学转向——明清社会史与思想史之一面相》一章对相关现象进行论述，指出明清儒学出现了"新动向"："'弃儒就贾'（接下页）

样一来，文化逐渐变成一种商品，随之而来是奢侈品的大量生产和广泛流通，许多财富和资本的拥有者都通过附庸风雅或炫耀性的消费，来展现自己的身份地位，运用经济实力为自己塑造新的社会形象。在这个过程中，士人阶层原有的特权和地位受到了极大的冲击。

如果按照皮埃尔·布迪厄（Pierre Bourdieu，1930-2002）的说法，文化资源分配的不均衡对社会区隔来说是必要的①，那么，颇具危机感的士人阶层会如何防止文化资源沦落为商品，又该怎样拒绝文化和经济等级体系的融合呢？昆丁·贝尔（Quentin Bell）提出过这样的假设："时尚系统的存在是阶层冲突的副产品，经由这一必要的途径，绅士阶层方能始终保持领先一步于那些意欲取代其文化权利操控者地位的人。"也就是说，当文人的阶级身份无法再继续由政治和

（接上页）为儒学转向社会提供了一条重要渠道，其关键即在于士和商的界限从此变得模糊了。一方面是儒生大批地参加了商人的行列，另一方面则是商人通过财富也可以跑进儒生的阵营"（余英时 . 士与中国文化［M］. 上海：上海人民出版社，2013：531.）。在一些经济发达的地区，"学而优则仕"的观念甚至不再适用，人们把经商看得比应举还重要，《二刻拍案惊奇》就曾记载："徽州风俗以商贾为第一等生产，科第反在次着"（凌濛初 . 二刻拍案惊奇［M］. 海口：海南出版社，1993：523.）。总而言之，晚明经济的发展和社会力量的重新分配，导致科举虽然依然为社会阶层的流动提供着可能，但作为一种划分阶层的界限，它的影响力在逐渐减退，士人和商人、精英和大众之间的界限逐渐模糊。

① 在《区隔：趣味判断的社会批判》（Distinction：A social Critique of the Judgment of Taste）一书中，布尔迪厄将代表社会空间区隔的阶层划分与习性、趣味等联系起来，认为趣味不仅只和形式、风格、样态相关联，还关涉了丰富的社会内容，是阶层的标志。他说："趣味是对分配的实际控制，它使人们有可能感觉或直觉到一个在社会空间中占据某一特定位置的个体可能（或不可能）遭遇什么，因而适合什么。它发挥一种社会取向的作用。"因而，生活习性、趣味与个体的身份感就有了直接的联系，可以起到分割和聚集特定人群、反映阶级差异的作用。

经济条件来有效界定时，他们便回到文化领地，通过"自创一格"的审美标准来缓解身份界限模糊的焦虑。因此，在《长物》一书中，柯律格（Craig Clunas）认为这时是"品味"发生了作用，"品味开始发挥作用，充当着消费行为本质上的合法代表，以及阻止看来锐不可当的市场力量独大的秩序准则"。也就是说，文人士大夫开始通过设定一套特有的审美原则来建构一个与众不同的自我社会形象，也正是依据这套审美原则，他们将自己和单纯的奢侈品拥有者、所谓的"鉴赏家"、"收藏者"之间划清界限。这一审美原则，就是前文提及的"雅"。

（一）晚明"雅"和"俗"的判定标准

"雅"是晚明文人设计批评中"涵摄性最广的价值语汇"。作为一个至关重要的价值尺度，"雅"和与其相对的"俗"在晚明文人的著作中，已经被广泛用于评价鉴赏对象的形式特征或审美品格。明人黄孟威在《雅俗辨》中写道："尝思天下事有万绪，人有万致，总之不越雅俗两端"，"一举动，一语嘿，一食息，一器物，一嗜好，一使令，莫不有雅，莫不有俗。"毛文芳还曾以《长物志》为例，将文人批评家文震亨（1585-1645）做出雅俗判断的叙述模式简化为："'某物''如何'为'雅'，'某物''如何'则为'俗'"。由此可见，这一时期的文人常常用"雅"和"俗"这一组概念对"物"进行区分和界定。不仅如此，他们还多以"雅"和"俗"对不同种类的"物"进行价值判断，以"雅士"自居，主动做出趋雅避俗、尚雅贬俗的选择，俨然"雅"在文化和艺术上的代言人①。他们这么做的目的不仅仅是为了强调自身的主体性，以自己的审美趣味来引领鉴赏、收藏和消费，更是要通过对"雅"的审美趣味的标榜实现文化的划界和阶层的区分，这样一来，了解"雅"的定义和内涵就显得十分必要了。本书根据晚明时期大多数风雅文人的文章著作，归纳出了"雅"的几个主要特点。

1. 以"古"为雅

文震亨在《长物志》中常常将"古"与"雅"相连，如在卷七的"器具"一节有"第工匠稍拙，不甚古雅"；卷六的"几榻"一节中，"古人制几榻，虽长短广狭不齐，置之斋室，必古雅可爱……今人制作，徒取雕绘文饰，以悦俗眼，而古制荡然。"在他看来，"古"与"雅"相连②，而今人的制作之所以落入"俗"套，原因在于"古

---

① 本书暂且将明末清初这一类极力提倡"雅"的文人称为"风雅文人"。这类文人士大夫多在自己的著作中或是自己与他人的唱和或书信中推崇"雅"的生活方式，将"雅"作为审美的最高标准，并通过鼓吹自己生活中的风雅之举将自己所在的群体与"俗众"群体区分开来。其中尤以创作了《遵生八笺》的高濂（约1573—1620）、写出了《长物志》的文震亨以及留下了《闲情偶寄》的李渔等人为代表。值得注意的是，李渔自认为自己比普通的"风雅文人"做得更好，多次评价自己的主张和作法"乃风雅文人不及也"，所以本书在接下来的部分将文震亨、高濂等提倡风雅的文人作为一类，归纳时人对"雅"的共同态度，然后与自认为技高一筹的李渔进行对比，分析他们之间的差异和共同点，从而探讨李渔的审美独特性所在。

② 在其《长物志》中，还有很多处地方将"古"与"雅"相连，如卷一《室庐》在谈及"栏杆"时写道"#字者宜闺阁中，不甚古雅"（文震亨.长物志校注[M].南京：江苏科学技术出版社，1984：25.）；卷十一《蔬果》在谈及盛放（接下页）

制荡然",因而只能"悦俗眼";在"榻"一节中,他写道"有古断纹者,有元螺钿者,其制自然古雅……近有大理石镶者,有退光朱黑漆、中刻竹树、以粉填者,有新螺钿者,大非雅器……照旧式制成,俱可用,一改长大诸式,虽曰美观,俱落俗套"。也就是强调古制即"雅",而近来的加工工艺,无论在技术和工艺上做了怎样高级的改进,即使再美观,也依然是"俗"的;同样是用漆,"书桌"一节中说"书桌中心取阔大……漆者尤俗"。而"方桌"一节中,却说"方桌旧漆者最佳"。由此可见,是否"俗"并不在于是否用漆,而在于古制的有无:用于书桌,因为古制无,是故"尤俗";而当用于方桌时,由于延续了旧制,故"佳"。"方桌"一节中,还写道"方桌旧漆者最佳,须取极方大古朴,列坐可十数人者,以供展玩书画,若近制八仙等式,仅可供宴集,非雅器也"。还是认为"旧"的、"古"的是好的,而近来的制作只是满足了人们宴客这一实用目的,完全满足不了对"雅"的追求;这一点在"台几"节中表现得更为明显:"台几倭人所制,种类大小不一,俱极古雅精丽,有镀金镶四角者,有嵌金银片者,有暗花者,价俱甚贵。近时仿旧式为之,亦有佳者,以置尊彝之属,最古。"虽然文震亨不止一次把近来的式样定义为"俗式",但在此却提出有些"近式"也还不错,是谓"亦有佳者",原因在于它们"仿旧式为之",易言之,"旧式"即"古"这一元素的加入,使得近时的式样"蓬荜生辉",对"古"的推崇和喜爱由

(接上页)蔬菜酒食的器皿时,写道:"又如酒鎗皿合,皆须古雅精洁,不可毫涉市贩屠沽气。"可见作者将"古雅精洁"视为一个整体,而"市贩屠俗之气"则属于卑陋的俗世营生。(文震亨.长物志校注[M].南京:江苏科学技术出版社,1984:360.)

此可见一斑①。而他在"书桌"一节中的对应性写法，更是印证了他在"古"与"雅"之间划上了等号："书桌中心取阔大，四周镶边，阔仅半寸许，足稍矮而细，则其制自古。凡狭长混角诸俗式，俱不可用，漆者尤俗"。后半句中的狭长混角等既然属于"俗式"，那么与后半句的"俗"相对，前半句的"自制其古"显然就是"雅"的表现了。再比如在"书画"一节的"单条"篇，作者写道："宋、元古画，断无此式，盖今时俗制，而人绝好之，斋中悬挂，俗气逼人眉睫，即果真迹，亦当减价。"这句话的前半句说的就是宋元古式为雅，而今时单条的形制是俗的。由此可见"古"和"雅"、"今"与"俗"之间的对应关系②。

除了文震亨以外，还有许多风雅文人也将"古"作为"雅"概念内涵的一部分。高濂（1573-1620）就是其中之一，他曾不止一次在其《燕闲清赏笺》中表达自己好古、稽古的心态，并将"古"与"雅"相连，例如他提出如果某物可以被用于"想见上古风神"，那么便是"雅"的。张岱（1597-1689）也在其《陶庵梦忆》中写道："余谓博洽好古，犹是文人韵事，风雅之列……"将"雅"与"古"相对，还将"博洽好古"归类在风雅之列。与冒襄（1611-1693）、侯方域（1618-1654）、方以智（1611-1671）并称为明季四公子的

---

① 文震亨在《长物志》中谈及"椅"的时候也写道，"椅之制最多，曾见元螺钿椅，大可容二人，其制最古，乌木镶大理石者，最称贵重，然亦须照古式为之"。论及屏风的材质时，也说"屏风之制最古，以大理石镶下座精细者为贵，次则祁阳石，又次则花蕊，不得旧者，亦须仿旧式为之，若纸糊及围屏、木屏，俱不入品"。

② 当然这句话中"俗"的原因和悬挂位置是否得当也有关系，这一点将在下文论述。

陈贞慧（1604-1656）在其《秋园杂佩》中写道："时壶名远甚，即遐陬绝域犹知之。其制始于供春，壶式古朴风雅，茗具中得幽野之趣者。后则如陈壶、徐壶、皆不能仿佛大彬万一矣。"把"古朴"与"风雅"相连，认为古的就是好的，后来的作品远不及古物的万分之一。作为晚明闽中诗坛上一位颇具代表性的人物，谢肇淛曾评论日用器物"茶注"："茶注……岭南锡至佳，而制多不典。吴中造者，紫檀为柄，圆玉为纽，置几案间，足称大雅。"其中的"典"在这里是指具有代表性和典范意义的古代经典形制，所以在这句话中，作者提出那些质地虽然"至佳"，然而形制"不典"的器物是不符合审美标准的，而"不典"与"大雅"相对，表明这种不符合古代经典的形制其实是不"雅"的。又如高濂在其《遵生八笺》中说"但制出一时工巧，殊无古人遗意。以巧惑今则可，以制胜古则未也。"由此可见，精致的样式、巧妙的形制虽然可以以其工艺技术吸引、蛊惑一部分人，但作者仍然对这种丧失古意的形制持明确的否定态度，"以巧惑今"的"惑"字，可见作者的不屑和鄙视之情。后来他还说"余见哥窑五山三山者，制古色润。又见白定卧花哇哇，莹白精巧。"五山、三山样式的笔格是古代的经典式样，在高濂看来，这种承袭了传统的样式才是最雅的。更值得一提的是他对于"新铸伪造"的态度，一直以来"崇古"的高濂没有排斥某些器物，甚至对当时淮安地区所制的大香狻、香鹤、铜人之类以及吴中所制铜器抱赞赏的态度："近日吴中伪造细腰小觚、敞口大觚……鎏金观音弥勒，种种色样，规式可观，自多雅致……其质料之精，摩弄之密，功夫所到，继以岁月，亦非常品忽忽成者。置之高斋，可足清赏。不得于古，具此亦可以想见上古风神，孰云不足取也？"他不排斥这些新铸器物、甚至认为它们"自多雅致"的原因，并不是因它们不俗，而是由于它们仿古的设计，使它们具备了"古物"的雅和美。与此同时，通过这些器物可以"想见上古风神"，补无古之憾。所以虽然他表面上不排斥今物、新物，但究其根本原因还是在于对"古"的追捧①。也正是因此，他对一些仿古瓷器表达了肯定的态度，认为这些仿古铜器，若经过时间的洗礼，磨去"火色"也还是不错的②。他们之后的董含（1624- ？）在论及书斋陈设时，更是把古、雅、今、俗的关系直接、透彻地论述出来："士大夫陈设，贵古而忌今，贵雅而忌俗。"这句话不仅说明了古玩和具备古代形制的器物是书斋中珍贵的陈设品，而且其中的"贵古而忌今、贵雅而忌俗"一句，更是将古与雅相连，将今和俗划上了等号。此外需要指出的是，晚明提倡风雅的文人士大夫心中与"雅"相连的"古"不仅仅止于上文的"古制"，还包括古色。比如文震亨在"器具"篇的"如意"一节写道："得旧铁如意，

———————————

① 之所以认为"仿古"、蕴含"古意"，是精英阶层文人士大夫接受"今物"的理由，还可以从何良俊的《四友斋丛说》中得到证明，何良俊曾写道："近年以来，吾松士夫家所用酒器，唯清河、沛国最号精工。沛国以玉，清河以金。玉皆汉物，金必求良工仿古器仪式打造，极为精美。每一张燕，粲然炫目"。但即使已经是"仿古器仪式打造"，作者仍强调，如果可以"得一二陶匏杂厕其间，少存古意，尤为尽善"（何良俊.四友斋丛说［M］.北京：中华书局，1959：315.）。此外，"工巧拟古"等词也常出现在晚明文人的著作中，如屠隆曾赞赏一种玉质的"笔洗"："玉者，有钵盂洗、长方洗、玉环洗，或素或花，工巧拟古"（屠隆.考槃馀事［M］.北京：金城出版社，2012：257.）。

② 在《燕闲清赏笺》中，高濂表达了对以善于仿古瓷而著称的苏州人周丹泉的肯定和赞赏："近如新烧文王鼎炉、兽面戟耳彝炉，不减定人制法，可用乱真。若周丹泉，初烧为佳，亦须磨去满面火色，可玩"（高濂.遵生八笺［M］.成都：巴蜀书社，1992：533.）。可见，这些仿古铜器是需要"磨去满面火色"，以一种尽量"古"的姿态呈现出来，这样才"可玩"。

上有金银错，或隐或见，古色蒙然者，最佳。"可见"古色"也是一条很重要的评价标准。屠隆也曾提到古琴"雅"的原因在于它有"古色"："古琴历年既久，漆光退尽惟黯黯如乌木。此最奇古也。"高濂等人也对古铜色进行了赞美，将这种色泽上的"古韵"作为评价一套器物的标准。

以上诸例可见"古"和"雅"在审美意义上的重叠[①]，后来文人士大夫又将"古"和"韵""趣"等鉴赏语汇一起应用于各种不同的鉴赏对象之上，营造出难能可贵的"雅"意，拉开了文人士大夫与现实俗世生活的距离。

因此，本书认为晚明时期风雅文人士大夫心目中"雅"的内涵之一便是"以古为雅"。

2. 合宜则"雅"

晚明时期的"雅"除了包涵"古"的意思之外，还有"合宜""相称""和谐"这一类的含义，"相宜"、"相称"等词常出现于晚明时期的文人著作中。值得注意的是，"合宜"所指涉的对象并不仅限于单一物品，而且还包括物、景与情、意、境之间的配合，换句话说，就是不仅注重物品本身的美感和雅意，还注重物品在整体中发挥的效果。

晚明文人注重的合宜包括许多方面，如合时宜、合地宜、大小形

---

① 作为与"雅"有"重叠"的"古"，已不仅仅局限于"古制之有无"，有时，物品的材质、样式、用色、纹饰等某个局部就可以使物品被包括在"古"的范畴内，只要这些局部的设计可以唤醒人们意识中的"古味"，带来古式的优雅美感即可。

制合宜、着装打扮合宜等。具体来说，摘茶、弹琴讲究"时宜"[①]，欣赏花木、艺术品摆放亦讲究"时宜"，就连着装、打扮也同样要讲究"时宜"，例如：文震亨在谈到女子衣饰时曾说，"衣冠制度，必与时宜，吾侪既不能披鹑带索，又不当缀玉垂珠，要须夏葛、冬裘，被服娴雅，居城市有儒者之风，入山林有隐逸之象……"其中的"夏葛冬裘，被服娴雅"就是在强调穿衣要合时宜，这才是不违背"雅"的标准的[②]。由此可见文震亨对"合时宜"的追求和认定标准。

又如文震亨在《书画》一节论"单条"时写道："宋元古画，断无此式，盖今时俗制，而人绝好之，斋中悬挂，俗气逼人眉睫，即果真迹，亦当减价。"这句话中，除了前文中所说的对画作是否符合"古制"提出了要求，还从悬挂的场所这一角度，对"单条"绘画进行了批评。在以往对书画作品的赏析评判中，通常被看重的是笔墨的选取、手法的运用、构图的效果、形神气韵的表现等，但是在文震

---

① 高濂在其《遵生八笺》的《饮馔服食笺》中曾写道："凡早取为茶，晚取为荈，谷雨前后收者为佳。粗细皆可用，惟在采摘之时，天色晴明，炒焙适中，盛贮如法。"（高濂.遵生八笺［M］.成都：巴蜀书社，1992：716.）文震亨在其《长物志》中的《器具》篇中的"琴"条中写道，"夏月弹琴，但宜早晚，午则汗易汗，且太燥，脆弦。"（文震亨.长物志校注［M］.南京：江苏科学技术出版社，1984：296.）

② 同样从服、妆、衣、饰方面论述"时宜"的还有卫泳的《悦容编》，在提及女子佩戴首饰时，作者写道："饰不可过，亦不可缺，淡妆与浓抹，惟取相宜耳。首饰不过一珠一翠一金一玉，疏疏散散，便有画意。如一色金银簪钗行列，倒插满头，何异卖花草标？服色亦有时宜，春服宜倩，夏服宜爽，秋服宜雅，冬服宜艳。见客亦庄服，远行宜淡服，花下宜素服，对雪宜丽服"（卫泳.悦容编［M］.//虫天子.中国香艳全书：第一册.北京：团结出版社，2005：29.）。卫泳虽然没有将"合宜"与"雅"直接相连，但其实也是在强调"相宜"的原则，可见"合宜"这一观念在当时文人心目中的重要性。

亨看来,他更为重视的是书画作品的摆放是否与悬挂场所的整体环境相宜。这一点在"位置"一节中表现得更为明显:"悬画宜高,斋中仅可置一轴于上,若悬两壁及左右对列最俗……堂中宜挂大幅横披,斋中宜小景花鸟,若单条、扇面、斗方、挂屏之类,俱不雅观。"从这里可以看出,不仅仅画幅的形制,还有悬挂的处所、位置以及挂法等都需要互相配合,得宜则雅,否则为俗。这样一来,对绘画本身的审美评价已经退居到次要地位,最重要的是绘画作为整体的一部分,需要与周边环境很好的融合,相得益彰。也正是源于此,他才说"图书鼎彝之属,亦须安设得所,方如图画,云林清閟、高梧古石中,仅一几一榻,令人想见其风致,真令神骨俱冷,故韵士所居,入门便有一种高雅绝俗之趣。"在这里,作者又强调了"安设得所",提出各种物品应当被合理地陈设,因而雅人韵士所居之处,即使东西再简朴,也仍然可以呈现出一种"高雅绝俗之趣"。在《室庐》篇中,文震亨还强调了琴室之"雅","古人有于平屋中埋一缸,缸悬钟以发琴声者,然不如层楼之下,盖上有板则声不散,下空旷则声透彻。或于乔松、修竹、岩洞、石室之下,地清境绝,更为雅称耳"。在这段话中,文震亨先根据古琴的共鸣原理出发,说明琴室应坐落屋宅的恰当位置,然后又将弹琴的地方移至大自然中,认为如果将弹琴的地点移至乔松、修竹、岩洞、石室等所在的清雅幽静之处,可以更好地衬托出古琴的音色,是谓"更为雅声"。其实,之所以要做这样的改动,无非是希望古琴的琴声可以借着松竹泉石的优雅景致被衬托得更加美好,这样,显然比把古琴放在平屋、层楼之中要更有意境。这便是一种整体的"合宜"——琴声的"更为雅称"更多是源于一种难得的、整体和谐的氛围,取决于所有物品、景致的"合宜"。

高濂在《遵生八笺》的燕闲清赏笺中也有关于"合宜"的说法，"瓶花之宜有二：如堂中插花，乃以铜之汉壶、大古尊罍，或官、哥大瓶，如弓耳壶、直口敞瓶，或龙泉著曹大方瓶，高架两旁，或置几上，与堂相宜……大率插花须要花与瓶称，花高于瓶四五寸则可。假若瓶高二尺，肚大下实者，花出瓶口二尺六七寸，须折斜冗花枝，铺撒左右，覆瓶两旁之半则雅……余所论者，收藏鉴家积集既广，须用合宜，使器得雅称云耳。"①可见高濂对"合宜"提出了很高的要求，花如何摆放、高出瓶口多少，覆盖到花瓶多少等都有详细而具体的要求，只有做到这些，才称得上是"雅"。不仅如此，他还认为"堂室二用"不应相同，只有"合宜使器"方能得"雅称"②。

反面的例证当然也有。同样是谈及器具的选用，袁宏道（1568-1610）写道："斋瓶宜矮而小，铜器如花觚、铜觯、尊罍、方汉壶、素温壶、匾壶，窑器如纸槌、鹅颈、茹袋、花樽、花囊、蓍草、蒲槌，皆须形制短小者，方入清供。不然，与家堂香火何异，虽旧亦俗也"。

---

① 此外，高濂还为书斋找出六种他认为最合适的花草："春以兰，夏以夜合或黄萱，秋取黄密二色菊或三五寸高菊花，冬以水仙或美人蕉，各有适宜材质的盛放容器（如哥窑，均窑等）与形制（鼓盆，白花圆盆，长方盆等）以及搭配之物（如盆中置白石，灵芝或花器以朱几架之），此六种花草，清标雅致，玉立亭亭，俨若隐人君子，置之几案，素艳逼人"（高濂.遵生八笺［M］.成都：巴蜀书社，1992：618.）。

② 其实，高濂也提出过"花与瓶称"的概念，但未将其与"雅"直接相连。"花与瓶称，花高于瓶四五寸则可，假如瓶高二尺，肚大下实者，花出瓶口二尺六七寸，须折斜冗花枝，铺散左右，覆瓶两旁之半则雅。若瓶高瘦，却宜一高一低双枝，或屈曲斜袅，较瓶身少短数寸似佳。"（高濂.遵生八笺［M］.成都：巴蜀书社，1992：640.）

强调清供应选用形制短小的器物，只有这种规格的器物作为斋瓶才是"合宜"的，否则即使效仿了古制，也依然流于"俗"，可见器具选用合宜的重要性。

再比如高濂在"居室安处"条中写到"松轩"时还写道："宜择苑囿中向明爽之地构立，不用高峻，惟贵清幽。八窗玲珑，左右植以青松数株，须择枝干苍古，屈曲如画，有马远、盛子昭、郭熙状态甚妙。中立奇石，得石形瘦削，穿透多孔，头大腰细，袅娜有态者，立之松间，下植吉祥、蒲草、鹿葱等花，更置建兰一二盆，清胜雅观。"这里虽然没有明确提出"合宜"这个概念，但是详述了对整个空间景物上、中、下的布置安排，这样的安排最终达到的就是一种和谐而得宜的整体状态，也只有在这种整体的和谐中，艺术的美感才能无碍地释放出来，从而营造出"清胜雅观"的意境[①]，与文震亨笔下"韵士所居，入门便有一种高雅绝俗之趣"有异曲同工之妙。

也正是源于此，晚明文人不约而同在各个方面提出了"合宜"的要求，如袁宏道曾提出，欣赏花木应当因时因地制宜，"寒花宜初雪，宜雪霁，宜新月，宜煖房。温花宜晴日，宜轻寒，宜华堂。暑花宜雨后，宜快风，宜佳木阴，宜竹下，宜水阁。凉花宜爽月，宜夕阳，宜空阶，宜苔径，宜古藤巉石旁。若不论风日，不择佳地，神气散缓，

---

① 计成在《园冶》一书中也多次提及"合宜"的概念，如"'因'者，随基势之高下，体形之端正，碍木删桠，泉流石柱，互相借资，宜亭斯亭，宜榭斯榭，不妨偏径，顿置婉转，斯谓'精而合宜'者也"，"假山之基，约大半在水中立起。先量顶之高大，缠定基之浅深。掇石须知占天，围土然占地，最忌居中，更宜散漫"，"园林屋宇，虽无方向，惟门楼基，要依厅堂方向，合宜则立"（计成.园冶注释 [M].北京：中国建筑工业出版社，1988），"忌……""宜……""合宜"等说法多次出现在其著作中，虽未与"雅"直接相连，但其对"合宜"的重视可见一斑。

了不相属，此与妓舍酒馆中花何异哉？"也就是说，花木的欣赏，要考虑到与当下的季节、气候、周边环境等相宜，否则就会使原本预期达到的审美效果大打折扣①。此外，文震亨在《长物志》中更是直接提出花瓶要因时因地选用："春冬用铜，秋夏用磁；堂屋宜大，书室宜小，贵铜瓦，贱金银，忌有环，忌成对。花宜瘦巧，不宜繁杂，若插一枝，须择枝柯奇古，二枝需高下合插，亦止可一、二种，过多便如酒肆。"此外，袁宏道也认为"花与瓶称"是插花择瓶的关键。时人卫泳亦把"合宜"的观点应用到女子的着装方面，"服色亦有时宜。春服宜倩，夏服宜爽，秋服宜雅，冬服宜艳。见客宜庄服，远行宜淡服，花下宜素服，对雪宜丽服。"指出服装的选取亦要因时、因地而异，季节不同、场合不同、周遭环境不同等都是着装要考虑的因素。在《长物志》中《书画》一章的《悬画月令》一节，文震亨提出室内挂画应"随时悬挂"："岁朝宜……元宵前后宜……正、二月宜……三月三日宜……清明前后宜……四月八日宜……十四日宜……端五宜……六月宜……七夕宜……八月宜……九、十月宜……十一月宜……十二月宜……腊月廿五宜……；祈晴则有……祈雨则有……立春则有……皆随时悬挂，以见岁时节序"。不同的时间、日期、节庆，都要根据习俗，选择最为"合时宜"的画作，否则，就会"一落

---

① 当然，日常生活中也不乏违背了"合宜"之说的反例，如袁宏道在《瓶史》中就曾写到过"不宜"的严重后果，"花下不宜焚香……花有真香，非烟燎也，味夺香损，俗子之过，且香气燥烈，一被其毒，旋即枯萎，故香为花之剑刃"（袁宏道.袁宏道集笺校［M］.上海：上海古籍出版社，1981：823.）。原本的花香与焚烧的香的味道不相宜，伤害了花香本有的美感，甚至影响了花的生命力，是"俗子之过"。袁宏道所处时期虽然略早于文震亨、高濂等人，但他毕竟以具体事例说明了"不相宜"乃俗子之过，故引用至此作为论据。

俗套"。在合宜这一问题上，晚明人郑元勋（1603-1644）在其《影园自记》中亦写道："一花、一竹、一石皆适其宜，审度再三，不宜，虽美必弃。"强调在造园、选石时的景物与整体的"合宜"状态，如果不宜，即使本身再美，也应当舍弃。时人沈春泽赞美《长物志》所提出的设计标准是"室庐有制""书画有目""几榻有度""器具有式""位置有定"等，可谓晚明文人观念中合宜设计的典范。

由此可见，在晚明文人看来，"雅"的状态意味着整体关系的和谐与平衡。体现在时人文献中，也就是"合宜""相宜""相称"，即设计物、装饰品的选取、摆放位置、颜色样式等是否与整体的环境氛围"合宜"。

3. 以"素"为雅

除了"古"和"合宜"之外，晚明文人还常常将"素"与"雅"相连。与"雅"相连的"素"，既有艺术上的朴素内涵（任其自然），也有生活中的朴素意义（勤俭节约），更有精神上的朴素之情（无欲无求）。而"拙""朴""简""天然""自然"等字眼，是"素"在具体表达中的延伸。

这种"以素为雅"的判定标准可能出于道家以自然为中心的美学观，表现在具体的艺术和生活实践中有三个不同的面向：一个方面是在艺术品鉴方面，这一时期的风雅文人大多倾向于朴素、简单、平淡、自然的美学风格，并以此作为自己的审美评判标准；另一个方面是从物和艺术品的选用角度而言，以素为雅，拒绝过分奢侈的猎奇行为，且以过度消费、炫奇争胜为"俗"；第三个方面是他们在日常生活中追求顺"心"而行，向往自然而非刻意的"清雅"之事，秉持一种自适无碍的生活态度。就这样，他们将"素"纳入到"雅"的范畴中，涵盖了社会生活的方方面面。

（1）朴素简单不奢侈

谢肇淛在其《五杂组》中论及砚石的选用说："砚则端石尚矣，不但质润发墨，即其体裁浑素大雅，亦与文馆相宜。无论琉璃金玉靡俗可憎，即龙尾、红丝见之亦当爽然自失。""浑素"方为"大雅"，文人之所以看中和推崇端砚，是欣赏其自然本色和原始气质。又如，前文提及过的《长物志》中对几榻的论述："古人制几榻，虽长短广狭不齐，置之斋室，必古雅可爱……今人制作，徒取雕绘文饰，以悦俗眼，而古制荡然，令人慨叹实深。"古人的设计因朴素无文而有雅趣，今人的设计却由于雕镂画缋而只能"悦俗眼"，可见古人得之于简质，今人失之于雕斫，简单、朴素才能不流于俗①。《室庐》篇中，也提到"素则雅"的评价标准，"素壁雅，画壁俗；堂帘惟温州湘竹者佳，忌中有花如绣补，忌有字如'寿山''福海'之类。"也是强调不过于修饰，朴素自然才是大雅。《器具》篇中，有"（香筒）雕花鸟竹石略以古简为贵，若太涉脂粉或雕缕故事人物，便称俗品"。指出过多的人工雕琢装饰反而会让香筒沦为"俗品"。

---

① 袁宏道的《瓶史》在写室内陈设的"几"和"藤床"的样式的时候说："室中天然几一，藤床一，几宜阔厚，宜细滑。凡本地边栏漆卓、描金螺钿床，及彩花瓶架之类，皆置不用"（袁宏道.袁宏道集笺校［M］.上海：上海古籍出版社，1981：823.）。他认为，这些家具的表面应当避免雕饰、髹漆、彩画和镶嵌螺钿，追求一种简洁而不事雕斫的风格。虽然没有明确将简洁朴素与"雅"直接相连，但对这种风格的推崇可见一斑。此外，文震亨在《长物志》的《器具》一节亦有"古人虽有朱弦清越等语，不如素质有天然之妙"。

再比如，计成（1582-1642）在《圆冶》中写道："历来墙垣；凭匠作雕琢花鸟仙兽，以为巧制，不第林园之不佳，而宅堂前之何可也……市俗村愚之所为也，高明而慎之。"告诫我们要不事雕琢，自以为"巧制"的过分装饰，是市俗村愚才会做的事，而真正的"雅"是无需任何装饰的简单大方。由此可见晚明文人对"雅"的导向性态度。

除了不加装饰之意，"素"还有朴素、不奢靡的意思。是故晚明文人以"素"为雅，亦是指以简约、质朴为雅。文震亨说"吾侪既不能披鹑带素，又不当欲缀垂珠，要须夏葛冬裘，被服娴雅，居城市有儒者之风，入山林有隐逸之象。若徒染五彩，饰文缋，与铜山金穴之子侈靡斗丽，亦岂诗人衣服粲粲之旨乎？"从衣服的质料、色彩和装饰等方面着笔，提醒文人士大夫在衣冠上无需增加过多装饰，衣服虽然不能过于破旧，但更不能追从俗众的奢靡，这样才是"被服娴雅"。作为反面的例子，范濂在《云间据目抄》中记载道："细木家伙，如书棹禅椅之类，余少年不曾一见……纨绔豪奢，又以据木不足贵，凡床厨几棹，皆用花梨、瘿木、乌木、相思木与黄杨木，极其贵巧。动费万钱，亦俗之一靡也。"从反面指出过于"贵巧"很容易让原本的物沦为俗品，对当时造物风气之奢靡表示了担忧和否定。王士性（1547-1598）在其《广志绎》中写道："寸竹片石，摩弄成物，动辄千文百缗，如陆子匡之玉，马小官之扇，赵良璧之锻，得者竞赛，咸不论钱，几成物妖，亦为俗蠧。"将社会上这种过分奢侈的物品称为"物妖"，认为它们十分"俗"。陈继儒（1558-1639）也说"清事不可着迹，若衣冠必求奇古，器用必求精良，饮食必求异巧，此乃清中之浊，吾以为清事之一蠧"，认为生活上讲究情调和品味确实是清雅之事，但刻意为之就不好了。如果过分执着于"物"，刻意求奇、求巧、或求异，则实为"清事之一蠹"。与此相反，与奢靡相对的代表质朴、简约的"素"，在当时被认为是"雅"的。

（2）自然本色无修饰

明末清初，"素"作为"雅"的特点之一，除了有朴素、简单、不艳丽、不奢侈的含义之外，还包括"本来的"（如"质素"）"自然的""不加修饰的"等意思。这些意思不仅仅丰富了"素"的内涵，而且还与"雅"相连。

这一时期的许多风雅文人都在自己的著作中推崇本真、自然的审美风格。这一点在艺术创作、工艺美术、园艺设计等方面都有体现。如书法家傅山（1607-1684）曾提出"四宁四毋"的书法理论："宁拙毋巧，宁丑毋媚，宁支离毋轻滑，宁率真毋安排。"可见他对于天工自然甚至生拙支离风格的认同远胜于工巧、圆熟的风格。波士顿大学的白谦慎教授就曾指出"对傅山来说，精熟优美的赵孟頫（1254-1322）书法是'巧'，厚重浑朴的颜真卿（709-784）书法为'拙'"，"而傅山的抉择是'宁拙毋巧'"。除傅山之外，还有许多人也很认同这种天工自然，写实求真的创作风格——不主观刻意，不过分美化，不刻意经营，不矫揉造作，甚至不必精于技艺。董其昌（1555-1636）在其《画禅室随笔》中写道："士人作画，当以草隶奇字之法为之。树如屈铁，山似画沙，绝去甜俗蹊径，乃为士气。不尔，纵俨然及格，已落画师魔界，不复可救药矣。若能解脱绳束，便是透网鳞也。"可见董其昌认为，在艺术创作中囿于规则、法度谨严、技艺精熟有时反而会拉低整体水平，导致艺术创作走向"甜俗"的魔界，无药可救。相反，与此相对的"树如屈铁"、"山如画沙"这种藏巧于拙、大巧若拙、去修饰、拒美化、呈现景物原有自然本色的创作，在作者那里自然是被视为与"甜俗"相对的"雅"了①。这种艺术创作态度在当时产生了一定的影响，许多文人士大夫也都逐渐形成"以拙为美"的审美倾向。如文震亨在《长物志》的《水石》篇中就写道，"太湖石在水中者为贵，岁久为波涛冲击，皆成空石，面面玲珑……若历年岁久，斧痕已尽，亦为雅观。"赞赏石头受到水波冲击后自然形成的外观是"雅"的，此时的评判标准其实就是"天然"和"本色"。

这种以素为雅（甚至以拙为雅）、以自然为雅的审美倾向同样影响着戏曲创作。不同于明代中期以来以邱浚（1421-1495）、邵灿等人为代表的曲作家刻意在创作戏曲时堆砌华丽辞藻、遍用典故，导致面世的戏曲愈发华靡晦涩、令人费解，丧失了应有的趣味性和可看性，晚明曲论家提出了以元杂剧为效仿对象的"本色论"。虽然各家对"本色"的解释于细微之处略有不同，但它们的共同点在于，都反对过多的人为造作，听任艺术的自我生成，主张作品应当呈现出天然本真的艺术特色。何良俊（1506-1573）曾赞赏王实甫（1260-1336）的《丝竹芙蓉亭》说："通篇皆本色，词殊简淡可喜。"批评《西厢记》和《琵琶记》两部作品"盖《西厢》全带脂粉，《琵琶》专弄学

---

①　谢榛在评论诗时也曾说过"自然妙者为上，精工者次之，此着力不着力之分"（谢榛.四溟诗话［M］.北京：人民文学出版社，1998：127-128.）。袁宏道也曾经将瓶花布置比作诗文："高低疏密，如花苑布置方妙……夫花之所以整齐者，正以参差不伦，意态天然，如子瞻之文随意断续，青莲之诗，不拘对偶"（袁宏道.袁宏道集笺校［M］.上海：上海古籍出版社，1981：822.）。认为插花时的"参差不伦"，与苏子瞻作文时的"随意断续"、青莲居士写诗时"不拘对偶"有相似之处，"意态天然"才是最好的。这些虽然都没有将"自然"、"天然"等词汇与"雅"直接相连，但是从他们的这些观点之中，亦可以看出晚明文人士大夫对于自然状态的认可和追求。

问，其本色语少，盖填词需用本色语，方是作家。"他还以类比的方式评论说"画家以重设色为'浓盐赤酱'，若女子施朱傅粉，刻画太过，岂如靓装素服，天然妙丽者之为胜矣。"由其中的"本色""简淡""素服""天然"等词可见，何良俊赞赏的戏曲语言风格是天然朴素的本色语言，追求单纯、简淡的真实再现，无需雕琢过于华丽的辞藻。徐渭（1521-1593）也提出了类似的观点，他在为《西厢记》作序时写道："世事莫不有'本色'，有'相色'。本色犹言正身也，相色替身也。替身者即书评中'婢作夫人，终觉羞涩'之谓也。婢作夫人者欲涂抹成主母，而多插带，反掩其素之谓也。故余于此本中相色，贵本色。众人喷喷者熙熙也。岂惟剧者，凡作者莫不如此。"不仅如此，他还将"本色"的理论应用于除戏剧之外的其他艺术形式，看中艺术的本来面貌。沈璟（1553-1610）也曾说过，不假修饰的语言"质古之极"，"大有元人遗意"，还连称"可爱"。前文已论述过，晚明时期的文人士大夫是以"古"为雅的，因此，沈璟说不加修饰的语言"质古至极"，其实从一个侧面证明了这种朴素、简淡、本色、自然的语言是"雅"的。而且，徐渭本人晚年的作品和创作理论等也确实都向着由艳而淡、去巧留拙的方向转变。

除了艺术创作，在工艺品的选用方面，晚明文人也极力追求"素雅"。文震亨在《长物志》中谈及"书桌"时便提到"凡狭长混角诸俗式，俱不可用，漆者尤俗。"在谈及"杌"时说"圆杌须大，四足彭出，古亦有螺钿朱黑漆者，竹杌及绦环诸俗式，不可用。"指出在选用家具时要避免华丽髹饰。又如论"交床"说"金漆褶叠者，俗不堪用。"可见作者对"金漆褶叠"之物是持否定态度的，而否定的原因虽不能排除其颜色艳俗之过，但另一方面大概也是因为它们掩盖了木质家具原有的材质特点，因此俗不堪用——这从反面强调了物的自然本色之美。《琴》篇中还有"以古琴历年既久，漆光退尽，纹如梅花，黯如乌木，弹之声不沉者为贵。琴轸……不贵金玉。弦用白色柘丝，古人虽有朱弦清越等语，不如素质有天然之妙。"强调质素天然才是最美。

以"素"为"雅"的态度在园林设计、屋舍建筑等方面也体现得十分明显，具体来说就是追求一种朴素天然，不事雕琢的风格。举例来说，谢肇淛在《五杂组》中谈及园林营造时写道"吴中假山，土石毕具之外，倩一妙手作之，及异筑之费非千金不可，然在作者工拙如何。工者事事有致，景不重叠，石不反背，疏密得宜，高下合作，人工之中不失天然，偏侧之地又含野意，勿琐碎而可厌，勿整齐而近俗，勿夸多斗丽，勿太巧丧真，令人终岁游息而不厌，斯得之矣。"虽然这里在"工"与"拙"之中选择了"工"，但其重点仍然是在强调"人工之中，不失天然"，重视景物的自然本色；既不能过于琐碎让人生厌，但同时提醒读者"勿整齐而近俗"，只有回归天然本真、含有"野意"、贴近景物本真面貌的才是"不俗"的，即"雅"的①。

----

① 其实很多晚明上层阶级文人士大夫在自己的作品中都体现出了重天然，不刻意为之的态度。如张岱在评价汪士衡的"寤园"时曾写道："仪真汪园，舆石费至四五万，其所最加意者，为'飞来'一峰，阴翳泥泞，供人唾骂。余见其弃地下一白石，高一丈、阔二丈而痴，痴妙：一黑石，阔八尺、高丈五而瘦，瘦妙。得此二石足矣，省下二三万收其子母，以世守此二石何如？"（张岱.陶庵梦忆［M］.//陶庵梦忆　西湖梦寻.上海：上海古籍出版社，2001：77.）。在张岱看来，"得此二石足矣"，这两块造园时被丢弃的一白一黑两块石头没有经过任何雕琢或修饰，就足以构建起一片风景，且可以节省许多花费。虽然这里并没有明确出现"雅"这个字，但是显然，这种自然不造作，率性自然即为美，处处皆风景的观念，是张岱内心所认可的。又如计成在其《园冶》中提出："园地惟山林最胜，有高有凹，有曲有深，有峻而悬，有平而坦，自成天然之趣，不烦人事之工"，"曲水，古皆凿石槽，上置石龙头喷水者，斯费工（接下页）

（3）无欲无求无所为

此外，在日常生活中，许多风雅文人将"素"与"自然"、"闲"相连，将"雅"用于表达人的自适性情，呈现出一种顺其自然、真实不造作的率真本性，更是强调一种无欲求、无目的性的天真任情、淡泊自适——这种淡然处之、泰然处之的生活态度即为"雅"。

在《长物志》的"位置"一节中，作者曾这样写道："云林清秘、高梧古石中，仅一几一榻，令人想见其风致，真令神骨俱冷。故韵士所居，入门便有一种高雅绝俗之趣。"这段话中出现的客体仅有云林、梧桐、古石、一几、一榻、门，十分简单朴素。但即使这样，仍让观赏者（或者说读者）感受到了韵士之"雅"，可见此时的"雅"更多的是由于韵士自身无目的、无欲求的特点让观赏者感到惬意和舒适，是观赏者心态上的"怡然自得"让这些极为朴素的外物具有了"雅"的质素。

又如高濂在其《燕闲清赏笺》中描绘的生活情境："时乎坐陈钟鼎，几列琴书，拓帖松窗之下，展图兰室之中，帘栊香霭，栏槛花妍，虽咽水餐云，亦足以忘饥永日，冰玉吾斋，一洗人间氛垢矣。"从中可以感受到作者澄澈单纯的心境，以此心来"观物"，从而"借怡于物"，获得自我生命体验的满足。又如《四时调摄笺（冬卷）》中写道："（观雪庵）长九尺，阔八尺，以轻木为格，纸布糊之，以

（接上页）类俗，何不以理洞法，上理石泉，口如瀑布，亦可流觞，似得天然之趣"（计成.园冶注释[M].北京：中国建筑工业出版社，1988：220.）。在这两处引用中，"天然之趣"被重复强调，由此可见晚明文人崇尚"天然美"，即使需要加入"人工"，也希望能够将"自然天性"与"人工技巧"和谐地统一在一起，无论人工技巧是多么的新鲜灵活、变化万千，只有它能够呈现出自然而然的状态，才会被欣赏和认可，这种审美特点是十分值得注意的。

障三面,上以一格覆顶面,前施帷幔,卷舒如帐。中可四坐,不妨设火食具,随处移行,背风帐之,对雪瞻眺,比之毡帐,似更清逸。施之就花,就山水,雅胜之地,无不可也,谓之行窝。"木格纸糊的观雪庵,在花和山水之畔,无需格外艳丽或特别的景物,背风眺雪,就能够成为"雅胜之地",让观赏者获得随处行移的美感经验。由此可见,在如此简单朴素的自然环境中,"雅意"并非来自精巧的建筑,或是华美器物的陈列摆放等,而是来自主体特有的审美体验——这离不开无欲无求无所为的淡泊心境。

因此,晚明文人多推崇简朴而不失韵味的东西,并以能在其中安然处之为"雅":"一丘一壑,贵其朴也;一轩一楼,尚其简也;一书一画,取其韵也;一床一几一瓶一炉,爱其适用于我也。余则衣集种花草,以销闲;多植梧竹,以避暑;广培杞菊,以疗生;时播瓜果,以娱老。池中有鱼,钓而食之;庵旁有山,樵而薪之。吾无事也,耘书而已,无营地,畊砚而已;亦无宾与客也,邻曲时来而已。田间策杖,溪外寻诗,以遨以游,以娱以嬉。归向吾庵,乐岂有期!贫可骄人,富贵何为!身耽栖泊,人孰可羁!"这段话一方面呈现了朴素、简单的生活场景,另一方面藉"贫可骄人,富贵何为!身耽栖泊,人孰可羁!"等话语体现了作者本身无欲无求,率性自然,与万物同游,与宇宙共在,不苛求,不占有,惬意自适的生活状态,这时"雅"早已与作者本身浑然一体,展现为一种无目的、无欲求的淡泊心境。

4. 以"清"为雅

在明代的作品中,许多文人士大夫都不约而同地用到了"清雅"

一词。研究发现，这一时期的"清"也是作为与"俗"相对的概念出现的，具有"雅"的内涵。

明人胡应麟（1551-1602）提出："清者，超凡绝俗之谓"，"不清则俗"，还说过"俗除清至也"。由此可见，"清"是作为与"俗"相对的概念出现的，这样一来，它也就具备了"雅"的内涵①。除此之外，明末的音乐理论家徐上瀛（1582-1662）曾指出，"清"乃大雅之本，"'弹琴不清，不如弹筝。'言失雅也。故清者，大雅之原本，而为声音之主宰"。由此可见，在徐上瀛看来，"清"是音乐之所以被认为是"雅乐"的根本，不"清"则不"雅"，也就是"俗"。在这个基础上他又提出"地不僻，则不清。琴不实，则不清。弦不洁，则不清。人心不静，则不清。气不肃，则不清。皆清之至要者也。"强调了"清"的构成要素，即雅乐的创造需要的外部条件。"修其清净贞正，而借琴以明心见性。遇不遇，听之也，而在我足以自况。斯真大雅之归也。然琴中雅俗之辩，争在纤微。喜工柔媚则俗，落指重浊则俗，性好炎闹则俗，指拘局促则俗，取音粗粝则俗，入弦仓卒则俗，指法不式则俗，气质浮躁则俗，种种俗态，未易枚举。但能体认得静、远、淡、逸四字，有正始风，斯俗情悉去，臻于大雅矣。"由此可见，与"清"相连的"雅"还包括了静、远、淡、逸等意旨。

---

① 胡应麟在其诗论专著《诗薮》中将"清"作为他评价诗歌的标准，如"诗最贵者清"，还以"清"来品评历代诗人之作，说："才清者，王、孟、储、韦之类是也……靖节清而远，康乐清而丽，曲江清而淡，浩然清而旷，常建清而僻，王维清而秀，储光羲清而适，韦应物清而润，柳子厚清而峭，徐昌谷清而朗，高子业清而婉。"清人陈澧也说"诗之清者必佳。诗者天下至清之物也"。田月之说"诗之妙处无他，清空而已"。他们都用"清"来作为好诗的评判标准，由此可见，这些人都已经认识到诗歌的华采更多的是来自一种"自然之色"，而不是外在的"涂抹"。

　　除了音乐鉴赏方面，器物的选用方面亦是如此，张德谦《瓶花谱》中就曾写道："凡插贮花，先须择瓶……贵磁、铜，贱金、银，尚清雅也。"将清、雅置于同一语境。文震亨在其《长物志》中，也不只一次提及"清"的概念，并有意无意地将其与"雅"相连。例如：《器具》篇中有"清雅如画者为佳"；《室庐》篇中论及琴室之"雅"写道："古人有于平屋中埋一缸，缸悬钟以发琴声者，然不如层楼之下，盖上有板则声不散，下空旷则声透彻。或于乔松、修竹、岩洞、石室之下，地清境绝，更为雅称耳！"这里的"清"和"雅"出现在同样的语境中，用于描述整体环境，强调由此而来的"高雅绝俗"之意；《水缸》篇中，"……惟不可用宜兴所烧花缸，及七石牛腿诸俗式，余所以列此者，实以备清玩一种……"说明之前提到的都是与"俗式"相对的"清玩"，"清"在此也承载着与"俗"相对应之"雅"意；《论画》篇中有"山水林泉，清闲幽旷，屋庐深邃，桥彴往来……定是妙手；……山水林泉，布置迫塞，楼殿模糊错杂，桥彴强作断形……定是俗笔……"可见，"布置迫塞"的是"俗笔"，那么与此相对的，"清闲幽旷"自然就是"雅"的了；又如《麈》篇中，"麈，古人用以清谈，今若对客挥麈，便见之欲呕矣"也从侧面说明了与"今人见之欲呕"相反的"古人清谈"所带有的"雅"意；在《灯》篇中，"灯样以四方如屏，中穿花鸟，清雅如画者为佳，人物、楼阁，仅可于羊皮屏上用之，他如蒸笼圈、水精球、双层、三层者，俱恶俗"。可见，"清"与"雅"一起，成为"恶俗"的对立面；《香茗》篇中，"香、茗之用，其利最溥，物外高隐，坐语道德，可以清心悦神……必贞夫韵士，乃能究心耳"。这里以"香茗"为中介物，将香茗可以"清心悦神"的特点与"贞夫韵士"连在一起，"清心"的香茗因此有了"雅韵"。以上这些都是文震亨作品中"清"与"雅"

的相连之处①。

高濂也同样在其著作中强调清、幽、雅。他在《起居安乐笺》中写道:"(松轩)宜择苑囿中向明爽垲之地构立,不用高俊,惟贵清幽。八窗玲珑,左右植以青松数株,须择枝干苍古,屈曲如画,有马远、盛子昭、郭熙状态甚妙。中立奇石,得石形瘦削,穿透多孔,头大腰细,袅娜有态者,立之松间,下植吉祥、蒲草鹿葱等花,更置建兰一二盆,清胜雅观。外有隙地,种竹数竿,种梅一二,以助其清,共作岁寒友想。临轩外观,恍若在图画中矣。"这幅高雅绝俗图景中的苍松、奇石、盆兰、草花、竹子、梅花等都是日常生活中十分普通和常见的装饰物,根本无需刻意营造。观赏者置身于这样简单、天然的环境中并自得其乐,在俯仰之间获得有如观看山水画一般的美感体验。如前一部分所述,这种"雅意"的获得离不开行为主体任情自恣、无欲无求,简单却又不失高雅的生活态度。但与此同时值得注意的是,作者在强调"贵清幽""置建兰一二盆,清胜雅观"时,已经自然而然地将"清"与"雅"划上了约等号。这一点在"书斋"条也能体现出来:"书斋宜明静,不可太敞……左置榻床一,榻下滚脚凳一,床头小几一,上置古铜花樽,或哥窑定瓶一。花时则插花盈瓶,以集香气;闲时置蒲石于上,收朝露以清目。或置鼎炉一,用烧印篆

---

① 其实《长物志》中还有许多地方提及"清",如《钟磬》篇中有"钟磬不可对设,得古铜秦、汉镈钟、编钟,及古灵壁石磬声清韵远者,悬之斋室,击以清耳。磬有旧玉者,股三寸,长尺余,仅可供玩","清"与"雅"在字面上虽然没有相连,但"清"字里行间呈现出的"雅"意,却是很难被忽略的。又如卷一二《甜香》篇中,"甜香,宣德年制,清远味幽可爱,黑镡如漆,白底上有烧造年月,有锡罩盖罐子者,绝佳。[芙蓉]、[梅花],皆其遗制,近京师制者亦佳","清"与"绝佳"相连,是一个很常用的褒义形容词。

清香……明贤字幅，以诗句清雅者可共事……此真受用清福，无虚高斋者得观此妙。"由此可见，高濂不仅将"清"与"雅"相连，而且无论是在内部的陈设还是屋舍的内在装潢上，都以"清"为审美取向，无不力求"萧疏雅洁"。这样，文人心目中的"清"就与"雅"相连，昭示着一种摒弃外在浮华，崇尚内在淡泊、清净、雅致的生活方式，彰显着风雅文人的无欲无求、惬意豁达。

因此，晚明时期风雅文人心目中的"雅"同时也包含了"清"的内涵。①

（二）从对"雅"的内涵界定
看李渔与同时期风雅文人的区别

晚明时期的"雅"除了在内涵上具有古、合宜、素、清的特点，另一个特点便是作为形容词用于各种类型的鉴赏评价。此时的"雅"作为一个承载审美理想和生命体验的概念，早已与文人的风雅生活相契合，反映着他们对于"高雅""绝俗"的向往——这一概念不仅被应用到"物"的鉴赏，而且还被用于日常生活的方方面面，如园林的营造、戏曲的写作等，对"雅物"的品鉴随之成为一种审美的生活方式。这直接导致晚明社会各个阶层对审美评价能力的重视。久而久之，这种能力逐渐变成判定晚明时人自身修养和文化身份的重要

---

① 这大概也是为什么晚明文人常以"清"字题称书名，如《群芳清玩》《太平清话》《清闲供》《山居清赏》《清赏录》等。

标准，提倡风雅的文人群体更是精于此道。本书第一章中对"雅"、"俗"的界定，正是希望探讨风雅文人发挥自身品鉴能力、表达自己鉴赏态度的方式和标准。

值得注意的是，"雅"和"俗"概念的使用并不仅仅局限于风雅文人群体，而是得到各个社会阶层的一致认同，崇"雅"之风弥漫到了整个社会——不仅文人群体以风雅相尚，在日常生活中和著书立说时强调和推崇"雅"的概念；富商巨贾、达官显贵也竞相表达自己对"雅"的追逐，收藏雅物、雅器的行为比比皆是。此外，晚明的许多人，只要稍微具备学识修养，便会有意培养（或者说有意强调）自己的审美品鉴能力，积极使用"雅"和"俗"这一组相对的概念，以期实现对自身文化品位的强调、完成自我标榜和身份的拔高[1]，李渔便是其中之一。值得注意的是，李渔不仅崇尚、提倡"雅"，还多次强调自己对"风雅"的重大贡献，认为自己比普通的风雅文人更胜一筹，如"湖上笠翁实有裨于风雅"，推自己为"风雅功臣"[2]；又如自夸自

---

① 四库馆臣很早便注意到晚明时期的这一风尚，《四库全书总目提要》在评价高濂的《遵生八笺》时曾写道："书中所载，专以供闲适消遣之用。标目编类，亦多涉纤仄，不出明季小品积习，遂为陈继儒、李渔等滥觞"（纪昀.四库全书总目提要[M].石家庄：河北人民出版社，1992：3168.）。可见他对于当时晚明此类刻意崇雅的风气已有注意。而且还提出这一时期的许多"明季山人墨客，多以是相夸，所谓清供者是也。然矫言雅尚，反增俗态者有焉"（纪昀.四库全书总目提要[M].石家庄：河北人民出版社，1992：3160.），指出这一时期"矫言雅尚"之人不在少数，而且对他们的做法并不认同。

② 原文为："凡读是编者，批阅至此，即知湖上笠翁原非蠢物，不止为风雅功臣，亦可谓红裙知己。"（李渔.李渔全集：第三卷[M].杭州：浙江古籍出版社，1991：127.）

己的能力和主张"皆风雅文人所不及也。"①接下来，本书将把李渔对"雅"的看法和大多数风雅文人对"雅"的态度进行对比，探讨李渔的审美独特性。

在对"物"进行评价时，李渔采取了与大多数风雅文人类似的标准，多次强调"雅"的重要性，表达自己崇雅避俗的主张。如"词曲部"的"结构第一"中"填生旦之词，贵于庄雅"；"贵浅显"一节中"诗文之词采贵典雅而贱粗俗"；"戒浮泛"一节中"出言吐词当有隽雅春容之度"等，不止一次表达对"雅"的推崇。又如"忌填塞"一节中提出致填塞之病的缘由之一便是人们希望"借典核以明博雅"，可见"博"和"雅"作为他人填塞之目的，在当时是颇被李渔认可的评价标准；再如"贵自然"一节中说科诨虽然不可缺少，但最高的境界是水到渠成天机自露，而非刻意为之。这一节以"岂文章一道，俗则争取，雅则共弃乎？"这句反问结尾，指出大家并不会争看低俗的文章而抛弃高雅的文章，否认"俗则争取雅则共弃"的说法，表达了自己对"雅"坚决地追求和向往。再如"声容部"治服第三的"衣衫"一节说"贵雅不贵丽"、"脱去繁华之习，但存雅素之风"等，都可以看出李渔对"雅"的推崇，他甚至还在"居室部"的"零星小石"一节，专门强调"他病可有，俗不可有"。此外，"雅调""雅乐""浑雅""风雅""雅人深致""崇雅之念""新奇大雅""萧疏雅淡""尚雅素""雅趣""雅意"等词语多次出现在李渔的作品中。

除了在文章中强调"雅"的重要性，李渔还使用了与风雅文人类

---

① 原文为："至买就之时，给盆与石而使之种，又能随手布置即成画图，皆风雅文人所不及也。"（李渔. 李渔全集：第三卷［M］. 杭州：浙江古籍出版社，1991：286.）

同的话语结构，如"雅俗判然"①"工拙雅俗""雅驯自然者少，粗俗倔强者多"② 等等——同样将"雅"和"俗"进行对立性并置。而且他也多次强调了自己的"雅"，如"湖上笠翁实有裨于风雅，非僭词也"，又如"湖上笠翁原非蠢物，不止为风雅功臣，亦可谓红裙知己"等等，这些都是与其他风雅文人说法和主张颇为相似的地方。

但值得注意的是，如果对《闲情偶寄》中的观点加以分析，比对大多数风雅文人定义下的"雅"与李渔自己所声称的"雅"，会发现这两者间有一些不同之处。总的来说，风雅文人的"雅"是晚明"涵摄性最广的价值语汇"，是他们进行审美评价的最高标准，也几乎是绝对、唯一的标准。而与"雅"相对立的"俗"则是被他们所力斥和不齿的。但是到了李渔这里，"雅"和"俗"的界限逐渐模糊，他的笔下不止一次出现"雅俗共赏"等说法。举例来说，词曲部"科诨第五"中便有"雅俗同欢，智愚共赏③，"声容部""习技第四"的"丝

---

① 在《声容部》谈及妇人饰发之具时，李渔这样写道："簪珥之外，所当饰鬓者，莫妙于时花数朵，较之珠翠宝玉，非止雅俗判然，且亦生死迥别"，将"雅"和"俗"并至于对立的位置。（李渔.李渔全集：第三卷［M］.杭州：浙江古籍出版社，1991：130.）

② 在《词曲部（上）》，李渔认为，填词的人，如果入韵做得好，就可以被认为是词坛的高手了，因为很多时候，人们填词不是太生硬就是太浅陋，"以入韵之字，雅驯自然者少，粗俗倔强者多，填词老手，用惯此等字样，始能点铁成金"。在这里，李渔将"雅驯自然"和"粗俗倔强"置于对立的位置。（李渔.李渔全集：第三卷［M］.杭州：浙江古籍出版社，1991：41.）

③ 《科诨第五》中有"插科打诨，填词之末技也，然欲雅俗同欢，智愚共赏，则当全在此处留神。"说明李渔的戏曲目的并不是绝对的"趋雅避俗"、"崇雅贬俗"，而更多的是"雅俗同欢，智愚共赏"。（李渔.李渔全集：第三卷［M］.杭州：浙江古籍出版社，1991：55.）

竹"一节，提出在昆曲表演中加入歌舞可以实现娱乐出席之人的耳目，达到"雅俗共赏"的目的："歌舞难精而易晓，闻其声音之婉转，睹见体态之轻盈，不必知音始能领略，座中席上，主客皆然，所谓雅俗共赏者是也。"再如"科诨第五"的"重关系"一节中的"雅中带俗，又于俗中见雅……此等虽难，犹是词客优为之事。"也是强调"雅"和"俗"的交融、共通。不仅如此，李渔还在"剂冷热"一节中直接提出"戏文太冷，词曲太雅，原足令人生倦"①的说法，可见，"雅"在李渔心目中并不占有绝对优势地位。甚至，李渔还在"忌俗恶"一节中提出"科诨之妙，在于近俗"的主张。从这些方面可以看出，李渔和风雅文人对于"雅"的态度，是有所不同的。

是故，本章接下来特通过对第一章中归纳出的"雅"概念涵摄下的几个特点进行分析，探讨在对于"雅"具体内涵的理解上，李渔和同时期大多数风雅文人的区别。

总体来说，李渔对待"雅"的概念要素——"古""合宜""素""清"的态度，都与同时期文人不尽相同。例如与大多数风雅文人的

---

① 在《剂冷热》一节中，李渔写道"今人之所尚，时优之所习，皆在'热闹'二字。冷静之词，文雅之曲，皆其深恶而痛绝者也。然戏文太冷，词曲太雅，原足令人生倦……然尽有外貌似冷而中藏极热，文章极雅而情事近俗者，何难稍加润色，播入管弦……岂非冷中之热，胜于热中之冷；俗中之雅，逊于雅中之俗乎哉？"，指出目前人们对于清冷文雅的剧本是深恶痛绝的，剧情过于冷清或是词曲过于文雅本来就是很令人厌倦的。继而提出如果选择文辞典雅而情节通俗的剧本稍作修改，再配上音乐让人去演，效果未必不好，提出"传奇无谓冷热，只怕不和人情"的说法，强调剧本没有冷热的分别，只怕不符合人情事理，最后提出"冷中的热胜过热中的冷，俗中的雅比不上雅中的俗"这一结论。（李渔.李渔全集：第三卷［M］.杭州：浙江古籍出版社，1991：69.）

"以古为雅"不同，在李渔那里，"古"和"今"的界限并没有那么泾渭分明，"古制新裁，并行而不悖矣"、"仍其体质，变其风姿"……打通古今、变旧为新在李渔看来同样可以被称为大雅。从这一角度而言，相较于大多数风雅文人，李渔似乎更为中立和客观，但这也说明他忽略了"古"背后的深层文化意涵。又如对待风雅文人"合宜则雅"的标准，李渔与他们的态度基本一致，但他却在这一基础上将"合宜"的范围扩大，在风雅文人的位置合宜、合时宜、合地宜、合宜使器等之外增加了"搭配合宜"的概念，并将其应用于女子妆容、食物烹调等方方面面——这些方面看似尚未被其他风雅文人涉足，但实际上，那些家学渊源深厚、家境优渥、远离日常俗世生活、不沾柴米油盐的精英阶层风雅文人①根本无须涉足。再如风雅文人推

---

① 以文震亨和高濂为例，如果说"风雅文人"是从文化主张的角度提出的概念，那么如果将明清社会仍然十分看重的政治地位、家学渊源、经济水平等纳入考量，他们二人可谓是"风雅文人"中的"精英文人"。文震亨出身名门世家，是文徵明的曾孙，不仅品德高洁，还具有很高的艺术才能，官至武英殿中书舍人，其文化修养、经济水平和政治能力可想而知，可谓隶属于精英阶层的风雅文人。而其《长物志》不仅在当时成为富商大贾的"上层阶级格调指南"，还在其后的清代也得到了极大肯定，《四库全书总目提要》中有"震亨世以书画擅名，耳濡目染，与众本殊，故所言收藏赏鉴诸法，亦具有条理"。更是对文震亨本人的精英阶层地位的强调。高濂亦是如此，作为宋神宗外祖父的后裔，其先祖于北宋末年随驾南迁至杭州定居，其家族在社会上的政治和经济能力亦不容小觑。此外，其父在培养他的文化素质上不遗余力，他"筑藏书室"，"贮存古图书"，"贮古尊彝钟鼎"等等，培养了高濂博览群书、极富才情、工于诗、词、传奇等特点，让在文化领域内属于"风雅文人"的高濂，在政治和经济等方面处于精英阶层。类似于这种出身和处境的人与李渔有一个很显著的不同就是他们无需为生活中的琐事挂怀、更不必为经济上的得失斤斤计较。因此他们在"崇雅"时只需听凭内心感受，无需受到外界干扰。这是李渔与部分风雅文人主张、观点不同的原因之一。。

崇"以素为雅",进而将"素"的概念延展至"朴素简单不奢侈""自然本色无修饰"和"无欲无求无所为"等方面,如果将李渔《闲情偶寄》中的观点拿来与他们进行对比,会发现李渔虽然也崇尚简朴,但他提倡"素"的出发点与精英文人不同,且在他的观念中,"素"远没有"奇"来得重要,是故有"贵新奇大雅,不贵纤巧浪漫"之说;此外,他不仅不像推崇自然本色的大多数风雅文人一般,主张"以拙为雅",反而提出"工且雅者至",将天然去雕饰的"拙雅"与作为艺术技巧的"精""工"区别开来,不同于大多数风雅文人"虽极工致,亦非雅物"的观念初衷。最需要注意的是,不同于很多风雅文人追求心手闲适、淡泊宁静、无目的、无欲无求无所为的闲雅,李渔笔下的文字和主张无不透露出明显的实用主义和功利目的性。"致用"是李渔考量和品鉴"物"时从未忽略过的标准,而这完全有悖于许多风雅文人无目的、不功利、完全听从内心感受的"雅"。而且,当以文震亨为代表的精英阶层风雅文人将具体的"物"的外在形式作为批判对象,表达自己的审美修养和脱俗之志时,李渔笔下"物"的内涵,早已波及物品的创造、流通、品鉴、消费等各个方面,甚至关乎"物"在社会上所产生的效应,以及这个过程中会波及的所有社会问题。相较于精英阶层风雅文人论"雅"背后的"高雅脱俗之趣"而言,李渔的"雅"明显带有"人间烟火气"。

　　笔者认为,出现这些差异的原因在于李渔个人身份的复杂性。毕竟他从文化属性而言属于社会地位较高的士大夫知识分子阶层;而从经济水平而言,他又属于普通的市民阶层(既没有显赫的家世,亦没有具有浓厚文化氛围的生活环境,还没有能带给他良好文化修养的家学渊源,甚至没有优渥的经济条件)。这两类阶层属性(尤其是家庭经济情况的拮据)的交叠本来会使李渔显得比较被动,可难得的是，这一时期恰逢文人文化以其强大的吸引力表现出跨越阶层界限的特点，是故李渔开始尝试将自我价值以"非常规"的形式在这一领域得到另一种意义上的实现。他希望自己对物质文化的审美鉴赏及价值标准能够符合甚至超越精英阶层风雅文人确立的标准，进而成为整个社会文化基调的风向标。因此，他在深知提倡怎样的做法可以赢得大多数风雅文人认同（如"有复古之美名"）的前提下，仍然不断利用自己的创造力进行变革（又"无泥古之实害"），希望以"新"和"奇"为自己赢得更高的声誉，提高自己的社会身份，创造更多的社会价值。

不得不说，他的目的似乎已经实现了，毕竟他的书销量良好，还被其他人拿去盗版刻印；培养的戏班也受到大众欢迎，他本人还因此具备了"日食五候之鲭，夜宴三公之府"的资本。但与其他推崇风雅的文人相比，尤其是与那些隶属于精英阶层的风雅文人相比，不同的生活背景或言论心态，都使他在对某物做出具体评价时，与他人形成较为明显的差异或矛盾。总而言之，李渔在《闲情偶寄》中的观念，既有对大多数风雅文人的认同，亦有对他们主张的背离；既有对他人主张的修正和完善，亦不乏自己的创造性发挥。通过对其中的不同之处加以关照，不仅能够清晰地分析出李渔的个性、心态和审美独特性，同时也可以折射出晚明社会、历史和文化等方面的一些问题。

1. 李渔的"古"

以古物为雅，寄托文化理想；以古制为标准，品鉴日用器物；以古色为原则，辨别工艺品优劣……这种"崇古"的文化情结是晚明风雅文人的显著审美特征。第一章已对这一股以古为贵，崇尚古制的风气进行过论述——不仅传统的式样、仿古的设计、经典的形制等会得到晚明风雅文人的推崇，一些仿古的"新铸伪造"也同样受到认可，只要借助它们可以"想见上古风神"①……总而言之，所有的认可和接受背后，都是时人对"古"的崇尚、追捧和热爱。

李渔与他们并不完全相同。虽然在《闲情偶寄》词曲部的"音律第三"和演习部的"变旧成新"等许多地方，李渔都已经明确表现出对时下崇古之风的了然，如"崇高古器之风，自汉魏晋唐以来，至今日而极矣。""贵远贱近，慕古薄今，天下之通情也。""时人是古非今"等。但不同于以文震亨为代表的风雅文人们笔下的"古雅可爱""古雅精丽"等"古即是雅"的观念，李渔虽然崇古，但不泥古，在他那里，"古"并不能作为"雅"的代名词。他不但对古代设计加以学习、模仿和引用，而且时时持有创新求奇的意识。

从表面上看，这种打破古今界限的观念正是李渔的独特性所在，但从另一个角度而言，同样是表达价值认同和审美标准，大多数风雅文人"崇古"的背后，是一种高雅的隐逸文化，古器、古物、以及照"旧"布置生活空间的方式等，都是这种隐逸文化的外在表现。而且即使他们所推崇的"古"被移注于当代与"今"相连，也是要营造一种"古物犹在"的气氛和风雅。就此而言，李渔"古今交融"的做法，就与他们十分不同了。他更多的是停留在"物"的技术层面上，并不具有其他风雅文人那种在文化层面上的深层意涵。这一点，李渔与以高濂、文震亨为代表的精英阶层风雅文人是不同的。

---

① 高濂认为仿古的器物可以"补古之有无"，"不得于古，具此亦可以想见上古风神，孰云不足取也？"（高濂.遵生八笺［M］.成都：巴蜀书社，1992：523.），可见对它们并不十分排斥。

（1）李渔的尊古崇古之情

李渔在很多方面都对"古"表达了自己的推崇。他的崇古之情不仅表现在评价器物的方面，从他对于戏曲欣赏、屋舍建造甚至妇女着装的言论中，都可以看出他尊古、崇古的态度，这一点与大多数风雅文人是一致的。

举例来说，《闲情偶寄》饮馔部的"汤"一节开首便说"汤即羹之别名也。羹之为名，雅而近古。"说汤是羹的别名，而"羹"这个名字，有古风，很雅致，将"古"与"雅"直接相连。又如词曲部的"贵显浅"一节，"话则本之街谈巷议，事则取其直说明言。凡读传奇而有令人费解，或初阅不见其佳，深思而后得其意之所在者，便非绝妙好词；不问而知为今曲，非元典也。"提出戏曲的叙述应当直接明白，如果曲词中有让读者感到难以理解之处或是需要仔细想过才能明白其中意思，就不是绝妙的好词，这种词不用问就知道是今人写的曲子，而不是元代的曲子。由此可见，他是奉元代旧曲为经典的；后来还说"此等造诣，非可言传，只宜多购元曲，寝食其中，自能为其所化。"认为元曲所达到的高妙境界不能用语言表达，今人也根本无法企及。时下的人唯一能够做的，只有多买元人的戏曲作品，废寝忘食地读，才有可能浸入其中受到感染。由此，不难看出他对于古代经典的推崇。又如，在"凛遵曲谱"一节，李渔写道"曲谱则愈旧愈佳，稍稍趋新，则以毫厘之差而成千里之谬。"认为曲谱越旧越好，无论情节如何新奇百出，文章如何变化无穷，都不应当超出曲谱里规定的格式。

这种对"古""旧"的尊崇之意还表现在其他许多方面，如"声容部"的"盥栉"一节，有"篦之极净，便使用梳；而梳之为物，则越旧越精……求其旧而不得者，则富者用牙，贫者用角。新木之梳，即搜根剔齿者，非油浸十日，不可用也。"其中的"越旧越精"一词，可以见得李渔对"旧"的、相对较"古"之物的态度。"器玩部"的"箱笼箧笥"一节,他亦写道:"前人所制亦云备矣,后之作者,未尝不竭尽心思,图为奇巧,总不出前人之范围;稍出范围即不适用,仅供把玩而已。"认为前人制作已十分完备,后人无论如何努力,都无法超越前人,即使偶有微长,也完全不足道之,仅能够"供把玩而已"。他还在居室部的"书房壁"一节表达了对古人的崇拜和敬佩:"前人制物备用,皆经屡试而后得之,屏不用板而用木隔,即是故也……人知巧莫巧于古人,孰知古人于此亦大费辛勤,皆学而知之,非生而知之者也。"提出就像围屏要用木条横竖交错制成木格才会坚固一样,古人制作和使用某种东西,都是经过反复实验才成功的。人们知道自己的巧思比不过古人,却不知道古人对于这些事也付出了辛勤的劳动。这里,李渔不仅提出了"人知巧莫巧于古人"的观点,还说出了自己崇"古"的一个合理原因。

因此,从以上事例可以看出,李渔也十分尊古、崇古,这一点与其他风雅文人对待"古""古物"和"古器"的态度基本一致。此外,在《闲情偶寄》器玩部的"骨董"一节,他更是明确提到:"夫今人之重古物,非重其物,重其年久不坏,见古人所见用者,如对古人之足乐也。"认为今人看见古人制造和使用的东西,就像面对古人一样感到满足快乐。这一点与精英文人希望借助古物"想见上古风神"颇为相似。

继而,李渔提出,一些"近世贫贱之家,往往效颦于富贵,见富贵者偶尚绮罗,则耻布帛为贱,必觅绮罗以肖之……事事皆然,习以成性,故因其崇旧而黜新,亦不觉生今而反古。"他注意到有很多人对"古"的推崇言不由衷,只是东施效颦地模仿富贵人家,人云亦云地"返古"。李渔认为这样做并没有意义,因此他的书中特意不写古董，"不敢侈谈珍玩，以为末俗扬波"。也或许正是因为留意到这一现象，他本人对于"古"的态度才愈发辩证，更多的是去评价"物"之好坏，而非"古"之有无，常常纯粹从实用的角度评价器物，关注器物本身的设计优劣，做出客观的评价。是故，在李渔那里，"古"虽然是一条正面的评价标准，但"古"与"今"的界限已逐渐模糊，不再泾渭分明。

总而言之，"器物"在李渔那里，与其说是具有文化意义"赏品"（与其他风雅文人对器物的定位一致），倒不如说是具有功能意义的"用品"（市民阶层家常日用的东西），其实用价值高于其审美和鉴赏价值。这一点从"越旧越精""重其年久不坏""置物但取其适用，何必幽渺其说"等说法中便可以看出。这一点将在后文中进行论述。

（2）"崇古"但不"泥古"

李渔虽然尊古、崇古，但他在评价事物时，通常就物论物，不会"泥古"，更不会将"古"（包括"古意"、"古制"等）作为评判器物、事物或习惯的唯一标准，态度比较客观和辩证。

例如在"密针线"一节，他首先强调自己对于元曲的态度"吾观今日之传奇，事事皆逊元人"，但同时也不忘强调"独于埋伏照应处，胜彼一筹"，并没有因元人的创作相对较"古"就认为它一定更好，而是辩证地提出了自己的看法，指出元曲写作亦有不足，而今人作品恰好在此更胜一筹。在谈及这么做的原因时，李渔说"予非敢于仇古，既为词曲立言，必使人知取法。若扭于世俗之见，谓事事当法元人，吾恐未得其瑜，先有其瑕……乌知圣人千虑，必有一失；圣人之事犹有不可尽法者，况其他乎？"李渔借用圣人千虑必有一失的说法，来说明不应不加判断地将所有"古"之制法奉为圭臬的道理。既然圣人所做的事情尚且不是所有都值得效仿的，那么更何况是其他人呢，因此"吾于元人，但守其词中绳墨而已矣。"择其善者而从之，其不善者而改之，李渔既崇古却又不泥古，观点比较辩证。

类似的说法亦可见于《闲情偶寄》"居室部"的"联匾第四"一节。在这一节中，李渔提到，前人为人题写赠言通常会题在卷轴或扇面上，而有些时候，字数实在太少，不得已就会用大字写到木匾上。因为木匾大而硬，不适合携带和展示，于是接受赠言的人通常会将其挂在厅堂里。这样做的结果是"讵料一人为之，千人万人效之，自昔徂今，莫知稍变。"没想到大家似乎把这样做当成了固定的规矩，都来效仿，而且这种做法从古至今都没有改变。针对这个现象，李渔认为有更正的必要，他非常直接地指出"夫礼乐制自圣人，后世莫敢窜易，而殷因夏礼，周因殷礼，尚有损益于其间，矧器玩竹木之微乎？"说殷朝仿照夏朝的礼制，周朝又仿照殷朝的礼制，尚且要做些变动，更何况是器具玩物呢。李渔选用这个例子，其实就是在强调旧的东西，只要是陋习，就应当直面它们并勇于做出修正。这是观点辩证，不泥古的表现。

同样的道理，还体现在戏曲的音律和宾白中。在"音律第三"一节中，李渔力斥《南西厢》做的不好，说"予之力斥《南西厢》，非仇《南西厢》，欲存《北西厢》之本来面目也。若谓前人尽不可议，前书尽不可毁，则杨朱、墨翟亦是前人，郑声未必无底本，有之亦是前书，何以古圣贤放之辟之，不遗余力哉？"提出如果在自己之前的作品都不能批评的话，那么杨朱、墨翟也是前人，郑国的音乐也不一定没有底本，就算有底本也是延续前代的书，为什么古代的圣贤却可以对此不遗余力地加以排斥呢？表达了自己对于"古"是否可以更改的思辨。类似的观点还表现在"宾白第四"一节中，李渔提出一直以来创作戏曲的作家都比较重视填写曲词而不重视宾白，原因就在于对前人的拙劣效仿。由于元代名人所写的戏曲中北曲多而南曲少，而北曲的特点在于"即抹去宾白而止阅填词，亦皆一气呵成，无有断续，似并此数言亦可略而不备者。"即使去掉宾白只读曲词，也可以一气呵成地读下来，而且没有断断续续的痕迹，因此这些宾白在当时似乎可有可无，是故"在元人，则以当时所重不在于此，是以轻之。"但可叹的是"后来之人，又谓元人尚在不重，我辈工此何为？遂不觉日轻一日，而竟置此道于不讲也。"后代的作者因为过于拘泥于以往的创作体式，认为元代人尚且不重视它，就更觉得没有努力写好的必要了。这直接导致后来的编曲家对宾白日益轻视，直至完全忽略，足以见得一味效法前代旧制古法会造成的不良后果。类似的观点在《闲情偶寄》中还有很多，例如"《四书》之文犹不可尽法"，又如"词别繁减"一节的"千古文章总无定格，有创始之人，即有守成不变之人；有守成不变之人，即有大仍其意，小变其形，自成一家而不顾天下非笑之人。古来文字之正变为奇，奇翻为正者，不知凡几……诗之为道，当日但有古风，古风之体，多则数十百句，少以十数句，初时亦未病其多；殆近体一出，则约数十百句为八句，绝句一出，又敛八句为四句，岂有病其渐少，而选诗之家止载古风，删近体绝句于不录者乎？"认为自古以来，写作文章都没有固定的格式，但是以诗歌为例，这种文体由古风变为近体诗后句子数量减少，发生了变化，但世人并没有因为诗歌形制有变或字数逐渐缩减，就在收录的时候只选古风，将近体诗或绝句剔除在外不加选择。同样的道理，我们也不应简单的把某文章作品是否符合或延续了"旧制"作为判定作品是否优秀的衡量标准。顺着这一思路，他甚至在"器玩部"的"椅杌"一节直接提出"以时论之，今胜于古"的说法，并不同于精英文人唯"古"是尊的主张。

此外，他还在"审虚实"一节对一味泥古、硬写古事的做法表达了否定，"非用古人姓字为难，使与满场脚色同时共事之为难也；非查古人事实为难，使与本等情由贯穿合一之为难也……古人填古事易，今人填古事难。"为了避免写古事情节难以贯穿，导致写出的戏曲作品像是随意虚构的空中楼阁，虚不似虚，实不似实，李渔建议还不如干脆不要肆意使用或虚构古代的事情。也正是基于这一点，在"忌填塞"一节，李渔将"多引古事"作为填塞之病的一个方面，认为很多人刻意拼命引用典故"借典核以明博雅"，希望通过引用典故来显示自己知识渊博，情趣高雅，这样做是不好的。

当然，李渔也提到有人会认为不写古事可能会无素材可写，"人谓家常日用之事，已被前人做尽，究微极隐，纤芥无遗，非好奇也，求为平而不可得也。"李渔并不赞同这样的说法，因为"后人猛发之心，较之胜于先辈者……此言前人未见之事，后人见之，可备填词制曲之用者也。即前人已见之事，尽有摹写未尽之情，描画不全之态，若能设身处地，伐隐攻微，彼泉下之人自能效灵于我。"认为有很多例子可以证明后人的感情是比古人更为强烈的，再加上有很多以往前人没见过的事情，后人看见了就可以将其作为写作剧本的素材；即使是前人已经见过甚至写过的事情，也势必有很多没有写尽的情感和未能描绘完备的形态，只要身临其境，多考虑一些细微隐秘的地方，自然可以把作品写好。

这种打破"古"与"今"之间一直以来泾渭分明的界限，辩证地对待"古"的态度在"别古今"一节中得到了全面的展现。"选剧授歌童，当自古本始……且古本相传至今，历过几许名师，传有衣钵，未当而必归于当，已精而益求其精，犹时文中'大学之道'、'学而时习之'诸篇，名作如林，非敢草草动笔者也。"李渔首先提出，在教戏童唱戏的时候，要从旧剧本教起，一方面是因为观众对旧剧本熟悉，所以要求一向严格；更重要的是旧剧本从创作之日起流传到现在已经经历了一段时间，经由多位名师衣钵相传，不恰当之处已经得到了修正，本来的精彩之处也已精益求精，被宣染得更加完美。但是"旧曲既熟，必须间以新词。切勿听拘士腐儒之言，谓新剧不如旧剧，一概弃而不习。盖演古戏如唱清曲，只可悦知音数人之耳，不能娱满座宾朋之目。"李渔认为，旧曲目练熟后就一定要开始练习新曲目了，因为旧曲目的知音虽多，但总体而言受众仍相对有限。是故，不妨"间以新词"，因为"新剧则如巧搭新题，偶有微长，则动主司之目矣。"就像是巧妙搭配的新题目，新剧写的只要有一点长处，就可以吸引观众的注意。所以，在旧曲子唱熟练之后，就一定要间杂学新曲子，绝对不能听那些拘束、迂腐之人的话，认为新戏比不上旧戏，就把新剧全部抛在一旁不去学习。李渔甚至认为，对于一部分人而言，听古乐让他们想睡觉，而听新乐则能忘记疲倦①。由此可见，李渔在推崇旧剧、经典剧作的同时，并不拒绝对新戏的尝试和接纳，认为不应当简单粗暴的因为"新"或"旧"的问题而致使好的剧本被平白抛弃。他对于"新"、"旧"剧本的态度较为客观。而从以上的论述也可以看出，李渔这么做的目的在于要吸引尽量多的受众。

这一中立而辩证的态度还可见于除了戏曲之外的许多方面，例如在声容部和演习部中，都可看出李渔既有对古制的赞赏和坚持，又有对陈规陋习的直面和改善。具体而言，对古制的坚持从演习部的"衣冠恶习"一节可以看出。在这一节中李渔提出演员穿衣的习惯十分不

---

① 原文为："听古乐而思卧，听新乐而忘倦"。（李渔.李渔全集：第三卷［M］.杭州：浙江古籍出版社，1991：68.）

合理，认为近来唱戏用的服装不仅奢侈浪费，许多还让人难以理解，因此建议衣服应依然保持像以往一样轻软飘逸，宽松得体，上身绣凤鸟，下身绣云霞。而从"予非能创新，但能复古"可以看出，这种做法并不是他的首创，而是在"复古"，可见他对古之习惯的认可和坚持。但与此同时，李渔也会对一些不好的"旧习"明确提出改革，例如"语言恶习"一节，李渔提出有很多戏剧都喜欢在下场诗的后面添加一些没有意义的闲谈，"下场诗念毕，仍不落台，定增几句淡话，以极紧凑之文，翻成极宽缓之局。"这样做的后果就是把原本比较紧凑的戏文变得十分松散拖拉，虽然这是很多演唱者一直以来的习惯，但李渔依然严词指出"此积习之最无理最可厌者，急宜改革。"可见在李渔的评判体系中，任何由来已久的做法（如搬演方式等）都不会由于其是"习惯"或"古制"就被另眼相待，只要其存在是不合理的，就需要被改变。也就是说，在李渔那里，"古"或"今"并非判断事物的标准，"合理"、"合宜"才是。他希望"今"能取"古"之长，而补"古"之短。如声容部"盥栉"一节的"古制新裁，并行而不悖矣"、演习部"变旧成新"一节中的"仍其体制，变其风姿"① 等

---

① 在《闲情偶寄》演习部的"变旧成新"一节，李渔提出古董之所以被人所看重，是因为它们生斑易色，"体质愈陈愈古，色相愈变愈奇"，但毕竟"生斑易色，其理甚难"。针对这一情况，李渔认为解决的办法最好就是"仍其体质，变其风姿"即改变外在形态，而保持内在本质不变。就好像一位美女，只要稍微改变一下她的服饰和衣物，就足以让人刮目相看，并不需要改变她的形态容貌，就可以让人"始知别一神情也"。类比戏曲的"体质"和"风姿"，李渔认为体质是指曲文与大段关目，而"丰姿"是指科诨与细微说白。由此可见"仍其体质，变其风姿"其实也是李渔实现自己融合古今这一目标的方法之一。（李渔.李渔全集：第三卷［M］.杭州：浙江古籍出版社，1991：72.）

择善而从，择不善者而改的做法才是他真正提倡的。

　　同样，在面对"今"制时，亦可见出李渔这种辩证而中立的态度。如"衣衫"一节，"迩来衣服之好尚，有大胜古昔，可为一定不移之法者；又有大背情理，可为人心世道之忧者，请并言之。"他并不认为古昔的穿着风尚就一定好；而今日的流行趋势在得到部分认可的同时，也同样要接受最客观的检验。当这些"今制"出了问题，李渔亦会像对待不合理的"古"一样，不遗余力地进行抨击、批判和改革。如"妇人鞋袜辨"一节提及时下流行的"无底之袜""金缕鞋"、以及一些"高底之制"的鞋子，就被李渔大加批判："此则服妖，宋元以来诗人所未及。"对于这些并不合理的今制，李渔批评起来毫不客气。

　　值得注意的是，李渔知道自己的这些主张与同时期大多数风雅文人的主张是存在差异的。在《声容部》的"制服第三"一节，他就曾提出富家大户凡有锦衣绣裳者"皆可服之于内，风飘袂起，五色灿然，使一衣胜似一衣……有复古之美名，无泥古之实害。"可见他非常清楚当时的社会风尚是"复古"，因此主观上他希望自己指导的着装方式能够符合风雅文人对"古"的追捧，从而为自己赢得美名；但即使如此，他仍然希望社会大众在进行审美选择时能够不泥古，做到真正的"宜于体而适于用"。同样的例子还可见于"居室部"的"制体宜坚"一节，在介绍书斋窗棂的式样时，说"是格也，根数不多……雅莫雅于此，坚亦莫坚于此矣。是从陈腐中变出。由此推之，则旧式可化为新者，不知凡几。"诸如此类的诸多例子都可以看出，在李渔的观念中，"雅"的原因并不一定是"古"，从"陈腐"中变出，别出心裁，不仅可以将"旧"变为"新"，还可以达到"大雅"（雅莫雅于此）。这样的评价标准，明显与其他风雅文人"唯古是尊"、"唯古是尚"的主张有所不同，缩小了"古"和"今"的差距，削弱了"古"背后的文化意涵，却显得比较中立和客观，也更具有实用价值和意义。

（3）李渔的创新求奇

随着李渔打破"古"与"今"之间的界限，对"古"和"今"的态度愈发中立、客观和辩证，他提出了很多创新、求奇的办法。这些办法都是从"物"本身出发，基于实用目的而进行的创新和变革。

在《闲情偶寄》词曲部的"脱窠臼"一节，李渔开首便写道，"人惟求旧，物惟求新"提出创新的重要性。这一做法在戏曲创作中更是十分必要，"吾谓填词之难，莫难于洗涤窠臼，而填词之陋，亦莫陋于盗袭窠臼……窠臼不脱，难语填词。"李渔批评了近来的许多剧作都是东抄西凑，摆脱不了前人的老一套，就像是老和尚用碎布头连缀而成的衣服，写得十分不好。甚至提出如果不摆脱现有的程式，根本难以谈论填词。由此可见，李渔虽然崇古，但不惟古，十分希望"脱窠臼"，极力主张创新。正是基于此，他指出"新也者，天下事物之美称也"，将"新"（而非"古"）作为一个比较重要的评判标准。

在"意取尖新"一节，李渔以"纤巧"和"尖新"两词虽然意思一样，但"纤巧"因常作为"老实"的反义词出现，所以"为文人鄙贱已久"，但如果用"尖新"一词来形容，就可以"变瑕成瑜""令人眉扬目展，有如闻所未闻"①，这个例子说明了"新"的重要性。而如

① 原文为："纤巧二字，行文之大忌也，处处皆然，而独不戒于传奇一种。传奇之为道也，愈纤愈密，愈巧愈精。词人忌在老实，老实二字，即纤巧之仇家敌国也。然纤巧二字，为文人鄙贱已久，言之似不中听，易以尖新二字，则似变瑕成瑜。其实尖新即是纤巧，犹之慕四朝三，未尝稍异。同一话也，以尖新出之，则令人眉扬目展，有如闻所未闻；以老实出之，则令人意懒心灰，有如听所不必听。"（李渔.李渔全集：第三卷［M］.杭州：浙江古籍出版社，1991：53.）

果"白有尖新之文，文有尖新之句，句有尖新之字，则列之案头，不观则已，观则欲罢不能；奏之场上，不听则已，听则求归不得。"说明自己对创新的看法和力求创新的意图。同样的说法还可见于"小收煞"一节，"戏法无真假，戏文无工拙。只是使人想不到、猜不着，便是好戏法，好戏文。"只要让观众意想不到、猜不出来就可以说是好戏法；"变调第二"中也直接说"变则新，不变则腐；变则活，不变则板。"认为如果不创新，不求变就会显得呆板，还说"惧则惧其情事太熟，眼角如悬赘疣。"主张求新求变。类似的例子还可以从演习部"变旧成新"一节看出，李渔写道"演新剧如看时文，妙在闻所未闻，见所未见；演旧剧如看古董，妙在身生后世，眼对前朝……演到旧剧，则千人一辙，万人一辙，不求稍异。观者如听蒙童背书，但赏其熟，求一换耳换目之字而不得，则是古董便为古董，却未尝易色生斑，依然是一刮磨光莹之物，我何不取旋造者观之，犹觉耳目一新，何必定为村学究，听蒙童背书之为乐哉？"强调搬演旧剧时，若丝毫不加以修改，观众顶多觉得像蒙童背书一般，只是很熟练却没有任何创新。与其这样，还不如拿新剧来欣赏，这样至少还会让人觉得耳目一新。这些都是在申明创新的重要性。

而李渔给出的创新渠道就是仍其体质、变其丰姿，可谓融合了古今优长。而这样一来，就可以"既慰作者之心，且杜时人之口。"充分体现了李渔的客观和辩证，这一点在前文已经提及。其他的类似说法如"戏场关目，全在出奇变相，令人不能悬拟。"[①] "缟衣素裳，其制

---

① 李渔认为，"戏场恶套，情事多端，不能枚记。以极鄙俗之关目，一人作之，千万人效之，以致一定不移，守为成格，殊可怪也"（李渔．李渔全集：第三卷［M］．杭州：浙江古籍出版社，1991：102．）。可见，李渔厌恶不断重复的鄙俗关目，而不因其古旧就把它们一味地认定为"雅"。

略新，则为众目所射，以其未尝睹也"① "予独怪其制法未善……予为新制……"② 等说法，都表明了不拘泥于古法，格外重视创新的态度。不仅如此，其创新求奇的精神也得到了后世的认可和推崇③。而器玩部的"暖椅"，以及"橱柜""灯烛"等章节中的做法，都完全是李渔坚定不移的创新实践——这一点从《兰溪县志》中"性极巧，凡窗牖、床榻、服饰、器具、饮食诸制度，悉出新意，人见之莫不喜悦，故倾动一时"的记载中亦可以得到证明。

————————————

① 李渔提出这一观点其实是为了举例子说明造屋建房不要过分奢靡。他用两类衣服进行比较："譬如人有新衣二件，试令两人服之，一则雅素而新奇，一则辉煌而平易，观者之目，注在平易乎？在新奇乎？锦绣绮罗，谁不知贵，亦谁不见之？缟衣素裳，其制略新，则为众目所射，以其未尝睹也"，说明衣服即使十分朴素，但只要样式新颖，就会引起众人的注意，因为这种款式人们并没有见过。这一段话虽然是为了说明"土木之事，最忌奢靡"这一主题，但其中流露出的对新式样、创新的重视却是显而易见的。（李渔. 李渔全集：第三卷［M］. 杭州：浙江古籍出版社，1991：157.）

② 为了在精致的房间里隐藏椽子和瓦，时人或以板覆，或用纸糊，做了一种叫作"顶格"的东西，这个东西"天下皆然，而予独怪其制法未善"，李渔自己设计了一种新样式，把顶格做成了斗笠的形状，这是他本人的创新实践。（李渔. 李渔全集：第三卷［M］. 杭州：浙江古籍出版社，1991：160.）

③ 孙楷第先生在《李笠翁与十二楼》中有这样的评论："他的小说虽不如冯梦龙之浑朴自然，而境界意象，确乎有冯梦龙所未尝试探的。……在笠翁小说，是篇篇有他的新生命的。""以文而论，差不多都是戛戛独造，不拾他人牙慧。他的风格纵然不如冯梦龙之落落大方，亦决不至于猥琐庸沓。虽然在他的小说中，有时因关目新奇而近于纤巧，有时好用些儇薄字眼；终不能掩其意境之清新与文章之流利。我们看他的小说，真觉得篇篇有篇篇的境界风趣，绝无重复相似的毛病；这是他人赶不上的。"（孙楷第. 李笠翁与十二楼［M］. // 李渔. 李渔全集：第二十卷. 杭州：浙江古籍出版社，1991：47，64.）

（4）小结

从以上的论述可以看出，李渔知道"古"在风雅文人的审美评价体系中是一种颇受好评的评价标准，但他不愿意囿于此，而是在尊古、崇古的同时，不惟古，不泥古，颇具创新意识；更加难能可贵的是，他在自己的日常生活、戏曲创作、艺术实践中，都贯彻了古今融合，择其善者而从之，其不善者而改之的态度，相较于其他风雅文人而言，李渔对于"古"的认识是相对比较客观、中立和辩证的，这是李渔的独特性所在，也是他一直以来受到后世推崇的原因，这一点不容否认，值得我们学习和效仿。

但从另一方面来说，无论是演习部的"变旧成新""仍其体制，变其风姿"，词曲部的"洗涤窠臼""意取尖新""变瑕成瑜"，还是声容部的"古制新裁，并行而不悖"，亦或是居室部的"从陈腐中变出，化旧为新"等等，都是从技术层面讲述创新求奇的方法，从而实现吸引更多观众或读者的目的。而器玩部的"置物但取其适用"，声容部的"宜于体而适于用"等说法，更是直接强调物的实用价值。也就是说，李渔注重的是对"古物"、"旧制"等在技术层面上做出改进，使其具备更好的功能意义。

他的做法无可厚非，但值得注意的是，这一时期大多数风雅文人观念中与"雅"相连的"古物""旧制"等，即使失去了功能意义，不再"实用"，也仍然保有永恒不可替代的地位。因为这些风雅文人对"古"的重视是基于对历史情愫的呼唤，是故古物即使"不宜日用"，也仍可以被"藏以供玩"①——它们可以仅仅作为点染文化气氛

---

① 文震亨《长物志》中对很多不再具备使用价值和实用意义的古物，（接下页）

的装饰物而存在，它们营造出的气氛与意境是风雅文人最看重和强调
的。因此，从对待"古雅"的态度而言，风雅文人重视"古"在文化
层面的引申意义远大于技术层面上的功能意义，就这一点而言，李渔
与他们是不同的。

2. 李渔的"合宜"

在第一章中已经提到，"合宜"是晚明时期风雅文人观念中"雅"
的内涵之一。当我们研读李渔的著作，可以发现李渔也如同大多数风
雅文人一样，不止一次提及"合宜"这一概念并强调其重要性。不仅
如此，李渔还在其他风雅文人提出的位置合宜、因时因地制宜、合宜
使器、整体合宜等之外，一定程度上扩大了"合宜"的内涵，将"合
宜"的标准应用到了生活的方方面面。

（接上页）都采取了"藏以供玩"的态度。如"三代、秦、汉鼎彝……皆以备赏鉴，
非日用所宜"，可见不宜日用的古物并没有因此在文震亨心目中失去地位。同样的例
子如"茶盏"一条中"白定等窑，藏为玩器，不宜日用"，虽然白定茶盏脱离了实
用的行列，但仍可以作为清玩获得作者青睐；又如卷七"裁刀"条，"有古刀笔者，
青绿裹身，上尖下圆，长仅尺许，古人杀青为书，故用此物，今仅可供玩，非利用
也。""书灯"条"有古铜驼灯、羊灯、龟灯、诸葛灯，俱可供玩，而不适用。""瓢"
条"瓢，得小匾葫芦……用以悬挂杖头，及树根禅椅之上，俱可。""钱"条："钱之
为式甚多……有金嵌青绿刀钱，可为签，如《博古图》等书成大套者用之。鹅眼货
币，可挂杖头。"书灯虽然不再适用于书室中，葫芦瓢也无需再被用来舀水，货币也
不再能够流通使用、进行交易，但他们仍然以其古样旧式被保存在生活空间中，成为
呈现古意的工艺品"藏以供玩"，指涉着一个遥远的过去。

（1）"合宜"观念的应用

"合宜""相称"的概念在李渔的观念中占有着比较重要的位置。例如在《闲情偶寄》"居室部"中的"出檐深浅"一节，李渔写道："故柱不宜长，长为招雨之媒；窗不宜多，多为匿风之薮；务使虚实相半，长短得宜。"强调柱子太高就容易招致雨水，故不宜太高；窗子太多就会招风，故窗子也不宜太多，设计时一定要虚实各半，长短适宜。又如"房舍"一节的序中有"夫房舍与人，欲其相称"的说法。此外，因时、因地制宜的观点也不止一次地出现在了李渔著作之中：如"种植部"的"柳"条："鸟声之最可爱者，不在人之坐时，而偏在睡时。鸟音宜晓听，人皆知之；而其独宜于晓之故，人则未之察也……卯辰以后，是人皆起，人起而鸟不自安矣。虞患之念一生，虽欲鸣而不得，鸣亦必无好音，此其不宜于昼也。"就是在强调欣赏鸟鸣要"因时制宜"①。

而"因地制宜"的理论主要体现在造园设计方面，李渔在"居室部"的"房舍第一"节中就有"创造园亭，因地制宜"的说法，"高下"一节，也提到"总有因地制宜之法：高者造屋，卑者建楼，一法也；卑处叠石为山，高处浚水为池，二法也……"，说明"因地制宜"的理念和做法。还有如在"书房壁"一节中说"东南西北，地气

---

① 此外，值得一提的是，在《闲情偶寄》颐养部的"行乐第一"条中，李渔亦提出了要"随时"行乐的说法，分别写了"春季行乐之法"、"夏季行乐之法"、"秋季行乐之法"、"冬季行乐之法"等。为了强调人在不同的时间、场合等应该有不同的行乐方式，他还特别写了"随时即景就事行乐之法"，认为家庭起居安乐之事，"处之得宜，亦各有其乐"。（李渔.李渔全集：第三卷［M］.杭州：浙江古籍出版社，1991：317–321.）

不同，此法止宜于西北，不宜于东南"，说明也注意到了不同的地方
需要用不同的办法来处理。"石壁"一节也有"石壁不定在山后，或
左或右，无一不可，但取其地势相宜，"也是在强调石壁与整体地势、
环境的合宜。在提及器物的摆设时，李渔也提出了"就地权宜"之
说，"当行之法，则与时变化，就地权宜，视形体为纵横曲直，非可
预设规模者也，"虽然谈的是器物摆放的位置要合适，但其中也同样
涉及到了"与时变化"和"就地权宜"等，与其他风雅文人的主张基
本相同。

　　此外，与同时期大多数风雅文人一样，李渔还强调了尺寸大小
合宜、位置合宜。论及尺寸大小合宜的如"居室部"的"秋叶匾"一
节，李渔写道："御沟题红，千古佳事；取以制匾，亦觉有情……蕉
叶可大，红叶宜小……"是从尺寸大小的方面对制作匾额的秋叶提出
建议；在"器玩部"的"炉瓶"一节，说"炉瓶之制，其法备于古
人……如香炉既设，则锹箸随之……箸之长短，视炉之高卑，欲其相
称……"也是对尺寸长短"合宜""相称"的要求。而位置得宜，如
"蕉叶联"一节，"蕉叶题诗，韵事也；状蕉叶为联，其事更韵。但可
置于平坦服帖之处，壁间门上皆可用之，以之悬柱则不宜，阔大难掩
故也"，即是在进行摆放地点的选取指导。又如"器玩部"的"贵活
变"一节提出的香炉摆设之法，"当由风力起见，如一室之中有南北
二牖，风从南来，则宜位置于正南，风从北入，则宜位置于正北；若
风从东南或从西北，则又当位置稍偏，总以不离乎风者近是。若反风
所向，则风去香随，而我不沾其味矣"，也是在强调香炉摆设位置的
选择要恰当、合宜。这一"位置得宜"的理论在"器玩部"也同样得
到强调，如论及"器玩"陈设的"位置"时，"合宜相称"的理念就
得到了更明确地说明："位置器玩与位置人才同一理也，设官授职者，

期于人地相宜；安器置物者，务在纵横得当……他如方圆曲直，整齐参差，皆有就地立局之方，因时制宜之法"，在重述因时制宜的同时，强调位置合宜的重要性。在此之后，李渔还对"胪列古玩，切忌排偶"的旧说进行了重新阐释："大约摆列之法忌作八字形，二物并列不分前后，不爽分寸者是也；忌作四方形，每角一物，势如小菜碟者是也；忌作梅花体，中置一大物，周遭以小物是也；余可类推。当行之法，则与时变化，就地权宜，视形体为纵横曲直，非可预设规模者也。如必欲强拈一二，若三物相俱，宜做品字形，或一前二后，或一后二前，或左一右二，或右一左二，皆谓错综；若以三者并列，则犯排矣。四物相共，宜作心字及火字格，择一或高或长者为主，余前后左右列之，但宜疏密断连，不得均匀配合，是谓参差；若左右各二，不使单行，则犯偶矣"。在这里，李渔说明了自己认为的不同情况下器物陈设的方法，还举出了所"宜""忌"的陈列格式，其中的"宜""忌""错综""参差""就地权宜"等词，都说明李渔已经认识到如对称与均衡、比例与尺度、对比与调和、多样与统一这些形式美的规律，他对于审美已经有了整体上的把握，对物体陈列方式和位置的评价已经形成了自己的标准，而这一标准的宗旨就是"合宜"。

又如，他在《闲情偶寄》"颐养部"的"冬季行乐之法"一条写道："尝有画雪景山水，人持破伞，或策蹇驴，独行古道之中，经过悬崖之下，石作狰狞之状，人有颠蹶之形者。此等险画，隆冬之月，正宜悬挂中堂。主人对之，即是御风障雪之屏，暖胃和衷之药。"强调物品摆放位置与整体环境的"合宜"。当被悬挂在"中堂"这一合适的位置时，画的意境与整体的环境氛围形成了很好的互动，这时画作已经不仅仅是画家以笔墨状写的胸中气韵，也不再如以往一般，作为赏鉴对象被文人聚焦于笔墨、构图、形神、气韵等方面进行艺术品评和鉴赏，而更多的成为了一种服务于整个环境设计氛围的道具，讨论其悬挂位置是否得当，其实就是在强调"合宜"。李渔在这里表现出的观点与前文提及的文震亨在《长物志》的"悬画"篇中写的"悬画宜高，斋中仅可置一轴于上，若悬两壁及左右对列，最俗……堂中宜挂大幅横披，斋中宜小景花鸟，若单条、扇面、斗方、挂屏之类，俱不雅观"中的观点是颇为一致的，都在强调物品的悬挂位置和整体环境的协调。而"山石"一节中的"一花一石，位置得宜，主人神情已见乎此矣。"此即是对于"位置合宜"的强调，更与文震亨的"韵士所居，入门便有一种高雅绝俗之趣"表达了颇为相似的审美意味。

从以上的论述可以看出，李渔对待"合宜"的态度与以文震亨为代表的大多数风雅文人的态度是较为相似的。

（2）"合宜"观念适用范围的扩大

"合宜则雅"体现了风雅文人对"合宜"的重视，李渔亦是如此，同样表现出了对因时、因地制宜，合宜使器等观念的提倡。但值得注意的是，李渔将"合宜"的观念应用到了日常生活的各个方面，在一定程度上扩大了"合宜"这一标准的涵摄范围。

例如，在"声容部"中的"盥栉"一节，李渔写道："古人呼发为'乌云'，呼髻为'蟠龙'者，以二物生于天上，宜乎在顶"。在谈论女子发髻的时候，也注意到了位置合宜的重要性。"首饰"一节亦是如此，"玫瑰，花之最香者也，而色太艳，止宜压在鬓下，暗受其香，勿使花形全露，全露则类村妆，以村妇非红不好。"由于玫瑰的香气很强，颜色又比较显眼，因此最合适的位置是将其压在鬓下。对女子妆容的处理、发型的设计、装饰物的选取也同样提出了"位置合宜"的衡量标准。

　　此外，李渔还多次提到了"搭配合宜"的理念，如在"居室部"的"屏轴"一节有"如前云所载糊房之式，最与屏轴相宜"这句话，就是从搭配合宜的角度立论，同样的例子还有很多。也就是说，在李渔的理论体系中，"搭配得宜"不再仅仅限于器物的摆放、房舍的构建，同时还可见于女子的着装，甚至饮食的搭配等。这些是除李渔之外的风雅文人尚未注意到的，是故从这个角度而言，本书认为李渔提出的观点更加全面，比同时期其他文人走得更远。

　　具体来说，女子着装方面，李渔在《闲情偶寄》"声容部"的"首饰"一节对女子佩戴发簪的选色和质地发表评论时写道："簪之为色，宜浅不宜深，欲形其发之黑也。玉为上，犀之近黄者、蜜蜡之近白者次之，金银又次之，玛瑙琥珀皆所不取……宜结实自然，不宜玲珑雕斫；宜与发相依附，不得昂首而作跳跃之形。"这段话指出，因为发簪的作用在于要衬托头发的乌黑，因此"宜浅不宜深"；还讨论了头饰的质地，认为"宜结实自然，不宜玲珑雕斫"，又因为要放在头上，故"宜与发相依附"，这些原则都体现了发簪的设色、材质、形状等都要与其功能、位置、作用相符合，只有这样，才能为佩戴者锦上添花，而非喧宾夺主，这就是"合宜"的重要性。又如，李渔为女子妆容的颜色提出了"浓淡得宜"的指导意见，并将其应用于其他方面。在谈及脂粉二物的时候，李渔写道："脂粉二物，其势相依……但须施之有法，使浓淡得宜，则二物争效其灵矣。"还在此基础上提出了傅粉的方法"今以一次所傅之粉，分为二次傅之，先傅一次，俟其稍干，然后再傅第二次，则浓者淡而淡者浓，虽出无心，自能巧合，远观近视，无不宜矣。"试图通过这种办法让浓者淡淡者浓，目的就是希望达到合宜的效果。同样的观点还见于"云肩"条："若衣色极深，而云肩极浅，或衣色极浅，而云肩极深，则是身首判然……此最不相宜之事也。予又谓云肩之色，不惟与衣相同，更须里外合一……"也是从颜色的角度考虑如何搭配才是真正的"合宜"，还考虑到了搭配之后的整体效果。同样的理念亦见于"妇人鞋袜辩"一节，"泥土砖石其为色也多深，浅者立于其上，则界限分明，不为地色所掩。如地色青而鞋亦青，地绿而鞋亦绿，则无所见其短长矣。脚之大者则应反此，宜视地色以为色。"就是在提醒读者注意鞋袜颜色与地色的搭配，如果"搭配得宜"甚至可以起到藏拙的作用。再比如"衣衫"一节"妇人之衣，不贵精而贵洁，不贵丽而贵雅，不贵与家相称，而贵与貌相宜。绮罗文绣之服，被垢蒙尘，反不若布服之鲜美，所谓贵洁不贵精也。红紫深艳之色，违时失尚，反不若浅淡之合宜，所谓贵雅不贵丽也。"也是在强调服装的颜色选择、式样搭配要在整体上与相貌"合宜"。还说"今试取鲜衣一袭，令少妇数人先后服之，定有一二中看，一二不中看者，以其面色与衣色有相称、不相称之别。"再三强调"相称"的重要性，这种"相称"其实就是我们说的"合宜"。基于此，李渔又写道："使贵人之妇之面色不宜文采，而宜缟素，必欲去缟素而就文采，不几与面为仇乎？故曰不贵与家相称，而贵与貌相宜。"明确提出，贵与貌相宜的概念。

综合以上，稍加整理便可以发现，在李渔的认知观念中，服饰妆容除了色彩合宜、浓淡得宜，还要与服色相宜，与年龄相宜，与身份相宜（贵贱），还要"宜于体而适于用"，能够受茶酒之污而不旧损等等，可谓十分全面。而这种对颜色、浓淡搭配合宜的重视不仅仅表现在妇女的着装，李渔还将其扩展到自己理论体系的方方面面，如"居室部"中的"厅壁"一条："厅壁不宜太素，亦忌太华。明人尺幅，自不可少，但须浓淡得宜，错综有致。"又如"焦叶联"一条"蕉字宜绿，筋色宜黑；字则宜填石黄，始觉陆离可爱，他色皆不称也。"

也是从颜色搭配的角度提出的建议，可见其对"合宜""相称"的重视。这类例子很多，在此仅举以上几例。

此外，李渔理论体系中的"合宜"除上述内容之外，还涉及了食物的烹调，具体可以见其饮馔部中关于食材、用料、火候、方法等许多方面的"合宜"。例如"食笋之法多端……'素宜白水，荤用肥猪'……以之伴荤，则牛羊鸡鸭等物皆非所宜，独宜于豕，又独宜于肥……烹之既熟，肥肉尽当去之，即汁亦不宜多存，存其半而益以清汤，调和之物，惟醋与酒。"这里讲究的是烹调食物时候的搭配得宜；同样的例子还有"生萝卜切丝作小菜，伴以醋及他物，用之下粥最宜。""拌面之汁，加鸡蛋青一二盏更宜。"都是在讲究食材搭配的合宜；在"面"一节讲究五香面的做法时，是这样写的："拌宜极匀，擀宜极薄，切宜极细，然后以滚水下之……"强调制作方法的合宜，同样的例子还有"如鲟、如鳟、如鲤，皆以鲜胜者也，鲜宜清煮作汤；如……，肥宜厚烹做脍。烹煮之法，全在火候得宜。"也是在说明烹煮之法、火候要合宜。

李渔的"合宜"还包涵了"丰俭得宜"这一内涵，不仅独特而实用，同时也是与其他风雅文人的不同之处。虽然同时期其他文人亦有过对奢靡的否定，但尚未有人如李渔一般在字里行间多次强调"避奢就简""崇俭避奢"的观念（这一点将在下一节中进行说明），而在他的具体表述中，更是不止一次直接使用了"丰俭得宜"这样的形容词，将"合宜"所涵盖的范围加以延展。如"居室部"的"甃地"一节，"有用板作地者，又病其步履有声，喧而不寂。以三和土甃地，筑之极坚，使完好如石，最为丰俭得宜。"提出在砌房之后建造台阶时，最恰当的做法是用三和土铺地，这样既可以筑得非常坚固，像石头一样完好，同时又最为丰俭适宜。同样的评价标准还见于"女墙"

一节,"予谓自顶及脚皆砌花纹,不惟极险,亦且大费人工……止于人眼所瞩之处空二三尺,使作奇巧花纹,其高乎此及卑乎此者,仍照常实砌,则为费不多,而又永无误触致崩之患。此丰俭得宜,有利无害之法也。"意在指出,如果把墙从顶部到底部全部砌上花纹,实在太费人力,倒不如只在人的眼睛最容易停留的地方空出两三尺,雕刻一些奇巧别致的花纹,墙体其他比这高或比这低的部分只要照常砌实就可以了,这样就既不用花费过多,同时也无需担心有砖石松动、墙体倒塌、伤及行人的危险。李渔认为这是一种丰俭得宜,有利无害的做法。由此可见,李渔的合宜,还包括了"丰""俭"的合宜。

（3）小结

从以上的论述中可以看出,就"合宜"这一点而言,李渔与同时期其他风雅文人所持观点是基本相同的:他对于"雅"的标志性特点——"合宜"同样比较重视,并在作品中多次强调。更为难得的是,他将"合宜"的理念扩展到了生活中尚未被他人涉足的其他方面,这是他与同时期风雅文人的不同之处,也是其独特性所在。

但不得不说,饮食烹调、女子妆容、金钱消耗等并不是远离日常俗世生活,不沾柴米油盐,无须为琐事挂怀的精英阶层风雅文人需要考虑的。不仅如此,在这些经济条件优渥的风雅文人看来,任何涉及到金银货币、生活消费的考量都是俗的,所谓"宁必金钱作垆"[①],对金钱、消费的过度重视在他们眼中是市侩气的表现,统统指向着

---

① 原文为:"驰道广庭,以武康石皮砌者最华整。花间岸侧,以石子砌成,或以碎瓦片斜砌者,雨久生苔,自然古色,宁必金钱做垆,乃称胜地哉?"（文震亨.长物志校注[M].南京:江苏科学技术出版社,1984:34.）

"俗"，会降低自己的高雅程度。而这一点，是强调"丰俭得宜"，饮食烹调时不得不注重"所费不多"的李渔所不能回避的①。从这一角度而言，虽然李渔丰富了"合宜"的涵摄范畴，但却距离同时期精英阶层风雅文人清高脱俗的生活状态越来越远了。

3. 李渔的"素"

本书第一章已总结过，晚明时期主流的风雅文人所推崇的"雅"包含了"素"的涵义，而他们的"素"包括生活上的朴素简单不奢侈，艺术上的自然本色无修饰和精神上的无欲无求无所为，这些方面构成了晚明文人对"素"（也就是对"雅"）的基本认知。如果我们从这几个方面将李渔观念中的"素"与其他风雅文人（尤其是精英阶层的风雅文人）加以对比，同样可以看出李渔的独特性所在；与此同时，也会对李渔特殊的生活处境和独特的主体心态有更准确的了解。

---

①　除了《闲情偶寄》，李渔还多次在其他地方提及自己对于经济的重视、对金钱的渴望，笔者此引用其《颂钱神（四首）》来说明李渔与其他风雅文人相比略显庸俗的金钱观。其一："天下神无算，惟君擅异灵。力能倾上帝，气可吸沧溟。转世何须毅，飞人不假翎。相传千佛贵，诵此作名经。"其二："漫说倘来易，凭君着意求。磨穿千里骨，白尽万人头。才识相逢苦，又生离别忧。岂惟儿女泣，壮士亦含羞。"其三："举世虽兄汝，何尝肯弟人。尊之犹不乐，何况是相亲。青白无双眼，弥漫只一身。不须多识字，最喜是妆贫。"其四："历久才相识，诚哉第一流。几文疏骨肉，屡贯易恩仇。得此千祥集，离君万事休。他时天地缺，还仗汝来修。"（李渔. 李渔全集：第二卷［M］. 杭州：浙江古籍出版社，1991：129-130.）以上文字均出于李渔的手笔。从这些诗中，都可以看出李渔对金钱的重视——他多次提及金钱在生活中起到的重要作用，以及缺少金钱会给人或家庭带来的恶劣影响。快人快语，毫不避忌。很难想象高雅脱俗的精英阶层风雅文人会如此露骨地表达自己对金钱的期待。

（1）朴素简单不奢侈——"浑素大雅"与"新奇大雅"

第一章提到过，在日常生活中的艺术品选用方面，文震亨等人一直秉持"朴素简单不奢侈"的原则，是故他提出"素壁雅，画壁俗"、"琉璃金玉，糜俗可憎""浑素"方为"大雅"等说法。纵览李渔的作品，笔者认为，李渔和这些人的相似之处在于，他不仅在生活中秉持了忌奢靡，尚朴素的态度，而且也将"素"与"雅"相连。这一点从其"脱去繁华之习，但存雅素之风""宜淡不宜浓，宜纯不宜杂""雅素而新奇""萧疏雅淡之致"等说法中即可看出。

具体来说，在"居室部"的"联匾第四"中，李渔评价"此君联"道："以云乎雅，则未有雅于此者；以云乎俭，亦未有俭于此者。"虽未将"俭"和"雅"直接挂钩，但至少说明在李渔的评价标准中"雅"和"俭"并行不悖，绝非相互对立的概念。又如，提及造园设计时，李渔认为没必要为了尚新奇，求精美而过分消耗人力物力，"土木之事，最忌奢靡。匪特庶民之家，当崇俭朴，即王公大人，亦当以此为尚。"提倡不要奢侈浪费，无论家庭情况如何，都应当崇尚俭朴设计。在评价一种"吴门新式"的服装时，他写道："有所谓月华裙者，一裥之中，五色俱备，犹皎月之现光华也，余独怪而不取，人工物料，十倍常裙，暴殄天物，不待言矣，而又不甚美观。"社会上流行的月华裙选材用料十倍于常裙，这种过分奢侈的行为不仅造成了极大的浪费，而且并不美观，李渔对这种暴殄天物而制成的奢侈服饰进行了毫不留情地批评和否定。这种说法与文震亨在《长物志》中的"夏葛、冬裘，被服娴雅……若徒染五彩，饰文缋，与铜山金穴之子，侈靡斗丽，亦岂诗人粲粲之旨乎"的主张有很强的一致性，都是从服装选材、质料、色彩和装饰等方面对用物奢靡这一现象进行批判，提倡朴素简单。这种反对过分奢侈、堆砌装饰，提倡朴素造物的说法还散见于李渔对其他一些物品的评价，例如《器玩部》的"箱笼箧笥"条："予游冬粤，见市所塵列之器，半属花梨、紫檀、制法之佳，可谓穷工极巧，止怪其裹铜裹锡，清浊不伦。"抨击了一味选用名贵的材料，穷工极巧，极尽雕缕画缋之能事的作品；又如在《器玩部》的"笺简"一条，李渔写道，"笺简之制，由古及今，不知几千万变。自人物器玩，以迨花鸟昆虫，无一不肖其形，无日不新其式；人心之巧，技艺之工，至此极矣。予谓巧则诚巧，工则至工，但其构思落笔之初，未免驰高骛远，舍最近者不思，而遍索于九天之上、八级之内，遂使光灿陆离者总成赘物，与书牍之本事无干"。这里对时下笺简过于注重工巧，新奇百变光怪陆离的现象进行了批评，认为这些笺简虽然种类丰富，各式各样，但却与案头书写没什么关系，是不可取的①。

由此可见，李渔已经认识到，如果日常生活用物从注重审美观感发展到只注重外表的华丽精致，脱离原本轨道并日渐走向奢靡，甚至给社会带来负面的不良影响，那么这些物便不应当被认可，它们存在的价值和意义也应当被重新审视和探讨。这一态度与当时主流风雅文人的观点是相同的。

但值得注意的是，李渔的言论与他们仍然存在一个很明显的区别，

---

① 当时也有其他人对笺纸设计过于奢侈讲究的现象提出过类似评论，如郎瑛《七修类稿》卷十七就有过类似记载："予少年见公卿刺纸，不过今之白录纸二寸，间有一二苏笺，可谓异矣；而书柬折拍，亦不过一二寸耳。今之用纸，非表白录罗纹笺，则大红销金纸，长有五尺，阔过五寸，更用一绵纸封袋递送，上下通行，否则谓之不敬。呜呼！一拜帖五字，而用纸当三厘之价，可谓暴珍天物，奢亦极矣。"（郎瑛.七修类稿［M］.// 续修四库全书：第一一二三册.上海：上海古籍出版社，2002：122.）

他一方面强调"创立新制，最忌导人以奢"，提倡使用朴素、简单的能够满足日常生活之用的必需品，但另一方面，在具体讲述自己欣赏的物品时，很大一部分仍然是市民阶层无法企及的奢侈品，笔者认为这是他自身言论的自相矛盾之处，也是他与其他风雅文人（尤其是精英阶层风雅文人）的差异之处——他始终未能摆脱潜在的炫耀身份的心态。

　　例如在《器玩部》的"酒具"一条，李渔认为"酒具用金银，犹妆奁之用珠翠，皆不得已而为之，非宴集时所应有也。富贵之家，犀则不妨常设，以其在珍宝之列，而无炫耀之形，犹仕宦不饰观瞻者"。在这里，李渔一方面强调酒具不应当选用金银质地的，除非是在极度"不得已"的情况之下；另一方面，他提倡如果家有财力可以采用犀角制成的酒具，认为这样的酒具既是比较珍贵的材质，同时又"无炫耀之形"。但值得注意的是，犀角在当时亦是十分难得的宝贝，并非"人人可备，家家可用"，故谓其"在珍宝之列"。李渔一方面说着要朴素，另一方面却又选取别样稀有的东西进行推崇，这样做的动机十分值得思考。笔者认为，李渔此举多半是出于一种"身份区隔的需要"，希望借由评价"物"的机会来标榜和抬高自己，本质上无异于新贵阶层（也就是精英文人与之极力保持距离的阶层）的消费动机——"炫耀性消费"①。是故，他观念中的"雅"在强调"素"之

---

　　①　索尔斯坦·凡勃仑（Thorstein Bunde Veblen）提出的"炫耀性消费"或称"夸示性消费"的概念。在其著作《有闲阶级论》（The Theory of the Leisure Class）中指出，新贵阶层的"炫耀性消费"本身并不是一种没有目的的浪费与挥霍，其根本动机在于通过夸富式炫耀获得社会其他阶层的艳羡，提高其社会地位和声望，从而获得一种满足感。（Thorstein Bunde Veblenn. The Theory of the Leisure Class［M］. New York：he Macmillan Company，1899：68-75.）

外，总是有一些旁的东西，比如"新奇"：在《居室部》的"房舍第一"条谈及"土木之事，最忌奢靡"之后，紧接着又说"盖居室之制贵精不贵丽，贵新奇大雅，不贵纤巧烂漫。凡人止好富丽者，非好富丽，因其不能创异标新，舍富丽无所见长，只得以此塞责"。虽然主张简朴设计，但值得注意的是，李渔用"新奇大雅"一词将"雅"与"奇"相连。认为"纤巧浪漫""止好富丽"也就是"不雅"的原因在于无法"标新立异"，才不得不以"富丽"这一特点来代替。由此可以看出，李渔的"雅"在强调"素"的时候，虽然对"奢靡"进行了否定，但却在不断地强调"奇""异"，反映了一种在其他同类文人身上很少见到的"炫奇"心态。

是故笔者认为，与其说李渔推崇的是"素"或"雅"，反倒不如说他推崇的是"新颖独特"，是"奇"①。这是李渔在提倡朴素、简单不奢侈的高雅生活时与其他风雅文人存在的区别。

（2）自然本色无修饰——"以拙为美"与"工且雅者致"

根据第一章中的内容，"素"作为晚明风雅文人公认的与"雅"紧密相连的概念，还包括艺术上的自然本色无修饰。这一点体现在艺术创作中，形成了宁拙毋巧、以拙为美的审美倾向，以文震亨为代表的风雅文人都对天工自然甚至是生拙支离的风格十分认同，提出在艺

---

① 李渔在《闲情偶寄》词曲部的"脱窠臼"中写下"人惟求旧，物惟求新"后来又说"新即奇之别名也。"而阐释"传奇"之所以获得这一名称时说："古人呼剧本为'传奇'者，因其事甚奇特，未经人见而传之，是以得名，可见非奇不传。"（李渔. 李渔全集：第三卷［M］. 杭州：浙江古籍出版社，1991：9.）这些都可以看出在李渔的心目中，"新"、"奇"是一个很重要的创作目标。

术品的创作过程中应该不过分美化，不刻意经营，甚至不必精于技艺的主张，表现在绘画上，"树如屈铁""山如画沙"等画法受到极大推崇，并被认为大巧若拙；表现在艺术创作中，就形成了著名的"本色论"等。

如果我们从这一角度对李渔的主张进行思考，会发现李渔表面上似乎也是推崇自然本色的，如提出自己造物设计的理念是"宜简不宜繁，宜自然不宜雕斫"；还提及自己曾得到一个"七星箱"，"置之案上，有如浑金粹玉，全体昭然，不为一物所掩"。这个七星箱得到他青睐的原因正是其原本的材质、原始的色彩和天然的形态。除了在造物设计方面推崇自然本色，李渔在其园林美学理论中，也强调了"贵自然"的审美追求。例如《闲情偶寄·居室部》的"制体宜坚"节中提及对窗棂的评价标准："窗棂以透明为先，栏杆以玲珑为主，然此皆属第二义……总其大纲，则有二语：宜简不宜繁，宜自然不宜雕琢"，强调"宜自然"的审美追求；接着又说"但取其简者、坚者、自然者变之，事事以雕镂为戒，则人工渐去，而天巧自呈矣"，强调要不事雕琢，师法自然，这样才能使"天巧自成"，达到"雅莫雅于此"的审美效果。从这些例子中都可以看出李渔对自然本色的推崇。

从李渔的戏曲创作理论中，也同样可以看出他的这种美学追求。前文已经提及，在追求"自然""本色"的基础上，晚明风雅文人在鉴赏艺术作品时逐渐形成了一种以"拙"为美、为雅的审美倾向。对于这一倾向李渔总体上是认可的，举例来说，"贵自然"这一指导思想在《闲情偶寄》的词曲部中是被列为专节加以论述的，足以见得李渔对于"自然"的重视："科诨虽不可少，然非有意为之……妙在水到渠成，天机自露。"这种强调"水到渠成"、"天机自露"，贵自然，不贵勉强的创作思路和宁拙毋巧、宁丑毋媚的艺术追求是十分相似的。李渔还用《南西厢》的例子进行说明："吾看演《南西厢》，见法聪口中所说科诨，迂奇诞妄，不知何处生来，真令人欲逃欲呕……"提出刻意造作、牵强附会只会令人"欲逃欲呕"。同样的主张还可见于"格局第六"一节的"大收煞"，说"此折之难，在无包括之痕，而有团圆之趣。如一部之内，要紧角色共有五人，其先东西南北各自分开，到此必须会合。此理谁不知之？但其会和之故，须要自然而然，水到渠成，非由车费。""趣"是天然机趣，而"痕"则指人工雕琢痕迹，只有无包括之痕、有团圆之趣，才能自然而然，水到渠成。是故大收煞"最忌无因而至，突如其来，与勉强生情，拉成一处……"李渔认为这些"皆非此道中绝技，因有包括之痕也。"由此可见，李渔所谓的填词绝技，应当是与此相对的，不勉强生情，而要"从性中带来"，反对勉强造作，"贵自然"。又如《词曲部》的"重机趣"一条，李渔明确提出"凡作诗文书画、饮酒斗棋与百工技艺之事，无一不具夙根，无一不本天授，强而能后者，毕竟是半路出家，止可冒斋饭吃，不能成佛作祖也。"认为只有"天授"的，自然的状态才是最好的，任人工机巧如何高超，如何百般变化都无法企及"上天"给予的灵感和力量。从这些主张来看，强调"贵自然"的李渔与大多数风雅文人似乎是相同的。

值得注意的是，虽然李渔在很多地方提及过与其他风雅文人相似的"以拙为美"的观点，例如"房舍第一"条中的"贵新奇大雅，不贵纤巧烂漫"。但他的"拙"似乎不仅仅限于与其他精英文人相似的追求朴素自然，不事雕琢的审美风格，而是包括了更广泛的内涵，涉及了创造技巧的优劣、工拙等，这是他与其他同类文人的区别。

李渔在《居室部》的"山石第五"条中写道，"其叠山磊石，不用文人韵士，而偏令此辈擅长者，其理亦若是也。然造物鬼神之技，亦有工拙雅俗之分，以主人去取为去取。主人雅而取工，则工且雅者至矣；主人俗而容拙，则拙而俗者来矣。"这里的"工拙"与"雅俗"相对，拙不再是"美"或"雅"的，而是"俗"的。换句话说，李渔认为从造物的手法和技艺而言，是有工、拙，雅、俗之分的，且他写"拙而俗者来"，将"拙"归类为俗的，认为物品设计手法的拙劣或制作技艺的粗陋会损伤物原本应有的美感。由此可以看出，"拙"在李渔这里不再仅限于"朴拙"或"古拙"之"拙"，也不再仅仅用于代表那种浑然天成，自然本色的风格，而同时也是一种评价设计能力的负面之词。在这个基础上，李渔提出一种与这样的"拙"相对的"工"的存在，若使用得当，就可以增加被品鉴物的审美价值，即"工且雅者至"[①]；反之粗俗鄙陋的设计和制作会有损物本身的美感。是故，笔者认为，李渔观念中的"拙"与"巧"（或者说"拙"与"工"），"俗"与"雅"的意义是不完全等同于文震亨等风雅文人的，他没有套用当时社会中固有的"宁拙毋巧""抱朴守拙"之原则，而是将作为一种艺术风格的"天然不饰雕琢"的拙，与作为艺术技巧的、与"精""工""巧"相对的"拙"区别开来，这是李渔与主流

---

① 这种对"工"的赞许在《闲情偶寄》中时有体现。如"器玩部"的"炉瓶"一节，"予顾而思之，犹曰尽美矣，未尽善也，乃命人镂之……使人巧天工，两擅其绝，是自有香炉以来，未尝开此生面者也。湖上笠翁实有裨于风雅，非僭词也。"（李渔．李渔全集：第三卷［M］．杭州：浙江古籍出版社，1991：217．）认为在天工之外，再加"人巧"，不仅是对于古制的创新，同时也有益于风雅。又如"种植部"的"水仙"一节，"至买就之时，给盆与石而使之种，又能随手布置即成画图，皆风雅文人所不及也。岂此等末技，亦由天授，非人力邪？"（李渔．李渔全集：第三卷［M］．杭州：浙江古籍出版社，1991：286．）提出水仙买回之后，要根据个人喜好随手布置，而这种"风雅文人所不及"的技能并非源自天授，而是凭借"人工"，基于人的智巧。

风雅文人对待"拙"的不同之处，当然，也就代表了他们对"素"和"雅"不完全相同的意见。

其实严格来说，主流风雅文人如文震亨也提出过如"第工匠稍拙，不甚古雅""台几倭人所制，种类大小不一，俱极古雅精丽"一类的说法，表达对"拙"的否定以及对"精"的认可。但他们的批判标准始终没有脱离"古"这一范畴，与"雅"相连的仍然是通过一些技法达到的"古"。也就是说，他们评定器物审美价值的最高标准仍然是"古"，而"精"或"工"只是作为实现"古"的手段而已。但李渔将手工技艺的"工""巧"从"设色古雅，抱朴守拙"这一大的范畴中抽离出来，充分肯定高妙的设计和精巧的工艺能够作为一项独立的标准产生审美效应。这是一种重视手工技艺带来的美感的"与时俱进"的做法，具有一定的辩证意味。

可是在这么做的同时，大多数风雅文人所坚持的关于"古"和"拙"的界限和标准在李渔那里就变得模糊和随意了，逐渐取而代之的是一种以鉴赏者李渔自身体验为中心的、以"拙""工""精""巧"为关键词的标准体系。这一转变或许是由于受到市民阶层审美趣味的影响，又或许是对层出不穷的新兴审美对象的逐渐习惯和接受，原因有待后文探讨，但不可否认的是，正是由于李渔这种辩证、讨巧却迥异于前的做法，使得"古""拙"与"精""工"，"古"与"今""旧"与"时""新"，乃至"雅"与"俗"，这些在主流风雅文人心中严格对立的概念变得不再那样绝对。

这些细微的变化使得李渔对"物"的赏鉴标准悄无声息却又自然而然地向着市民化、世俗化的方向转化，以李渔为代表的一些人，开始要求打通圣凡，沟通雅俗；逐渐认为雅俗合流才是必然趋势，甚至越俗越雅。这一点无论是从李渔的戏曲还是小说创作中都可以看出。

而这些做法，似乎早已背离了主张"虽极工致，亦非雅物"的主流风雅文人的初衷。

（3）无欲无求无所为与实用主义目的性

值得一提的是，与大多数提倡风雅的文人士大夫欣赏和品鉴物时"无欲无求无所为"，强调一种怡然自得、自然而然、真实不造作的率真本性和无目的性的天真任情不同，李渔对某一物的推崇通常目的明确，具有十分明显的实用性。

①实用与审美的交锋

李渔十分重视物的"实用性"，例如他曾在"器玩部"写道："凡人制物，务使人人可备，家家可用，始为布帛菽粟之才，否则售冕旒而沾玉食，难乎其为购者矣。故予所言，务舍高远而求卑近。"可见，李渔虽然明确提及了与其他风雅文人相似的趋简避奢之意，但他的"素""俭"并不像精英文人一般，出于单纯的审美考量，而是从实用性的角度提出要求，希望使人无论贫富都能够消费得起。但显然，与一些无目的、无欲求的风雅文人（尤其是那些精英阶层的风雅文人）随心任情感受到的"素"和"雅"相比，当用"是否实用"这一标准来衡量物的时候，就已经在一定程度上缩小了品评对象的范围，具有不可抗拒的局限性。

这种在衡量物的时候重视其实用性特点的例子在李渔的著作中比比皆是。以对屋舍的描述为例，不同于文震亨《长物志》中的"云林清秘、高梧古石中，仅一几一榻，令人想见其风致，真令神骨俱冷。故韵士之所，入门便有一种高雅绝俗之趣。"李渔在谈及屋舍时首先强调的是"居宅无论粗精，总以能遮风避雨为贵。"由此可见，在文震亨笔下，朴素简单的客体对象服务于无欲求的欣赏主体，形成了一种怡然自得的惬意之感，扑面而来的"雅"意是作者着重强调的对象；而李渔是把实用性作为居室首要的衡量标准，接着又从这一极富目的性的标准出发，写道"常有画栋雕梁，琼楼玉栏，而止可娱晴，不堪坐雨者，非失之太敞，则病于过峻。故柱不宜长，长为招雨之媒；窗不宜多，多为匿风之薮；务使虚实相伴，长短得宜。"他对琼楼玉栏、画栋雕梁的设计和考量，也都是基于实用性原则。这与以文震亨为代表的精英阶层风雅文人无目的，无欲求，完全听从自己内心感受的评判标准是不同的。文震亨等人推崇素的原因在于，他们认为越素越雅，而李渔推崇"素"是为了实现"人人可备、家家可用"的目的。因此他的"素"更多的不是与"雅"相连，而是与"实用"相连，"物"能否在功能上满足人的使用需要是李渔的考量标准——这是李渔与精英阶层风雅文人的区别。

也正是因此，李渔在对"物"进行品评和鉴赏时，常常从"致用"角度发表言论，例如《器玩部》的"制体宜坚"节提出，窗栏设计要注意："窗棂以透明为先，栏杆以玲珑为主，然此皆属第二义；具首重者，止在一字之坚……"强调"透明""坚"，无非是希望窗棂能够更好地发挥其使用价值①；在"茶具"节又直接强调"置物但取

---

① 文震亨在《长物志·室庐》一节写道："层阶俱以文石为之，小堂可不设窗槛"，既然小堂可以不设置窗栏，便说明文震亨笔下的窗栏并不以其实用性而存在，这一点亦可见于《山斋》一节："宜明净，不可太敞。明净可爽心神，太敞则费目力。或傍檐置窗槛，或由廊以入，俱随地所宜"。可见栏杆的设置也并非一定要有固定的用处或实用价值，只要可以随地所宜，与整体环境和谐统一就可以了。《敞室》一节中有："长夏宜敞室，尽去窗槛，前梧后竹，不见日色，列木几极长大者于正中……湘帘四垂，望之如入清凉界中"，说明窗槛的有无要与整体环境相搭配，窗槛更多的是以其审美功能而非实用功能出现在文震亨的笔下。

其适用","一事有一事之需,一物备一物之用。"也是从实用的角度出发来评价日常生活用品;甚至在谈及自己对古物的态度时说:"夫今人之重古物,非重其物,重其年久不坏。"可见,在李渔那里,即使是古物,也不再只是作为历史文化的标本来激发主体的慕古之情,承载文士的"雅"意,而是因其年久不坏被移作生活用品,凭借其使用价值得到时人重视。总而言之,在李渔那里,物品不再单纯的因其"古""素"或"合宜"而被无条件推崇,而是只有那些符合"实用性"标准的,能够为现下生活提供便利的(古代)器物才是"雅"的。

从以上几个部分可以看出,李渔是以一种实用性标准对器物进行重新选择,连带提出了"人人可备,家家可用"的朴素原则。这与文震亨等人"以素为雅"的出发点其实是不一样的。如果说以文震亨为代表的风雅文人是要借助简单、朴素的客体的物来传达和表现主体的情绪、气氛、格调、风尚、趣味等,使"物"经由一种象征构筑起主体精神生活的有关环境,那么这么做的前提是主体是无目的、无欲求,能够以单纯审美的标准来欣赏物的;反观李渔,他所提倡的"素"是基于吸引更多受众这一特定目的,而被赋予了更多实用主义的内涵,具有十分明显的"普适性"。他所推崇的"素",与主体的情感无关,与诗意的生活意境无关,"物"之为物的实用意义远远超过它作为"素雅"这一文化符号的象征意义,因此虽然都提倡"素雅",但李渔和精英阶层风雅文人的出发点是截然不同的。

②适俗与脱俗

这一时期的许多风雅文人虽然强调"以素为雅",但他们绝不仅仅是简单地以"简朴""朴素"来对抗"奢靡"和"繁华",而是将"雅"作为一种生活方式,以无欲无求为前提,脱离世俗世界,对抗世俗世界,使精神世界得到最好的建构,使生命得到最大程度的自由。

例如黄宗羲（1610-1695）在叙述其终生不遇的挚友陆文虎、万履安（1598-1657）的生活情境时，这样写道："两人皆好奇，胸怀洞达，埃沤泊之虑，一切不入，焚香扫地，辨识书画古奇器物，所至鹜翔冰峙。世间鬼琐解果之士，文虎直叱之若狗，履安稍和易，然自一揖之外，绝不交谈，其人多惶恐退去。"黄宗羲这一段话反映出两人主观上刻意疏离和抗拒现实世界的做法，如"两人皆好奇"可见他们不耽于俗物，有意以"好奇"与世俗世界拉开一定距离；"埃沤泊之虑，一切不入"是在强调这两人根本不屑于在俗世中蝇营狗苟，而是以一种高傲的姿态"鹜翔冰峙"，与他们认为的庸俗世人保持距离。他们经常做的，是"焚香扫地，辨识书画古奇器物"，不与俗众为伍，接人待物等处世方式只遵循他们个人的喜好和意愿。只有在日常生活中无需考虑现实利益的获取，为人处世能够随心所欲而无需刻意逢迎，才能够让他们形成这种难能可贵的高雅生活情调。

这样一种无欲无求、无需逢迎，不追求世俗价值的"雅"在高濂的《遵生八笺》中也被多次提及，如："心无驰猎之劳，身无牵臂之役，避俗逃名，顺时安处，世称曰闲……余嗜闲，雅好古，稽古之学，唐虞之训；好古敏求，宣尼之教也……故余自闲日，遍考钟鼎卣彝，书画法帖，窑玉古玩，文房器具，纤细究心……时乎坐陈钟鼎，几列琴书，帖拓松窗之下，图展兰室之中，帘栊香霭，栏槛花研，虽咽水餐云，亦足以忘饥永日，冰玉吾斋，一洗人间氛垢矣。"这些所谓的"风雅之举"，其实都源自于对俗世日常生活的抗拒和逃避，只有个体的生活真正摆脱世俗名利，生活重心真正撤离了世俗世界，才能够"冰玉吾斋，一洗人间氛垢矣"，实现真正的"雅"。文震亨的《长物志》更是如此，将不同性质的"长物"安置在日常生活领域之中，在非实用性的组织架构下，建立起无关乎现实利益增值的高雅脱俗之境。

而这一点，显然是汲汲于利益，奔走在达官贵人之门的李渔无法做到的——他需要最大程度地融入世俗生活，尽最大努力、利用一切可能被俗世接纳，才能为自己争取到生活的资本。正如前文所说，李渔对于"素"的推崇具有更强的主观目的性，期待自己的主张可以被更多的人接纳、认可乃至效仿和使用，因此他要杜绝奢靡，提倡朴素，使社会大众人人可备，家家可用。例如他在向大家"推荐"或"展示"茶的相关之事时还强调"至于香茶沁口，费亦不多，世人但知其贵，不知每日所需，不过指大一片，重止毫厘……别有一种，为值更廉……"说明买茶所耗并不太多等等。相较而言，很多提倡风雅的文人所进行的是一种超越了现实生活的细碎繁琐之上的美学生活的经营，是一种建立在"脱俗"之上的审美考量；而李渔的"素""雅"却是一种与世俗大众相类似的、掺杂了对金钱消耗等的日常生计考量（如"人人可备，家家可用"等指导思想即是为了让大众在俗世生活中过得更好），是一种想尽办法的适俗之举。这是他们的不同之处。诚然，作为一个要养活几十口之家的人，李渔根本不可能具备脱离于现实的闲情雅致，又怎么可能拥有真正充满"雅"意的生活呢？

③主体内在情感的自然抒发与预设观众的刻意标榜

此外，值得一提的是，大多数风雅文人的"雅"除了基于无欲无求，力争脱离和对抗现实世界，无关乎现实利益的增值之外，还有一个显著的特点：无论论述对象是园林建筑、空间规划、器物赏玩、景物观赏还是食物烹饪，无论其特点是"古""合宜""素"还是"清"，都要能够与主体感受融于一体，承载并激发主体相应的情感，塑造高雅脱俗的生活情境。

以焚香品茗为例，作为晚明文士的标志性行为，文震亨在《长物志》中的"香茗"一节是这样写的："香、茗之用其利最溥，物外高隐，坐语道德，可以清心悦神。初阳薄暝，兴味萧骚，可以畅怀舒啸。晴窗搨帖，挥麈闲吟，篝灯夜读；可以远辟睡魔。青衣红袖，密语谈私；可以助情热意。坐雨闭窗，饭余散步，可以遣寂除烦。醉筵醒客，夜语蓬窗，长啸空楼，冰弦戛指，可以佐欢解渴。品之最优者，以沉香、岕茶为首，第焚煮有法，必贞夫韵士，乃能究心耳。"由此可见，"香茗"在日常生活中，不仅仅是一种具体的"物"，同时还可以起到呼应主体的心境，营造一种独特而高雅的生活意境的作用。与此同时，"品茗"这样的行为在某种程度上也变成了表达主体心境和氛围的仪式，其中被赋予的超越性精神因素毋庸置疑。

"雅"的这一特点在张岱笔下得到更为充分的刻画，在他看来"茶如隐逸，酒如豪士"，茶和酒分别对应着人的某种内在性情和意趣，所以茶的真情真味，只有拥有超凡脱俗心境的"解人"才能够品味出来，因此从这个意义上讲，精于茶理是主体具有某种内在情操意蕴的象征。而他所谓的"品茗"，不再仅仅看中如何泡茶，怎样泡茶会更好喝这些具体琐碎的问题，也不仅仅止于使感官获得愉悦这样简单肤浅，而是包括一种主观心境和情思上的契合，要能"究心"。换句话说，是将茶作为一种感悟的载体，不仅借其展现自己的鉴赏能力，还要用它来烘托自己的审美心境。毕竟《闵老子茶》中展示出的那种对茶色、产地、水质等细腻精准的感受能力和鉴赏能力，绝不会是短时间内就能学会或效仿的，更不是浮泛焦躁的心境可以领会的。

冒辟疆（1611–1693）在《影梅庵忆语》中悼念亡姬董小宛（1624–1651）时，也曾对他们煮茶品茗、愉悦适意的日常生活进行描写："姬能饮，自入吾门，见余量不胜蕉叶，遂罢饮，每晚侍荆人数杯而已。而嗜茶与余同性，又同嗜片界。每岁，半塘顾子兼择最精者缄寄，具有片甲蝉翼之异。文火细烟，小鼎长泉，必手自炊涤。余每诵左思《娇女》诗

"吹嘘时鼎鬲"之句,姬为解颐。至沸乳看蟹目鱼鳞,传瓷选月魂云魄,备极卢、陆之致。东坡云:'分为玉碗捧峨眉'"。这段话对煮茶品茗行为的详细描写,也已经不仅仅停留在这一动作本身的行为含义,而更多的是一种郎情妾意的幽雅、清静生活的象征,怡然自得之情跃然纸上。换句话说,在冒辟疆的这段话中,这种焚香伴茶的风尚只是其雅兴的外化形式之一,更多的是将饮食融于生活,强调在悠闲无扰的生活状态下以审美的眼光去欣赏、感知生活闲适和乐之美。

其实早在他们之前,罗廪(1537-1620)就在《茶解》中说:"山堂夜坐,汲泉煮茗。至水火相战,如听松涛,倾泻入杯,云光艳潋。此时幽趣,故难与俗人言矣。"陆树生《茶寮记》中说:"煎茶非漫浪,要须其人与茶品相得,故其法每传于高流隐逸,有云霞石泉磊块胸次间者。"许次纾(1549-1604)撰写《茶疏》时也曾提出品饮时应当是"心手闲适"。这些表述中"茶"的地位及其背后的象征意义,显然与李渔的日常生活七件事"茶米油盐酱醋茶"中的"茶"不同。

除了能够烘托主体的审美心境,承载并激发主体相应的情感,"物"还要能够帮助塑造脱俗文雅的生活情境,这样才是这类文人所提倡的"雅"。袁宏道的《瓶史》有"花快意凡十四条:明窗净几,古鼎,宋砚、松涛、溪声,主人好事能诗,门僧解烹茶,蓟州人送酒,座客工画,花卉盛开,快心友临门,手抄艺花书,夜深钟鸣,妻妾校花故实。"赏花与古鼎、宋砚、茶酒、诗画等事物一起,共同营造出了文雅的生活情境。关于这种情境,高濂也有类似的表述,"明窗净几,焚香其中,佳客玉立相映,取古人妙迹图画,以观鸟篆蜗书,奇峰远水;摩挲钟鼎,亲见商周。端砚涌岩泉,焦桐鸣佩玉,不知身居尘世,所谓受用清福,孰有逾此者乎?"由此可见,这种"不知身居尘世"之感,来源于焚香、字画、钟鼎、砚、琴等事物一起营造出的"意境"。在许多风雅文人笔下，所谓的"雅"不是就物论物，而是将"物"合理地设置于日常生活的空间中，通过和人之间的情感互动，成为人的情感寄托甚至生命的归属，营造出不同于世俗现实生活的、高雅而别致的生活情境，增加日常生活的审美价值。

因此，张岱、文震亨、冒辟疆等人是将作为日常生活一角的"物"进行描写（如茗茶），并用其高超的鉴赏力和深厚的学识积累赋予它们一种"诗意"的色彩，但这时的"物"只是作为一个元素，与其他"物"一起，用于展现文人高雅的生活姿态、气质修养、价值取向和审美观感，"物"在此仅仅起到了媒介的作用，用于展示他们的审美标准和高雅的日常生活，是谓"境物所遇，皆吾性情""斯彼我之趣通"。也正是因此，这类文人的作品中多次出现与"闲雅""清雅"同义的相关表述，而"清""闲"等表述在李渔的作品中却相当罕见。从这一方面而言，李渔跟大多数风雅文人的差距就十分明显了。①

———————

① 又如《晚明闲赏美学》中谈及李渔的"睡"，认为李渔的"睡""不具备私密性，仿佛是开放参观的，他要为他的观众，表演一场融合有香气与造型美的睡姿"。同样的例子还有湖舫的窗格："游湖船舫两扇便面窗的设计，成了最佳的观看'管道'……李渔以便面窗或焦叶联来装饰生活，能将观众的注意力吸引到装饰本身上来，满足其兴味"（毛文芳.晚明闲赏美学［M］.台北：中国台湾学生书局，2000：346.）。此外，《闲情偶寄·饮馔部》的"预设花露一盏……止以一盏浇一隅，足供佳客所需而止"，似有明显的展示、炫耀对象。此外，包括李渔的戏剧创作等在内，都未能摆脱预设观众的问题。日本汉学家就曾指出李渔的戏曲创作中基本上摆脱了"文人把玩"的自娱性，代之以以观众为中心的他娱性，认为正是此导致李渔对观众审美趣味的极力迎合。虽然这与"雅"的表述并不相关，但亦对李渔"预设观众"的情况表达了相似的态度和立场。总而言之，其他风雅文人推崇"雅"的背后是雅物的外适与心境的内和，即以一颗不具功利之心，赏玩物的本性和特色，而非据此来进行自我炫耀和标榜。

也就是说，当"尚雅"的生活方式逐渐变成一种价值标准，便有人开始用它来进行自我标榜或互相吹捧，将"高雅"与否作为辨别所谓"名士"的标准，孙枝蔚（1620—1687）《溉堂文集》中有"时之名士，所谓贫而必焚香必啜茗，必置玩好，必交游尽贵者也。"就是在讽刺名士的生活模式日趋形式化和表面化。久而久之，这种生活方式已经作为流行风潮，成为一种标志性的社会时尚风气。不仅如此，社会上还有一大批文人刻意宣扬甚至是渲染这种生活形式，李渔就是其中之一，目的在于借此实现自我认同。因而在李渔笔下，常常是"就物论物"，如"物"应当如何如何，如何对待"物"才是"雅"的……他的论述只是为了实现炫奇的目的，并未能够被赋予精神性的因素，更没能承载并激发主体相应的情感，塑造脱俗文雅的生活情境，拉开与俗世生活的距离，而是成为帮助其"日食五侯之鲭，夜宴三公之府"的有效途径。可谓一方面标榜自己有"尚雅"、"脱俗"的出世之心，另一方面却不遗余力地做着入世之事。这是李渔与其他大多数提倡风雅的文人在本质上的区别。

4．小结

总括而言，从对于"雅"的概念要素——"古""合宜""素""清"的态度，可以看出李渔与同一时期风雅文人之间的差别。如果我们将这四个概念涵摄的内容合并起来看，就可以发现一些其他的问题。

首先，大多数提倡风雅的文人写下"以古为雅"、"贵古贱今"等是在推崇晚明以前的"古"，可这个"古"恰恰是前人的"时"和"今"。那么也就是说，他们所"贱"的是特定晚明时期的"今"。因此，这一时期的风雅文人或许并不是不赞同"新旧错出"①，而是有意为了对流行趋势提出批判（毕竟古物经过历史的流传成为少数，成为"稀罕"和"珍贵"的代名词，而大量制造的"今"反映的恰恰是对"俗"众流行趋势的迎合）。因此，主流风雅文人对"今"的反对，无非是要与"大众""俗众"拉开距离，通过对"雅"的塑造对大众"时尚"进行排斥，从而建立自身的审美独特性，彰显自己所在群体"高雅"的崇古气质，从而实现阶层的区隔和划分。因此，他们的"贵古贱今"更多的是对"少数""小众""贵族气"的强调。相较之下，李渔的"人人可备，家家可用"更多的是对俗世现实生活的适应和迎合，出发点就与其他人不同。

其次，从对"物"的评判来看，李渔多强调物的使用价值，重视物的实用意义，他的主张一直源于一种"利生"的需要。而其他风雅文人多是从审美的角度出发，选取室庐、花木、水石、禽鱼、书画、几榻、器具、衣饰、舟车、蔬果、香茗之类"于世为闲事，于身为长物"②的东西，作为自身才、情、韵的表达对象，这些"长物"和"闲事"都是远离日常实用的家居生活的，被用于营造诗意的气氛，展现高雅生活情境。

---

① 《长物志·书画篇》在描绘晚明社会上种类繁多的物品时这样写道："蓄聚既多，妍蚩混杂，甲乙次第，毫不可讹。若使真赝并陈，新旧错出，如入贾胡肆中，有何趣味！"，说明收藏如果新旧错出，真赝并存，古物收藏的趣味和雅意就不复存在了。

② 沈春泽在为《长物志》撰写的序中，强调了"长物"与"闲事"概念："夫标榜林壑，品题酒茗，收藏位置图史、杯铛之属，于世为闲事，于身为长物，而品人者，于此观韵，何也？……非有真韵、真才与真情以胜之，其调弗同也"，提出"长物"和"闲事"是品人之才、情、韵的方法。

再次，李渔的作品一直都有预设的读者，他的文本是向外的，希望可以吸引更多的读者，为自己赚取更响亮的名声和更高的社会价值；而其他风雅文人的文本多是向内的①，更多的是表达自己真正的审美标准和价值认同，这种纯粹的背后是一种高雅的隐逸文化。

总而言之，这一时期大多数风雅文人所推崇的"雅"是一种心手闲适、怡然自得的诗意生活情境，同时也是个人审美品味的直接展现。如果一定要说基于何种目的，笔者认为更多的是要在进行审美判断的同时捍卫文人品味、明确文人雅趣、强调传统价值、建立自我身份、表达审美理想等等。而李渔所津津乐道的"雅"却并不仅仅是这样，他在"物"和"雅"之间，充当了一个居中鼓吹的角色，他的"雅"更像是被宣扬和标榜出来的雅，而非个人心趣志向的直接表达——这一点我们从李渔的"有复古之美名，无泥古之实害"等句可以看出，他本人基本了解同时期其他文人的主张，只是他不愿停留于此，而是刻意地求新、求异、求奇。这种做法的背后，不仅仅有与自己所隶属的风雅文人群体相似的自我身份的建立、审美理想的表达等目的，更包括对话语权力、自身社会价值以及商业价值的不懈追求。

如果说风雅文人群体是要通过反对社会大众的流行文化来缔造一

---

①　曹学佺（1574-1646）在《石仓集·〈洪崖游稿〉序》中的话也可于此帮助佐证，他写道："游山泽、观鱼鸟，至乐事也，比之游仙焉。夫能遣除万虑，任情独往，虽峭壁绝岩、迅滩飞濑，与夫猿狖之区，百鸟之所解羽，寂寥危栗，无非寓目佳境者，则其心虚而神适也。心虚则神舍之，神之所舍，精华出焉。……籍令有一芥蒂于其胸中，虽良辰美景、赏心乐事近在目前，不啻隔数尘矣，况能形之诗歌，传之好事者乎？"，也是在强调追求主体内心毫无杂念、精神安适平和才是感受良辰美景、赏心乐事的关键。而李渔的处境让他完全不可能具备排除万虑、心虚神适，进而"精华出"的精神状态。

种上层的、高雅的、独属于士大夫阶层的精英文化，以实现社会区隔和阶层的划分，李渔则恰恰是要通过部分认同并部分反对这种文人群体的流行文化来证明自己异于甚至高于其他文人，是谓"风雅文人所不及也"。通过一次次地反对、完善、乃至于超越现有的"雅"，来证明自己的个人价值和独特性——自己比其他诸多风雅文人更胜一筹。而他的书籍每次面世后都火速被抢购一空，盗版、仿刻、伪刻等现象层出不穷，而且书中观点逐渐成为被许多人追捧的生活美学指南，足以说明其主张是被时人认可和效仿的。可见，他在吸收风雅文人群体流行文化的基础上，加入了自己的改进和创新，建立了自己与众不同的思想体系，制造出了新的流行。谁又能说，当看到一夕致富的商人们正在用经济实力来影响社会的文化品味和市场的走向时，李渔不会通过对流行时尚的反对，对审美标准的重塑和对大众的引导①来为自己争取更大的话语权和更多的经济利益、社会价值呢？在这个过程中，他不乏对自己的刻意标榜，更不乏一次又一次的明知故"反"②。

---

① 又如《闲情偶寄》中"瓮可为牖也，取瓮之碎裂者联之，使大小相错，则同一瓮也，而有哥窑冰裂之纹矣。柴可为扉也，取柴之入画者为之，使疏密中窾，则同一扉也，而有农户儒门之别矣。"（李渔.李渔全集：第三卷［M］.杭州：浙江古籍出版社，1991：201—202.）这里李渔就是充当了一个"大众引导者"的角色，根据自己的认知向读者指出柴扉如何设计是农户之制，如何设计则是儒门之法。

② 李渔的明知故"反"、喜唱反调不仅仅表现在其生活美学中（如"有复古之美名，无泯古之实害"），在其戏剧创作中这一标新立异、刻意求奇的做法也十分常见，笔者在此略举几例。例如在《美男子避祸反生疑》中，李渔独辟蹊径："所以怪不得近来的风俗，偏是贪官起身有人脱靴，清官去后没人尸祝，只因贪官的毛病有药可医、清官的过失无人敢谏的缘故"，还在《丑郎君怕娇偏得艳》中反其道而行之，说："不是因他有了红颜，然后才薄命，只为他应该薄命，所以才罚做红颜"，（接下页）

而这样刻意为之的结果，就是无法避免的漏洞和矛盾，这一点笔者将在接下来的章节中加以阐释。

（接上页）《夺锦楼》中李渔在评论悔亲时更是发前人之未发，提出悔亲最为失当处并不在于违背承诺，而是在于起初的许诺不慎："以前许了张三，到后来算计不通，又许了李四，以至争论不休，经官动府，把跨凤乘鸾的美事，反做了鼠牙雀角的讼端……此等人的过失，倒在第一番轻许，不在第二番改诺，只因不能慎之于始，所以不得不变之于终"（李渔.李渔全集：第九卷［M］.杭州：浙江古籍出版社，1991：36.），这些都是专门提出与众不同、前所未有的观点，标新立异、另做道理。

四 "作文"和"为人"的独特性
——李渔的戏曲小说

　　作家和他的作品是分不开的，后世读者习惯通过作品来认识作家，对李渔的接受也不例外。李渔的作品多是时人认为的"小道""末技"，其中还有不少提倡奢侈享受或是有碍风化的内容，所以不仅当时的人对李渔"以俳优目之"①，多年后这种观念仍然对李渔产生着负面影响，这一点前人已经有过论述②。但如果我们反过来，从作

---

　　① 可参考孙楷第先生在《李笠翁与十二楼》中的说明："关于他的事迹，清朝较早的志传各书，都没有详细的记载。举几个例子：如李渔在南京住了二十年，晚年回到杭州终老，而康熙五十七年魏峼修的《钱塘县志》（此时笠翁死了将近四十年了）以及嘉庆《江宁府志·人物传·流寓门》中均未道及李渔一字。可见世人对于他的轻视了。清理桓《耆献类徵》四百二十六，载有王廷诏作的李渔一传，文仅五六十字。"

　　② 张春树、骆雪伦著，王湘云译《明清时代之社会经济巨变与新文化：李渔时代的社会与文化及其"现代性"》一书中指出："由于有这种把小说当作一种手段为个人服务的特殊看法，长期以来中国人相信作家的性格特点直接影响到他所创作的虚构小说的标准和品质。作者不道德，他写的小说也好不到哪里去，因为依照中国传统的理论，只有包含道德教诲的虚构小说才是好的小说，不道德的人是不可能取得这样的成就。李渔显然是这种观念的受害者。由于他的行为异于旁人、有违传统，因此按照传统的标准来看，他的为人就不够道德。于是，甚至连他的文言作品也被道学们指责为对基本的伦理关系不敬乃至有害。"

家本人的角度分析其作品的成因，就会发现李渔在"为人"方面的独特性导致其"作文"时亦独辟蹊径，采取了与时人并不相同的创作路数，使得其作品出现了许多与众不同的特点，而这些特点有一个共同的指向——矛盾。是故，本章将会从"作文"和"为人"两个角度来探讨李渔的独特性所在。即：首先，作为一个文人，与当时其他文人相比，李渔的作品有怎样的特殊性？其次，李渔有什么样的特点，使得他在作品中一方面自吹自擂毫不惭愧，如"使数十年来无一湖上笠翁，不知为世人减几许谈锋，增多少瞌睡"；但另一方面，又说自己的作品只是"偶有微长"，而且在面对正人君子严子陵时"有目羞瞠"，时有底气不足之语。作品中诸如此类的明显矛盾，成因是什么？李渔本人具有怎样的特点，才能让他的作品显得如此"自卑又自负"？这是本章研究的问题。

（一）李渔在文学创作方面的独特性

1. 体裁选择、写作方式与创作风格——李渔与精英知识分子的矛盾

作为拟话本小说的代表作家，李渔的《连城璧》和《十二楼》一直被认为是"白话小说的上乘之作"，更是继"三言""二拍"后最有价值的两部拟话本小说集。李渔本人也对自己的创作评价甚高，认为自己的文章是药人寿世之方、救苦弥灾之具，评价自己的文章有传世之心等等。但值得注意的是，明清时候大多数想要通过"立

言"以"不朽"的文人,更多的是在诗、文、词的创作方面花费精力,戏曲和小说创作只是他们的"余事"。这一态度古已有之,欧阳修在《三上作文》中写道:"钱思公虽生长富贵,而少所嗜好。在西洛时,尝语僚属言:平生惟好读书,坐则读经史,卧则读小说,上厕则阅小辞,盖未尝顷刻释卷也。"由此可见,小说、小辞在当时是算不得文学正宗的,人们对它们的态度也并不十分严肃认真,卧时和入厕时读就可以了。这样的观念一直持续着,即使明清时期有越来越多的人投身传奇创作①,但这类文体在时人心目中的地位仍然没有改变。例如有人劝告王骥德"为道殊卑,如壮士羞称,小技可唾何?"王骥德的回答是"否,否,驹隙易逝,河清难俟。世路莽荡,英雄逗留,吾藉以消吾壮心;酒后击缶,灯下缺壶,若不自知其为过也。"自认自己创作这种"小道"是为了"消壮心",这显然不是铿锵有力的回击,更像是被质疑后一种颇为尴尬的自我解嘲。再比如,万历中期《酉阳杂俎》即将刊刻时,校勘者的顾虑也很明显地说明了这个问题。在序言中,校勘者赵琦美写道:"岁戊子,偶一摊见《杂俎》,续集十卷,宛然具存,乃以铢金易归,奋然思校,恨无善本。"后来"又为搜《广记》、类书及杂说所引,随类续补。"可见他对《酉阳杂俎》付出的心力,喜爱之情可见一斑。可是在校勘完毕可以付诸出版印刷的时候,他却顾虑重重,表面上说

---

① 当时有很多文字记载这一现象:如万历十三年齐懿作的《詅痴符序》中就有"近世士大夫,去位而巷处,多好度曲"之说。沈德符《顾曲杂言》中也有"年来俚儒之稍通音律者,伶人之稍习文墨者,动辄编一传奇。"王骥德的《曲律》中有"今则自缙绅、青襟,以迨山人墨客,染翰为新声者,不可胜纪"。诸如此类,可见到了这一时期,投身于传奇创作的人明显增多。

自己只是"美每欲刻之，而患力不胜"，实际则是因为担心"子不语怪，而《杂俎》所记多怪事。"由此可见，即使到了明清时期通俗文学繁荣发展、在市民大众间广泛流传的时候，有些士人还是没有脱离对小说加以贬低和鄙视的传统观念。后来南京四川道监察御史李云鹄表示自己愿意出版，但他这样做也仅仅是因为"苟小道之可观，亦大方之不弃。况柯古擅武库于临淄，识时铁于太常，固唐代博古多闻之士，而所传仅此三十篇，忍使方平之麟脯，劈而不尝；茂先之龙炙，辨而弗咀哉！"小说这一文体在李云鹄的心目中仍然仅被视为"小道"，只是碍于它是唐代博古多闻之士所撰，很难得能够搜集到三十篇并校勘完毕，才将它们刊行出来的。由此可见这种鄙薄小说的传统观念到了这一时期还是很明显的。万历三十年（1602）时礼部更是直接规定"用语必出经史，不得引用子书，及杂以小说俚语"，否则将"严行申饬，违者参究"。连统治阶级都明确提出了这样的要求，大多数士人无法摆脱"子不语怪力乱神"，"果有裨圣贤经传者，方许刊行"的思维定式也就不足为奇了。

受到这类观念的影响，古代文人对文体的等级区分意识十分明确，例如他们称词是"诗余"，曲是"词余"，而戏曲和小说等文体只能被称为"小道"、"末技"，是上不了台面的。

也就是说，虽然明清时期小说和戏曲创作取得了很大的成就，但由于一直以来根深蒂固的传统观念，正统（精英）文人们对这些文体的成见很深，评价并不好，接受程度也有待检验。郭英德先生就曾对这一现象进行过分析，提出"将近一百年来，文学史的写作一直在给读者强化一种印象，好像明清时期占主导地位的文体是戏曲、小说，而不是诗、文、词。这显然是一种历史的误读"。他借用"中心—边缘"理论来讲述这一现象，认为明清时期虽然戏曲、小说的文学成就可能比诗、词、文要高出不少，但诗、词、文为代表的传统文体依旧占据文坛中心，处于主流地位，而戏曲小说则仍属于边缘文体。① 而且，像李开先、汤显祖这一类兼作诗文和戏曲的文学家，为他们赢得最大文坛声誉的，也还是其诗文作品而非戏曲作品。②

不过我们不能否认，明清时期因为市民阶层的壮大和思想的发展，很多文人都对小说和戏曲创作情有独钟，这类文体的创作人数激增，终至包括诗词、戏曲等在内的各种文体不仅并存，而且都呈现出共同繁荣、格外有创造力的局面。

李渔便是这类人中的一员。在以诗词文为代表的传统文体和以

---

① 郭英德教授指出，研究应当使用历史判断而非价值判断，这样才有助于还原历史的本来面貌，如"整个明清时期的传奇作品，包括已佚的和现存的，总数不超过3000种，而单是诗文集就数以万计……单篇作品更是数不胜数"（郭英德.明清文学史讲演录［M］.广西：广西师范大学出版社，2005：27.）"明清时期大多数想要'立言'以不朽的文人，都竭尽一生精力进行了诗、词、文的创作。"（郭英德.明清文学史讲演录［M］.广西：广西师范大学出版社，2005：9.）

② 虽然《牡丹亭》中显见汤显祖的才情，但其大量且高水平诗文作品才是时人称赞他的缘由。如陆云龙评论他："其思玄，其学富，其才宏"（何伟然，丁允和.皇明十六名家小品三十二卷［M］.//四库全书存目丛书·集部：第三七八册.济南：齐鲁书社，1997：375.），包括汤显祖本人对于自己的戏曲、小品文等文体也是不太重视的，他虽然在给王世贞所编的文言小说集《艳异编》作序时承认"吾尝浮沉八股道中，无一生趣。月之夕，花之晨，衔觞赋诗之余，登临山水之际，稗官野史，时一展玩"（汤显祖.艳异编序［M］.//王世贞.艳异编：第一册.上海：上海古籍出版社，1990：3.），但他内心始终是以诗和文为文学正宗的，所以《答张梦泽·又》中才会提及自己的小品"多随手散去"（汤显祖.汤显祖诗文集：下册［M］.上海：上海古籍出版社，1982：1365.）。

戏曲小说为代表的边缘文体之间，他显然更多地依赖后者进行创作实践。那么从创作者的角度而言，他是怎样看待这种一直以来被传统精英文人视为"小道"、"末技"的文体呢？他的创作思路和文体选择与受儒家学说熏陶的传统精英文人是否一致？有何种差异？又或者说，李渔究竟能否被纳入他自认为的"精英文人"群体呢？这是本章在审视李渔与精英知识分子的异同时要探讨的问题。

（1）文体选择和指导思想的不同

想要讨论上述问题，首先存在着一个对李渔将自己归类于其中的"精英文人群体"进行界定的问题。明清时期的中国是一个以官为贵、以官为尊的"官本位"传统社会，只有从小接受儒家正统教育长大，参加科举考试并且取得功名的人，才能够成功出仕为官，进而获得较高的社会地位。这些人出身如何，家学渊源是否深厚，生活条件是否优渥并不重要，只要他们能够取得功名，就意味着得到了统治阶级的认可。虽然文学创作和科举考试不是一回事，一些没能在科举道路上有所建树的人文学修养不一定不高，但能够取得功名的人文学修养通常不低，这几乎是没有疑问的。尤其是那些能脱颖而出、在朝堂担任高级别文官之人，其禀赋天资、文采学识就更不在话下了。因此，笔者将传统的、能够利用自己的文学才华成功置换到政治权力的人，归类为当时社会的"精英"，而这些人中有文传世的，笔者将其归类为"精英文人"。

根据同样的标准，笔者从"人"（即人生际遇、政治取向）和"文"（文学成就）两方面将文人主要分为以下三大类（见表4-1）：

表 4-1　文人分类

人生际遇	取得功名并在朝为官	可以为官而拒绝	因无法为官而大发牢骚
文学成就	有文传世	有文传世	有文传世
类别	精英文人	隐逸文人	落魄文人
别名	传统文人、正统文人、士大夫文人、官宦文人	狂狷之士	牢骚文人
特点	受儒家道德影响，以治国平天下为己任，希望通过做官来实现安身立命的目的	以个人风节为主，认为做官影响自己做有气节的人，人生价值和理想只有通过隐逸才能完全实现	希望通过做官安身立命，然因各种原因无法实现，故其作品或生活中偶发牢骚

　　在古代，科举取士在一定程度上认可了士人在文化方面的精英身份，随科举取士而来的出仕为官、担纲要职更保证了其不可逾越的社会地位。因此能够在朝堂上获得一定政治权力的士人，可被认为是当时的精英阶层，其中有名文传世者，可被归类为"精英文人"。

　　而这些人同时还要具备"在李渔所认为的圈子中"这一条件。这里笔者根据单锦珩先生的《李渔年谱》和《李渔交游考》来判定他们与李渔的关系，更为重要的是判定李渔对他们的认同程度。笔者从跟李渔有过交往的八百余人（籍贯可考者七百余人）中，选择符合如下条件的人作为比较对象：一、与李渔有较为频繁的来往，有过多封书信记录或曾有多次交游经历的；二、李渔本人对其表达过认同或称赞，尤其是为李渔的作品写过序或评，文章被李渔编辑收录过的。

　　这类与李渔交好的精英文人，在文化上的主张是怎样的呢？不妨通过几个例子来求证一下。钱谦益（1582-1664），明万历三十八年进士，历官至礼部右侍郎、翰林院侍读学士；弘光朝（1644-1645）授礼部尚书。入清后，以礼部右侍郎管秘书院事，充修《明史》副总裁，为文宏肆奇恣，一时推为文宗，与吴伟业（1609-1672）、龚鼎孳

（1616-1673）并称"江左三大家"，可被认为当时以文化修养成功置换政治权利的精英文人的代表。黄宗羲在其《思旧录》中认为他是王弇州（世贞）之后文坛最负盛名者之一，其诗文"可谓堂堂之阵、正正之旗矣"。凌凤翔在其《初学集序》中提及前后七子之后，"诗派总杂，一变于袁宏道、钟惺、谭元春；再变于陈子龙，号云间体，盖诗派至此衰微矣。牧斋宗伯（钱谦益）起而振之，而诗家翕然宗之，天下靡然从风，一归于正。其学之淹博、气之雄厚，诚足以囊括诸家，包罗万有。其诗清而绮，和而壮，感叹而不足狭，论事广肆而不诽排，洵大雅元音，诗人之冠冕也"。《清史稿》也评价"钱谦益……博学工词章……为文博赡，谙悉朝典，诗尤擅其胜。"可见钱谦益在当时被归类为精英文人是毋庸置疑的。他为李渔诗文作评，称其文可以贬虞，可以善俗，有关风教，认为其诗清超迈俗。不仅如此，他还为李渔作《李笠翁传奇序》，评价颇高。但当我们查看钱谦益自己的作品时，可以发现其《初学集》《有学集》《投笔集》《姜云楼题跋》《钱牧斋先生集外文》等都是用文言文写就的古典文体，并没有白话文小说、戏曲等作品流传下来。虽然没有流传不代表从未进行过创作，但在刊刻技术和印刷出版业极为发达的明清时期，没有一部此类作品传世至少可以证明白话小说、戏曲等不是其主要创作类别，又或者他创作了但不希望自己的这类作品流传出去。

　　类似的例子还有同样学问赡博、文采风流、为士林领袖的吴伟业、他在崇祯四年中进士、授编修，历官南京国子监司业、左庶子，后拜少詹事。入清后，他更是担任秘书院侍讲，国子监祭酒，其文学修养之高，由此可见一斑。他为李渔作《尺牍初征》序，也曾为《闲情偶寄》《论古》作评，李渔对其认可度很高，不仅与他有多次书信往来、诗词唱和，还将其文收入《四六出征》。但当我们查阅吴伟业的作品时，可以发现他流传度最高的是《梅村家藏稿》《梅村诗余》《绥寇纪略》等，虽然他也创作过传奇作品《秣陵春》和杂剧《通天台》《临春阁》①，但与李渔以戏曲小说留名于世不同，吴伟业主要是靠诗文名世的。其在清朝被称为"本朝词家之领袖"，不仅发展了古代七言歌行的体裁，形成独特的诗歌艺术风格，其"梅村体"还影响了清一代诗坛的诗风。康熙帝亲作御诗《题〈吴伟业集〉》："梅村（吴伟业）一卷足风流，往复搜寻未肯休。秋水精神香雪句，西崑幽思杜陵愁。裁成蜀锦应惭丽，细比春蚕好更抽。寒夜短檠相对处，几多诗兴为君收。"高度赞扬了吴伟业在诗歌方面的成就，肯定了其诗坛地位。《清史稿》也对其诗文作品大加称赞："伟业学问博赡，或从质经史疑义及朝章国故，无不洞悉原委。诗文工丽，蔚为一时之冠，不自标榜。"同样在《清史稿》中，也可以看出吴伟业本人对自己文坛身份的定位："临殁，顾言：'吾一生遭际，万事忧危……坟前立一圆石头，题曰'诗人吴梅村之墓'……'"可见，虽然他创作过在当时所谓"小道"的传奇、杂剧，并以此闻名，但其本人却仍然明确提出自己希望被后世认定的身份乃"诗人吴梅村"。这与李渔将主要精力用于小说戏曲创作，以"所制词曲，为本朝（清朝）第一"而闻名于当时，并因贩售自己的戏剧作品受到人们欢迎，并将自己定位为填词作曲之人的"湖上笠翁"是迥异的。

同样的例子还有很多，例如龚鼎孳是崇祯七年进士，授兵科给事中。入清后，初授吏科给事中，历官至刑部、兵部、礼部尚书。不

---

① 吴伟业曾进行过为数不多的戏曲创作，但其戏曲内容更多是在抒发兴亡感叹、故国情思等，与李渔不同。且其写作的时间是在他出仕清朝前后，这里面有政治责任感，也有文人不得已的苦衷。

仅《清史稿》将其列入文苑传，连清世宗都称其为"真才子"①，在皇权至上的封建社会可以身居高位并得到皇帝的亲口夸赞，其精英文人身份可据此确认。他与李渔关系很好，龚曾拟购江宁市隐园与李渔为邻，李渔《闲情偶寄》初成时，请龚为之作序，还收其文于《尺牍初征》《四六初征》。但其传世作品《定山堂集》《三十二芙蓉词》《龚端毅奏议》《安龙逸史》等亦都是文言文写就的传统文体。又如倪闇公（1626-1687），曾举博学鸿词，授检讨，所撰《艺文志序》推为杰构，其书法诗格秀绝一时，在当时可被归类为精英文人无疑。他与李渔也是好友，曾为李渔诗文、《闲情偶寄》等做过评。而观其个人传世作品，《雁远集》《宋史艺文志补》《补辽金元三史艺文志》等亦都是用文言文进行的传统文体创作。

除了吴伟业，"西泠十子"中的其他很多人也同样很有代表性，西泠社是当时杭州最著名的文学团体，其成员提出推尊词体的主张，不满"小道"、"末技"、"卑体"等观念，将词与经典文体相提并论，主张取词之"大雅"，无论是在当时还是对后世都产生了不小的影响。李渔与他们中的大多数人都有往来，也曾进行诗文的唱和，关系比较密切。如丁药园（1622-1686），顺治二十年进士，历官礼部郎中。他与李渔的关系很好，为《笠翁诗集》作序，为《论古》写眉评，李渔也写有《与丁飞涛仪部》书，七律《赠丁药园仪部》，词《满江红·读丁药园扶荔词喜而寄此勉以作剧》等，二人关系可称不疏。但

---

① "龚名鼎孳，字孝升。生时庭产紫芝。因号芝麓。江南合肥人。甲戌进士。历官大宗伯。天材宏肆，数千言可立就。词藻缤纷，都不点窜。为孝陵所赏识。尝在禁中叹曰：龚某真才子也。"（王晫. 今世说［M］.// 清代传记丛刊：第一八册. 台北：名文书局，1986：38.）

纵观丁药园的传世作品《扶荔堂集》《扶荔堂别录》《白燕楼诗》《信美轩集》等，多为文言文书写的传统文体，其本人更是以"诗人"的身份留名后世，与以写作传奇戏曲、白话小说，并以小说、戏曲名世的李渔是截然不同的。此外，同样与李渔有较为频繁的接触和交往的王士禛、王士禄、施润章、宋琬、吴园次（绮）、纪伯紫、方楼冈、徐电发、魏贞庵、柯岸初等人的文学创作亦是如此，在此不再一一列举。

当对所谓"精英文人"进行分析后，可以发现，虽然他们中的很多人对李渔持较为欣赏的态度，也为李渔的许多作品写过序或评，有些还使用了明显的溢美之词，但他们自己在创作时却仍然将主要精力集中于对传统文体——诗、词、文的创作和鉴赏，极少如李渔一般，凭借传奇和戏曲在社会上引发极为热烈的、毁誉参半、褒贬不一的反响[1]。从这一点来看，李渔与当时的"精英文人"相比，是有显著差别的。

如果我们在李渔的交际圈中考察其作品的评点者，将替李渔作品作序、写评的人加以整理和分类，可以发现更为确凿的证据。这一部分的内容根据单锦珩先生的《李渔年谱》和《李渔交游考》加以整理，通过为李渔的诗文写序或作评、为《闲情偶寄》写序或作评、为其传奇或戏曲写序或作评等来进行分类（见表4-2）。

---

[1] 虽然李渔有不少诗作，但是那些诗作对于后世的意义更多的是在于让后人有机会以其诗证其思想、心态等，或者是记录一些与其他人交游、宴饮聚会、饮酒作乐的情况，而不是为了见其诗的艺术。这也是为什么我们说李渔是小说家、戏剧家，戏剧理论家，却很少称其为诗人。

表 4-2　作者分类

品评对象	人数	姓名	身份	备注
诗文	86	何名九	诸生	为李渔诗集写有眉评
		丁药园	礼部郎中	为《笠翁诗集》作序评
		陆丽京	贡生	为诗文作评
		陆梯霞	布衣（被称"复社之冠"）	为诗文作评
		陆左城		为诗文作眉评
		胡彦远	诸生	为《诗集》作评
		钱牧斋	翰林院侍读学士、礼部尚书	诗文作评
		吴梅村	南京国子监司业、左庶子、少詹事	为诗文集作评
		纪伯紫	诸生	为诗文集作评
		王左车	不仕	为诗文写有眉评
		王安节		为诗文作评
		王宓草		为诗文作评
		杜于皇	贡生	为诗文作评
		余澹心		为诗文集作眉评
		余鸿客		《笠翁诗集》有其眉评
		周栎园	御史、盐运史、布政使、户部右侍郎等	诗文集中有其眉评
		王望如	推官、知县	诗文集中有其眉评
		赵声伯	教官	为诗文集写评
		方楼冈	侍读学士	为诗文集写评
		何次德		为诗文集作眉评
		尤展成	授博学鸿词、授检讨，预修《明史》	为诗文集作眉评
		梁治湄	知府	为诗文作评
		徐电发	举博学鸿词、授检讨，预修《明史》	为诗作评

续表

品评对象	人数	姓名	身份	备注
诗文		王汤谷	浙江巡按御史、云南道御史、大理寺丞	为诗文集作眉评
		纪子湘	河防同知、汉阳知府、巩昌知府	为诗作评
		高钦如	按察使、布政使	为诗作眉评
		王茂衍	刑部郎中、按察使、布政使、提学道佥事	为诗作眉评
		严灏亭	宗人府丞、副都御史、户部右侍郎	为诗文作眉评
		严方贻	右副都御使、户部右侍郎	为诗作眉评
		柯岸初	通政司左参议	为诗作眉评
		郭传芳	县丞、知州	为诗作评
		包治山		为《一家言》初集作序，写眉评
		周房仲	进士	为诗文作评
		江晚柯		为诗文作评
		范文白	贡生	为诗文作眉评
		查伊璜	举人	为诗作评
		姜西溟	进士，授编修	为诗写评
		宋荔裳	进士，户部主事，绍台道，按察使	为诗文作评
		顾且庵	进士，授御史	为诗文作评
		吴仁趾		为诗作评
		王于一	贡生	为诗作评
		王山史	明诸生，入清不仕	为诗作评
		方绣山	进士，户部主事，钞关榷史	为诗作评
		程瑞伯	大理寺少卿、太仆寺卿、工部右侍郎	为诗集作评

续表

品评对象	人数	姓名	身份	备注
诗文		倪闇公	举博学鸿词，授检讨，与修《明史》	为诗文作评
		李研斋	监察御史，兵部左侍郎	为《一家言》作序评
		汪蛟门	中书舍人、刑部主事、预修《明史》	为诗文作评
		孙豹人	中书舍人	为诗作评
		吴冠五		为诗作评
		蔡龙文		为诗文作评
		吴小曼		为诗作评
		陈俞公		为诗作评
		顾赤方	推官	为诗作评
		熊元献	内阁学士	为诗集作评
		李仁熟	大理寺卿	为诗文作评
		吴修澹		为诗作评
		周伯衡	监司、参议道	为诗作评
		姚天逋		为诗作评
		堵天柱	户部主事	为诗作评
		黄无傲	诗人	为诗文作评
		王北山	给事中	为诗文作评
		刘了庵		为诗作评
		许茗车		为诗文作评
		施匪莪	宣城训导、范县知县、东城兵马司指挥	为诗文作评
		黄裳仙	东南言风雅者必宗焉	为诗文作评
		蔡抑庵	知县、知府、通蓟道、按察副使	为诗作评
		张壶阳	按察使、布政使、巡抚	为诗文作评
		朱修龄	贡生	为诗文作评
		佟碧梅		为诗文作评

续表

品评对象	人数	姓名	身份	备注
诗文		屠之岩	知县，礼科给事中	为诗作评
		苏小眉		为诗作评
		朱其恭	贡生	为诗作评
		余雾岩	湖州通判	为诗文作评
		顾梁汾	内阁中书，国史院典籍	为诗文作评
		韩子蓬	不求仕进	为诗作评
		曹秋岳	太卜寺少卿、户部右侍郎、布政使	为诗文作评
		曹顾庵	侍读、侍讲学士、授编修	为诗文作评
		吴念庵	贡生	为诗文作评
		臧介子	知县、内阁中书、御史	为诗作评
		汪山图		为诗集作眉评（一条）
		杨西近		为诗集作眉评（六条）
		陆青雪		为诗集作眉评（一条）
		陈天游		为诗文集作眉评
		倪服回		为诗文集作眉评（五条）
		黄西铭		为诗集作眉评（一条）
		张半庵		为诗文作评
词评	16	周雪客	贡监生	为《耐歌词》写眉评
		尤展成	授博学鸿词、授检讨，预修《明史》	为《名词选胜》作序
		沈遹声	诸生	为词写评
		方渭仁	官中书，举博学鸿词，授编修，进侍讲	为词写评
		范汝受	屡试不第	为词写评
		毛会候	进士，推官，举博学鸿词	为词写评
		宗定九	贡太学，考授州同，未仕	为词写评
		白仲调	大理寺评事	为词写评

续表

品评对象	人数	姓名	身份	备注
词评		许竹隐	部郎、推官、同知、知府	为词写评
		汪舟次	举博学鸿词，授检讨，预修《明史》	为词写评
		吴园次	中书舍人，武选司员外郎，工部侍郎	为词写评
		叶修卜	知县，举博学鸿词	为词作评
		李东琪		为词作评
		郑彰鲁		为词作评
		冯青士	知县	为词作评
		丁药雪		为词作眉评（四条）
《笠翁论古》（史论）	38	丁药园	礼部郎中	为《论古》写眉评
		陆丽京	贡生	
		陆梯霞	布衣（被称"复社之冠"）	为《论古》作评
		胡彦远	诸生	为《论古》作评
		纪伯紫	诸生	为《论古》作评
		方尔止	诸生	为《论古》作评
		余澹心		为《论古》作序
		王望如	推官、知县	为《论古》作序、写评
		方坦庵	左谕德兼侍读	为《论古》写眉评
		方楼冈	侍读学士	为《论古》作评
		尤展成	授博学鸿词、授检讨，预修《明史》	为《论古》作序
		梁治湄	知府	为《论古》作评
		张蓼匪	提学佥事，布政使参议，西宁道	为《论古》写眉评
		黄国琦	知县、吏科给事中	为《论古》作序，写眉评

续表

品评对象	人数	姓名	身份	备注
《笠翁论古》（史论）		张祖能		为《论古》作评
		方渭仁	官中书，举博学鸿词，授编修，进侍讲	为《论古》作评
		施愚山	刑部主事、湖广司主事、山东学政	为《论古》作评
		冯秋水	知州、同知、知府	为《论古》作评
		毛畏候	（此毛畏候与做词评的毛会候似一人）	为《论古》作眉评
		陈伯玑		为《论古》作评
		方绣山	进士，户部主事，钞关榷史	为《论古》作评
		许青屿	户部主事，江西道御史	为《论古》作评
		汪蛟门	中书舍人、刑部主事、预修《明史》	为《论古》作评
		张秋绍	掌教东林书院	为《论古》作评
		梅朾司		为《论古》作评
		李仁熟	大理寺卿	为《论古》作评
		王北山	给事中	为《论古》作眉评
		张壶阳	按察使、布政使、巡抚	为《论古》作评
		陈植三	诗人	为《论古》作评
		顾梁汾	内阁中书，国史院典籍	为《论古》作评
		王邻哉	不仕	为《论古》作评
		汪北海		为《论古》作评
		杨静山		为《论古》作评（一条）
		吴宝臣		为《论古》作评（一条）
		吴季舒		为《论古》作评
		陈天游		为《论古》作评

续表

品评对象	人数	姓名	身份	备注
《笠翁论古》（史论）		黄云甀		为《论古》作眉评（三条）
		张半庵		为《论古》作评
《闲情偶寄》	18	陆丽京		
		陆梯霞	布衣（被称"复社之冠"）	为《闲情偶寄》作评
		吴梅村	南京国子监司业、左庶子、少詹事	为《闲情偶寄》作评
		王左车	不仕	为《闲情偶寄》写有眉评
		王安节		为《闲情偶寄》作评
		王宓草		为《闲情偶寄》作评
		杜于皇	贡生	为《闲情偶寄》作评
		余澹心		为《闲情偶寄》作评
		周栎园	御史、盐运史、布政使、户部右侍郎等	为《闲情偶寄》写有眉评
		赵声伯	教官	为《闲情偶寄》作评
		尤展成	授博学鸿词、授检讨，预修《明史》	为《闲情偶寄》作序
		王西樵	吏部员外郎	为《笠翁余集》写评
		范文白	贡生	为《闲情偶寄》作眉评
		倪闇公	举博学鸿词，授检讨，与修《明史》	为《闲情偶寄》作评
		周彬若		为《闲情偶寄》作评
		宋澹仙		为《闲情偶寄》作眉评
		陈简候		为《闲情偶寄》作评
		曹顾庵	侍读、侍讲学士、授编修	为《闲情偶寄》作评

品评对象	人数	姓名	身份	备注
《资治新书》	3	周栎园	御史、盐运史、布政使、户部右侍郎等	为《资治新书》二集作序
		王望如	推官、知县	为《资治新书》一集题词
		王西樵	吏部员外郎	为《资治新书》初集作序
《四六初征》	1	孙宇台	诸生	做《四六初征序》
《尺牍初征》	3	吴梅村	南京国子监司业、左庶子、少詹事	做《尺牍初征序》
		许自俊	进士	为《四六初征》作序
		吴国缙	进士	为《四六初征》作撮旨
传奇戏曲、拟话本小说	24	孙宇台	诸生	为渔在杭创五种传奇做总序，又做《蜃中楼序》
		胡彦远	诸生	为《奈何天做序》
		钱牧斋	翰林院侍读学士、礼部尚书	作《李笠翁传奇序》
		杜于皇	贡生	为《无声戏》《连城璧》《十二楼》《凤求凰》作序；为《玉搔头》《巧团圆》作评
		虞君哉		为《怜香伴》作序
		虞以嗣	生平未详	为《风筝误》作序
		黄媛介（女）		为《意中缘》做序评
		徐林鸿	佳山堂六子之一	为《意中缘》写跋
		黄鹤山农	恩贡，西安训导	为《玉搔头》作序
		王玉映（女）		为《比目鱼》作序

续表

品评对象	人数	姓名	身份	备注
传奇戏曲、拟话本小说		郭传芳	县丞、知州	为《慎鸾交》作序
		范文白	贡生	为《意中缘》作序
		张绣虎	诸生	为《凤求凰》写总评
		徐士俊		以紫真道人为笔名，为《奈何天》作评
		玄州逸叟		为《怜香伴》作评
		朴斋主人		为《风筝误》作评
		秦淮醉候		为《比目鱼》作评
		云间木叟		合评《慎鸾交》
		匡庐居士（郭传芳）		
		樗道人		为《巧团圆》作序
		垒安居士		为《蜃中楼》作评
		泠西梅客		为《凤求凰》作评
		莫愁钓客		合评《巧团圆》
		睡乡祭酒（杜濬）		

　　通过整理可以发现，为李渔诗文写序、作评共计86人，为其词作评的有16人，为《闲情偶寄》写序、作评的有18人，为《笠翁论古》《资治新书》《四六初征》《尺牍初征》作序或写评的分别为38人、3人、1人、3人，而为其戏曲作评的是24人，只有杜濬1人为其白话小说作评。

　　从"中心文体"和"边缘文体"的角度来看，为其中心文体作序的共165人，与为边缘文体作序的25人相比，比例几乎为7∶1，这或许可以从侧面反映时人对"小道"的态度。尤其值得注意的是，以杜濬为例，在为李渔的诗文、《闲情偶寄》等文体作评时，他用的是本名杜于皇,而在为李渔的戏曲、拟话本小说作评时他却选用了"睡乡祭酒"的笔名,而非真实姓名。又如陆丽京、尤展成等人,积极为其传统文体写序或作评,但是并没有对其戏曲、小说创作发表意见。当然,我们不排除他们使用笔名进行了评点,但即使如此,没有选择以本人的真实姓名出现为李渔创作的边缘文体助力,已经可以被认为是对这种文体的表态。

李渔的白话小说几乎无人作评的现象更加值得深思,一直以来,正统的文人士大夫通常不屑于用白话文进行写作,因为文言文作为知识和教育的外化,是象征精英文人们学识修养、家世渊源、社会地位的标志,并随着封建主流意识形态的发展而不断得到强化。它不仅是士大夫使用的书面语言,而且还在一定程度上充当了阶层划分的判断标准,毕竟只有受过良好教育熟读经典的文人,才能够驾驭文言文。无论是作为阶级的象征还是知识精英谋生的需要,文言文通常是要作为身份标签予以夸耀的。从这一点而言,李渔与当时的精英文人也是不同的。

而当细究这些为李渔作序的人可以发现,为传统文体作序的人们大多身份、姓名可考,且其中不乏各类人才,许多人都在官场政坛担纲要职。而为其传奇戏曲作序的人,要么身份不明,要么是未得功名的诸生,极少前文提及的精英文人。在24人中,多人身份不详,有11人用笔名为其作序,极有可能是出于不好意思对当时被视为"小道"的文体作评的顾虑,毕竟这种情况在李渔其他类文体的评论者中从未出现。

不仅如此,其中几位如为《蜃中楼》作序的孙宇台,他被李渔描述为"弟向在湖上时,益友二三,于吾宇台首屈一指"。作为李渔心目中颇有分量的朋友,孙宇台的传世作品《孙宇台集》《鉴庵集》仍是诗文集。又如李渔的"文章知己",为其传奇作序高达五次的杜于皇,流传下来的也是《变雅堂遗集》《变雅堂文集》《变雅堂诗钞》《茶村诗》《扫花词》等诗词文作品,这或许就很能说明问题了。当然,没能流传并不意味着他们绝对没有进行白话小说的创作,但至少在刻印技术相当发达的明清,这一现象至少能够说明,他们"专攻"的方向绝不在此,"主业"与李渔不同。

除此之外,还有一个现象十分值得注意。对于正统文人而言,除了用文言文写作之外①,他们写作的指导思想总是不离儒家学说,更不会脱离儒家倡导的价值观念。而李渔却为了给自己创作白话小说找到合适的理由,不止一次对传统儒家学术、以及传统儒家文体中的教条主义表达不满。如《读诗志愤》中写道:"幼读古人书,冥然若有会。及观先儒论,心孔日以闭。"在《笠翁论古》(后收入《笠翁一家言文集》,称《笠翁别集》)中,他又说"大凡拘儒论人,须是印版刊定之事,方为所取,苟无成样,未有不为所弃者也。可笑哉!"都对坚守儒家传统的作品表达了鄙夷之意。

此外,在自己的作品中,李渔也多次借故事人物之口传达自己对于传统文体的态度,例如在《风筝误》中,主人公之一的戚施说:"聪明让鲁班,随时逐节,把巧制新翻。不象那诗书庸腐文章板,平铺直叙没波澜。照我看来,那十分之中,竟有九分该删。"后来又

---

① 龚晓在《清代文言小说中的城市书写研究》一文中曾指出:"先秦两汉典范的文言文是中国封建社会正式的官方语言形式,这也是从语言形式方面来界定"雅"的最基本的标准。"到了清代虽然白话文的普及度很高,地位也得到了很大的提升,"然而在文言文悠久的历史和广泛运用和影响下,文言独特的语言魅力和艺术价值依旧是儒士们难以舍弃的。对文言文的坚守实际上是对学术的尊崇以及对'读书人'身份的保护和约束。"

说："我想古来制作的圣人最是有趣，到一个时节，就制一件东西与人玩耍。不像文、周、孔、孟那一班道学先生，做这几部经书下来，把人活活的磨死。"这些都表明他对传统文体、文言文创作等是有一定抵触情绪的，与正统精英文人是截然不同甚至可以说是矛盾的①。

（2）创作目的、写作风格、内容选取等不同

除了在文体选择上与传统精英文人不同，李渔的作品在其他一些方面也与他们有很明显的区别。整体而言，与李渔同时期的创作者似乎都遵循着"雅俗共赏"的原则，甚至在创作理论和具体写作实践中趋向于强调"通俗"的一面。表面上看，李渔与吴伟业、尤侗（1618-1704）等正统文人们似乎是一致的，但如果深入分析，会发现李渔和正统文人们在创作目的和写作风格等方面都有明显的差异。

首先，从创作目的而言，郭英德先生曾这样评价正统文人的传奇创作："他们以创作诗词古文的传统思维模式创作传奇，借传奇抒发故国之思、兴亡之叹、身世之感，或世外之情、报应之思、风化之意，借传奇显示渊博的学识功底和深厚的文学造诣。"反观李渔，他进行传奇创作的目的与正统文人们并不相同。他更多的是出于对经济利益的追求而进行的传奇、小说创作。是故他大力肯定传奇的娱乐作用，说"传奇原为消愁设，费尽杖头歌一阕"，在选材和内容上都极力迎合市民大众的爱好，"当不得座上宾客尽好奇"；还在此基础上主

---

① 当然，我们并不排除这种说法是李渔为自己放弃传统文体的写作，转而从事白话小说创作进行的铺垫，借抨击儒家道学为自己未进行传统文体的写作找寻借口，加以开脱。但无论其私心为何，都不妨碍我们发现他与同时期其他人进行文言文写作的行为、态度并不一致。

张寓教于乐，"做一部不道学的传奇劝化人"，声称自己在"风流"的同时兼顾了"道学"。这样一来，李渔既获得了市民大众的喜爱，同时也不会招致统治者的排斥。而在这两者之间，娱乐性显然是他选择这一文体时最看重的。

从写作风格的角度而言，虽然这一时期创作者都有"尚俗"、"求奇"的倾向，但正统文人们即使立意浅俗，却由于多年来积习难返，落笔难免雅隽。语言上更是如此，虽然反对雕琢堆砌①，但他们追求的是通俗易晓的"本色"，而非低俗。如洪昇的《长生殿》、孔尚任的《桃花扇》等，虽然在创作时使用了与白话小说类似的语言，但俗而不俚、淡却有味、命题立意更是在创新出奇之余能够由浅入深，反映对明末封建社会历史变迁的思考和感受，有比较深刻的文化内涵②。反观"能于浅处见才，方是文章高手"的李渔，他似乎将"浅俗"、"通俗"、"本色"与"低俗"、"恶俗"混为一谈。如《萃雅楼》看似针砭

---

① 吕天成在《曲品》中有："果属当行，则句调必多本色；果其本色，则境态必是当行"（吕天成.曲品［M］.//历代戏曲目录丛刊：第一卷.扬州：广陵书社，2009：270.），冯梦龙曾评范文若"传奇曲，只明白条畅，说却事情出便够，何必雕缕如是"（沈自晋.南词新谱［M］.//善本戏曲丛刊：第三辑.台北：中国台湾学生书局，1984：42.），凌濛初《谭曲杂扎》中有"曲始于胡元，大略贵当行不贵藻丽，其当行者曰本色。盖自有此一番材料，其修饰词章，填塞学问，了无干涉也"（凌濛初.谭曲杂扎［M］.//中国古典戏曲论著集成：第四册.北京：中国戏剧出版社，1982：253.），还说"盖传奇初时本自教坊供应，此外只有上台构栏，故曲白皆不为深奥……自成一家言，谓之本色"。

② 这一特点不限于小说、戏曲的创作，沈际飞在评价汤显祖的小品文时也曾称赞道："独撼素心，而颂不忘规，辞文旨远"（沈际飞.尺牍题词［M］.//汤显祖.汤显祖诗文集：下册.上海：上海古籍出版社，1982：1536.）。虽然不是评价其传奇、戏曲作品，但也可从侧面证明正统文人在进行"小道"创作时不流于俗的特点。

时弊，批判了权贵奸雄结党营私之行，但不乏对他们荒淫糜烂生活之描写；《十卺楼》揭露了地方恶霸和官府衙门的霸道行径，似是对晚明奢靡世风的反拨，但其中不惜笔墨专门描写一些猎艳逐色的风流情思，甚至是描绘男女之间淫秽靡乱的床第秘事。议论时还常常打着维护名教道学、阐扬忠孝节义、意在劝喻讽世的幌子，可谓冠冕堂皇。杨恩寿就曾批评李渔的《笠翁十种曲》"鄙俚无文，直拙可笑。意在通俗，故命意、遣辞力求浅显。流布梨园者在此，贻笑大雅者亦在此。"

从语言方面来讲亦是如此，李渔提出了戏曲语言"贵浅不贵深"，看似与其他正统文人并无二致，但他其实并没有厘清"通俗"和"低俗"的界限。如论及诗文和词曲的区别时说"曲之词采，与诗文之词采非但不同，且要判然相反。何也？诗文之词贵典雅而贱粗俗"。虽然后面是在讲话则本之街谈巷议，事则取其直说明言，但他认为诗文"贵典雅而贱粗俗"，而曲要与诗文"判然相反"，那么就是"贵粗俗"了。这导致他在创作中，混淆了"粗俗"、"低俗"和"通俗"这几个程度不同的词，与其他号召"不深奥"、"浅显"、"本色"的正统文人有别①。如

---

① 王骥德在《曲律》中有"庸下优人，遇文人之作，不惟不晓，亦不易入口。村俗戏本，正与其见识不相上下，又鄙猥之曲可令不识字人口授而得，故争相演习，以适从其便。"这句话从侧面证明，村俗戏本、猥亵之曲，与文人之作是不同的。不止于此，王骥德还明确指出，如果以为"本色"就是"庸拙俚俗"，就是没有理解"本色"的内涵。又比如，凌濛初曾批评沈璟的传奇创作"欲作当家本色俊语，却又不能，直以浅言俚句，棚拽凑凑"，导致后学步其后尘，"以鄙俚可笑为不施脂粉，以生梗雉率为出之天然"，坠入恶套。从这些地方都可以看出，在当时的正统文人看来，"本色"乃"俊语"，与鄙俚可笑的"恶俗"判然有别。又如黄图珌（1699–1752）说"元人白描，纯是口头言语，化俗为雅。亦不宜过于高远，恐失词旨；又不可过于鄙陋，恐类乎俚下之谈也"。这些记载均可说明，正统文人认为"本色"和鄙陋、恶俗显然是不同的概念。

在《妻妾抱琵琶梅香守节》中形容孩子磨起人来"日不肯睡，夜不肯眠，身上溺尿，被中撒屎。"这样的描写过于口语化，略显粗俗。李调元在评价蒋士铨的传奇时就顺便讽刺了李渔的创作，认为蒋士铨的传奇"为近时第一，以腹有诗书，故随手拈来，无不蕴藉，不似笠翁辈一味优伶俳语也。"认为李渔的创作仅仅是粗俗的优伶俳语、市井之谈。

又如，对待"求奇"和"虚构"的态度。正统文人的求奇，更多的是艺术技巧上的新奇，而非内容的虚设、情节的荒诞夸张。郭英德在其《明清文人传奇史》中就描述了文人传奇对于"真实"的追求，指出传奇与史传文学渊源颇深："在创作实践上，传奇以'记'、'传'等为名，难道不是受益于纪传体史书的启发么？明清两代的文人传奇作品，直接或间接取材于史书的，岂非几逾泰半？自《鸣凤记》问世以后，自觉地以传奇为史传，记录当代政治斗争、文治武功、名人轶事、以至家庭琐事的作品，不是连篇累牍，层出不穷么？如《磨忠记》《喜逢春》《清忠谱》《桂林霜》等时事剧，如《立命说》《神剑记》《读书种》《金环记》《桂花塔》等传记剧，……这些传奇作品，难道不是借传奇样式作史传文章么？而'以曲为史'的创作倾向，在文人传奇发展史中始终不绝如缕……在理论批评上，以史传文学的叙事特性评论文人传奇作品，是明清剧坛上的热门话题。"这种"以曲为史"的创作倾向在当时很多文人的观念中都占据一席之地，如王骥德就提出了"就实"的要求，说"多本古史传杂说略施丹垩，不欲脱空杜撰。"还批评那些"捏造无影响之事以欺妇人小儿者"为"里巷小人"，认为他们的做法"大雅之士亦不屑也。"后来的《桃花扇》也因其真实性得到称赞："观其自述本末，及历记考据各条，语语可作信史。自有传奇以来，能细按年月，确考时地者，实自东塘为始，传奇之尊，遂得与诗文同其声价矣。"

也是强调事有所本，言必有据，几乎可以具有和史传同等的性质①。反观李渔，虽然在《闲情偶寄》中也说戏曲创作不应当出于见闻之外，但是在具体写作实践中还是有很多虚构的地方。尤其是希望创新求奇时，除了将事实极力夸张，还对离奇之事加以虚设，如《蜃中楼》《生我楼》等等。与传统文人创作的"雅正"感（对雅正风格的偏好）相对，李渔的创作风格显然更加"荒诞化"和"市井气"。

这一点从时人对过分求奇的创作时风的抨击以及评者对李渔作品的评价也可以看出。例如高奕就曾批评清初传奇创作时风："传奇至于今，亦盛矣。作者以不羁之才，写当场之景，惟欲新人耳目，不拘文理，不知格局，不按工商，不循声韵，但能便于搬演，发人歌泣，启人艳慕，近情动俗，描写活现，逞奇争巧，即可演行，不一而足。"而李渔的作品，在当时也确实被评价为："遂谓事不诞妄则不幻，境不错误乖张则不炫惑人。于是六尺氍毹，现种种变相。"

以上所论皆为李渔与传统精英文人的区别。甚至可以说，在对待传统文体的态度、对于"尚俗"的理解、对于求实和虚构原则的遵循方面，李渔与精英文人不仅是不同的，甚至是矛盾的。

---

① 不仅如此，正统文人对"小道"的创作态度还影响了后代很多人。如后代的翰林、诗人蒋士铨提出"聊将史笔写家门"，曾担任刑部主事的吴震生也表达了类似观点："史册甘腴，世曾不览，传奇家尚忍其虽有而若无，复何暇索诸乌有之乡，为子虚无味之剧，冀以无而为有也？"，董榕的创作被评价为"以一寸余纸，括明季万历、天启、崇祯三朝史事，杂采群书、野乘、墓志、文词，联贯补缀为之，翕辟张弛，褒贬予夺，词严义正，惨澹经营，洵乎以曲为史矣"等等，可见对于言必有据，不能虚设子虚乌有、无意义之事的理念是这类正统文人创作时一直以来挥之不去的自我要求。

2. 自相矛盾——戏曲创作理论与具体写作实践的矛盾

除了前文提到的李渔与精英文人的不同乃至矛盾，如果对李渔本人的创作进行细读可以发现，其《无声戏》等作品与《闲情偶寄》中的创作理念亦有不符，可谓自相矛盾。因此本节在接下来的部分拟对其戏曲创作理论与具体写作实践的自相矛盾之处进行具体分析。

需要明确的是，在这一部分，与戏曲理论相对应的"写作实践"并不仅限于李渔的传奇剧创作，而是将其戏曲和小说共同纳入考量——毕竟戏曲和小说"事迹相类"。胡应麟在其《庄嶽委谭下》中就曾对这一点进行论述："传奇之名不知起自何代，陶宗仪谓唐为传奇，宋为戏诨，元为杂剧，非也。唐所谓'传奇'自是小说书名，裴铏所撰……其书颇事藻绘而体气俳弱，盖晚唐文类耳，然中绝无歌曲、乐府若今所谓戏剧者，何得以传奇为唐名？或以中事迹相类，后人取为戏剧张本，因展转为此称不可知。"可见传奇和小说是有很多相似之处的，都是在讲故事。《绣像合锦回文传》的评点者素轩曾提出"稗官为传奇蓝本"，李渔也有过类似主张，认为小说是无声戏。因此，本书接下来将小说和戏曲视为一个整体，用李渔在《闲情偶寄》中的创作理论观照其创作实践，论证李渔的矛盾性。

（1）"戒淫亵"与"恶趣味"

在《闲情偶寄》中，李渔在"语求肖似"一节提出要对创作的主题内容有所拣选："稍欠和平，略施纵送，即谓失风人之旨，犯佻达之嫌"；也在"戒淫亵"一节自己写下戏曲创作的标准"人间戏语尽多，何必专谈欲事？即谈欲事，亦有'善戏谑兮，不为虐兮'之法，何必以口代笔，画出一幅春意图，始为善谈欲事者哉？"但另一方面在具体写作实践时，他却仍然淫词秽语毫无避忌，为夺人眼球无所不用其极。

例如《夏宜楼》中，以"西洋千里镜"充当瞿吉人和詹娴娴相识相恋的媒人，情节设置新颖别致。但故事中设置的侍女们在荷花池嬉戏，裸体被瞿吉人看到，以及后来成亲之后的描写，可谓十分不雅。"只有娴娴小姐的尊躯，直到做亲之后才能畅览；其余那些女伴，都是当年现体之人，不须解带宽裳，尽可穷其底里。吉人瞒着小姐与他背后调情，说着下身的事，一毫不错……既已出乖露丑，少不得把'灵犀一点'托付与他。吉人既占花王，又收尽了群芳众艳，当初刻意求亲，也就为此，不是单羡牡丹，置水面荷花于不问也。"这样的内容格调并不高，而且多少有伤风化。

同样有悖公序良俗的还有《萃雅楼》中描绘权汝修被软禁在严府，留在后庭相见的场面。东楼形容权汝修"肌滑如油，豚白于雪，虽是两夫之妇，竟与处子一般。"而东楼自然"心上爱他不过，定要相留。这三夜之中，不知费了几许调停，指望把'温柔软款'四个字买他的身子过来。"对于好男风的宠狎行为毫不避忌；还以戏谑的口吻描写权汝修被沙太监净身时的过程："沙太监大笑一声，就叫：'孩子们，快些动手！'……先替他脱去裈衣，把人道捏在手上，轻轻一割，就丢下地来与獬八狗儿吃了。"这些私密之事本应是隐而不显的，可李渔全部把他们付之案头。《拂云楼》中也是这样，重阳节时男男女女都到西湖看赛龙舟，不想狂风大作，浪声如雷下起大雨来。在瓢泼大雨的冲刷下，众女眷妍媸毕露。少年们便借机窥视，发现此中"独有两位佳人，年纪在二八上下，生得奇娇异艳，光彩夺人，被几层湿透的罗衫粘在裸体之上，把两个丰似多肌、柔若无骨的身子透露得明明白白，连那酥胸玉乳也不在若隐若现之间。"将女性的身体和形态毫不避忌地呈现于读者面前。类似的场景在裴七郎和韦小姐、能红成亲之日也有着墨。

《十卺楼》更是把李渔对于床第之事的恶趣味展现到了极致。其中对石女以及新婚当夜的描写，十分秽亵露骨。"好事太稀奇！望巫山，路叠迷，遍寻没块携云地。玉峰太巍，玉沟欠低，五丁惜却些儿费。漫惊疑，磨盘山好，何事不生脐！"把石女的生理特点和身体缺陷不遗余力地描述出来。后面还叙述了夫妻之间的"舍前趋后"之事、新妇"怎肯爱惜此豚，不为阳货之献"等一系列行为。后来又描写了石女的妹妹夜间遗小便之事，最后在第十次成亲换回石女之后，描述夫妻两口搂作一团，借毒疮摩疼擦痒，享"肆意销魂之乐"。小说中对夫妻私密生活进行大胆的暴露、并不厌其烦地加以渲染，甚至描绘了一些让人作呕的情节（如锦衾绣幔之中让人难以忍受的秽气），这些不符合他自己提出的"何必专谈欲事"、"何必以口代言，画出一幅春意图"的理论主张，也不符合其认为的即使要谈，也要"善谈"的理论要求——这类描写并不具备带给人感官享受、引发人审美愉悦的作用。

除了以上几篇作品中的大肆提及，其他篇目中对这类行为也均有所涉及，甚至可以说是比比皆是。《合影楼》中有珍生张开双手要搂抱玉娟的桥段："珍生蓄了偷香之念，乘他未至，预先赴水过来，藏在隐蔽之处，等他一到，就钻出来下手。"《鹤归楼》中段玉初和绕翠多年之后重逢时的恩爱画面……这类涉及夫妻生活、阉割场景、女性体态、亵狎之事的描写在李渔的笔下出现频率相当高，只是露骨的程度略有区别。还有一些"恶趣味"的情节如《怜香伴》中没有真才实学的周公梦为了顺利通过科举考试，竟然制作出来"小抄"藏在"粪门"之中，"我如今将文字卷做个爆竹模样，等待临场时节，塞在粪门之中，就是神仙也搜拣不出，岂不妙哉！……也亏我当初喜做龙阳，预先开辟了这座名山，以为今日藏书之地。"，而当此事不慎败露，作者在字里行间不仅描绘了周公梦的窘态，还用文字形容了小抄上令判官难以忍受的恶臭，戏谑的同时亦十分粗鄙。这些是李渔与同时期精英文人的不同之处，是他的作品能够吸引市民大众、在不同阶层的读者中受到欢迎和得到广泛传播的缘由，但同时也是李渔在创作实践中对自己理论主张的背离。

（2）"戒荒唐"与"无奇不传"

前文曾提及，精英文人的求奇多指艺术创作技巧的创新，而非内容的虚构和情节的荒诞，这是李渔与精英文人们的矛盾之处。但与此同时，从对待"求奇"这一点的态度而言，我们亦可以发现李渔的自相矛盾之处。

如李渔在《闲情偶寄》词曲部的"结构第一"节中明确提出传奇创作应当"无奇不传"，应当"有奇事，方有奇文。"在"戒荒唐"一节亦明确提出，传奇要"说人情物理"，而且"凡作传奇，只当求于耳目之前，不当索诸闻见之外"。由此可见，他虽然求奇，但求的是日常生活中会发生的，但尚未被别人发现或记载的"奇特之事"。与此相反，他在"语求肖似"一节又提出作家也可以不拘泥于事实，大胆地进行艺术想象："未有真境之为所欲为，能出幻境纵横之上者：我欲做官，则顷刻之间便臻荣贵；我欲致仕，则转盼之际又入山林；我欲作人间才子，即为杜甫、李白之后身；我欲娶绝代佳人，即作王嫱、西施之元配；我欲成仙作佛，则西天蓬岛即在砚池笔架之前；我欲尽孝输忠，则君治亲年，可跻尧、舜、彭篯之上。"又说作家可以超出寻常见闻之外，任文字、情节随思绪飞扬。那么，"大胆虚构"

和"不当索诸见闻之外"之间的界限就很模糊了，有时候这两种创作理念其实是自相矛盾的。

以《蜃中楼》为例，这部虚构的传奇剧描写了人间才子与海中龙女的奇幻姻缘。作品中男女主人公的姻缘是"天定"的："只因瑶池会上，有两个顽仙，一双玄女，偶犯小过，谪落人间。那顽仙托身，一个姓柳，一个姓张；那玄女托生，一个在洞庭，一个在东海。这四个男女，该合成两对夫妻。"因龙王过寿，久居龙宫的龙女姐妹二人相遇，相约去海面游玩，他们的父亲为了保护他们而让虾兵蟹将"嘘气成云，吐涎作雾"结起了一座蜃楼。这座柳毅和两位龙女初识的蜃楼，不再是现在谈及的光学现象，而是靠虾兵蟹将"吹得上气不接下气，口涎连着鼻涕"结成的；后柳毅之所以能走到蜃楼上与龙女们交谈，又是靠着东华上仙的"掷杖成桥"；不仅如此，甚至连玉帝都参与到了他们的故事中："舜华错嫁泾河，琼莲敷愆期归妹，朕岂不知？只因他当日犯了仙戒，所以谪落人间。若不使他受些魔障，好好的成就姻缘，倒不是罚他去受苦，反是赏他去行乐了。待那劫数将满之日，朕自当成就他。"这些情节在日常生活中并不可能发生，都是李渔凭借想象虚构出来的，如果用他自己的理论加以评价，可谓"事涉荒唐"。当张生带着龙女舜华交付的金钗去洞庭湖报信时，出现了更为奇幻的场面："金钗一响，潮水忽然分开。"连主人公自己都说："每读齐谐眼倦开，怪将诧事费疑猜。从今莫笑荒唐史，亲向荒唐会里来。"最后的试术、煮水等情节更是十分离奇，可以说整篇文章都建立在奇幻、想象和虚构的基础之上，并不符合"只当求于耳目之前，不当索诸见闻之外"的理论，与其本人要求"戒荒唐"，提出"凡涉荒唐怪异者，当日即朽"的观念自相矛盾。

此外，李渔在"戒荒唐"一节还明确指出传奇创作时尽量不要拿鬼神说事："殷俗尚鬼，犹不闻以怪诞不经之事被诸声乐，奏于庙堂，矧辟谬崇真之盛世乎"，提出有尚鬼风俗的殷代都没有把荒诞不经的事加在宫廷音乐中演奏，更何况是现在这个剔除谬误、崇尚真实的社会，这样做就是更不应该的了。更何况"活人见鬼，其兆不详，矧有吉事之家，动出魑魅魍魉为寿乎？"用日常生活的大众心态举例，强调传奇创作应避免拿鬼神说事等荒诞不经的做法。但反观其个人的创作，李渔并没有按自己的理论主张去做，反而常借助鬼神之力推进故事情节的发展，如惩治恶人、或是为好人平反。以《无声戏》为例，全部的十二回之中有五回都涉及到了鬼神显灵的荒诞情节，所占比重接近二分之一，不可谓不高，明显与李渔自己创作理论背离。具体来说：第二回"改八字苦尽甘来"中，蒋成一直时运不济，直到"活神仙"华阳山人替他改了八字，才逐渐发家致富、官运亨通；第七回"人宿妓穷鬼诉嫖冤"中，老实人篦头待诏王四受《卖油浪独占花魁》的影响，也想效仿卖油郎通过自己的老实、肯干获得雪娘青睐、抱得美人归，没想到却被雪娘和老鸨设计，多年积蓄全被骗走。王四在受到雪娘与妈儿的算计和欺辱后一直申冤无门，最后靠的是魂魄现做人身向与雪娘同宿的运官伸冤才拿回自己的钱财；第八回"鬼输钱活人还赌债"中，王竺生本是一个聪颖可嘉、忠厚老实的青年，却遭人设计，被哄骗进入赌场，后又稀里糊涂地将家产输尽。而诱赌之人王小山却坐收渔利，大发横财，还逐渐置起实产。受骗的竺生无力将家产赎回，母亲因此被气得重病，终不治身亡。这个故事最终的因果得报靠的是竺生之父化身为鬼，以其人之道还治其人之身，才实现了惩治恶人的目的，王小山最终将自己骗得的不义之财如数散尽。第九回"变女为儿菩萨巧"也是如此，先以三个举子一起求梦且梦兆得现的例子，指出"鬼神的聪明，不是显而易见的，须要深心体认一番，后方才揣摩得出"。后又用灶户施达卿年近六十仍无子嗣，因终年祷告，菩萨显灵告诉他抵消罪业的忏悔之法，让他广施恩泽，接济穷人。但因他中途食言，停止施舍财产为自己赎罪，菩萨居然赐给他一个"逃于阴阳之外，介乎男女之间"的孩子。当菩萨再次显灵并对他进行劝诫后，他继续施舍，直至几乎舍尽全部家私。这时，原本不男不女的孩子竟然奇迹般变为儿子，菩萨神力可见一斑。第十回"移妻换妾鬼神奇"中更是借助了神鬼的力量，正妻杨氏被善妒的小妾阴谋算计陷害，差点被丈夫休出家门，最后靠着神鬼之功，杨氏才沉冤得雪，使小说结局朝着理想的方向发展。以上所举的诸例中，鬼神都发挥了决定性的作用，与李渔本人提出的创作理念自相矛盾。

其他诸如此类事涉"荒唐"的例子还有很多，例如《比目鱼》讲谭楚玉和刘藐姑两人相爱，但因刘母贪婪，将女儿许配给了别人。两人于是在戏场之上假戏真做投江自尽。如果是在现实中，两人恐怕早就溺水而亡了。然而在李渔笔下，两人不仅没死，还被平浪侯所救，双双化作比目鱼。后来他们被渔翁捕获，幻化回人形，历经曲折终成眷侣。《十卺楼》中，主人公姚子毂的婚姻经历完全印证了能够"请仙办事"的郭酒痴的题咏：他娶回来的妻子要么是石女、要么有小遗的毛病，要么在娶进门前便已怀孕……很多人可能一辈子都遇不到的事全集中在他身上，被他接连遇到。为了让主人公完成"十卺"的过程，完全不考虑这样的做法在当时社会中的不可实现性①。最令人感到讶异的是第十次婚娶，姚子毂又娶回了第一次的

---

① 这里的"不可实现性"是指，接二连三的请媒人定亲、退亲，姚子毂的父母几乎是想帮自己的儿子娶谁就娶谁，想休谁就休谁，想要换哪位女子就可以换哪位女子，过于戏剧化。这种情形在日常生活中极为少见，可谓事涉荒唐。

石女，而这次石女的病竟然通过两人忍痛进行床第之欢而莫名其妙的好了，结局皆大欢喜。奇则奇矣，然颇为荒唐，与自己提出的创作理论不符。

不过，李渔也曾为自己辩解"从来不演荒唐戏，当不得座上宾客尽好奇，只得在野豆棚中说了一场贞义鬼"。这种观众"好奇"的审美需要制约、影响李渔写作实践的现象会在后文着重分析。

（3）"无我之境"与主观色彩

李渔主张"戒淫亵"但在实际创作中却不乏淫秽之词、猥亵之语等诸多恶趣味，明确提出"戒荒唐"却刻画了颇多日常生活中无法遭遇的怪异经历，主张尽量少提"鬼神之语"，却在自己的作品中一再借助鬼神之力推动情节发展……除此之外，李渔的创作实践还有其他与其创作理论的矛盾之处。

例如李渔在自己的戏曲理论中强调一种"无我之境"："言者，心之声也，欲代此一人立言，先宜代此一人立心。若非梦往神游，何谓设身处地？无论立心端正者，我当设身处地，代生端正之想；即遇立心邪辟者，我亦当舍经从权，暂为邪辟之思。务使心曲隐微，随口唾出，说一人，肖一人，勿使雷同，弗使浮泛，若《水浒传》之叙事，吴道子之写生，斯称此道之绝技。"他主张创作时要设身处地把自己当成作品的主人公进行表达和言说，让作品中人物的语言、行为等都符合人物的处境、身份和心理，更重要的是强调"务使心曲隐微，随口唾出"，即尽量减少作者的主观介入。这其实类似于罗兰·巴特提出的"作者之死"，都是为了让作品人物以尽量独立、客观的面貌呈现于读者面前，不让作家的主观态度和情绪影响读者的阅读效果。这样一来，作品便距离读者更近了，具有了更广阔的阐释空间，读者亦有了更多的理解维度。值得注意的是，罗兰·巴特出生于 1915 年，提出"零度写作"这一概念是在 1953 年，而生活于 1610–1680 年的李渔早于其 300 多年就在《闲情偶寄》中对作者的参与程度提出了这样的要求。不得不说，李渔对作者和读者的关系虽然不一定有着明确的意识，但论述得却十分正确，在作者如何客观地塑造作品人物这一问题上，具有明显的超前性和指导性。

但是在实际创作时，李渔却并没能做到这一点。他始终没有忘记自己"说话者"的身份以及"创作主体"的地位，总是时不时插入自己的主观叙述，入话、结尾处的劝诫更是屡见不鲜。这些导致他的作品有非常鲜明的倾向性和强烈的抒情性，明显带有创作者的主观色彩。

例如《怜香伴》开头第一出的"破题"便有"真色何曾忌色，真才始解怜才。物非同类自相猜，理本如斯奚怪"。与其说是为了引入下文而进行的"破题"，倒不如说是李渔主观意愿的表达，很像是他个人情感的抒发。而在《凰求凤》的收场诗中，李渔直接写下"情谁潜挽世风偷？旋作新词付小优。欲扮宋儒谈理学，先妆晋客演风流。由邪引入周行路，借筏权为浪荡舟。莫道词人无小补，也将弱管助皇猷"，传达了自己寓教于乐的态度，希望借此让读者明白自己做这部传奇的目的所在，有强烈的主观意愿表达。而且在这部作品中李渔让才貌双全的许仙俦和曹婉淑先行得到意中人并顺利成婚，却为善妒的乔小姐设计了比较曲折的爱情经历，使其和吕哉生的婚约一波三折，还借科举的录用、放榜的情节批评了作风不检的男子，又对巧舌如簧、频繁使诈的殷四嫂进行了揭露和痛斥……这些其实都是作者主观态度的呈现，并不符合自己提出的"心曲隐微"之说。

《鬼输钱活人还赌债》中亦是如此，他在入话中便说"如今世上的人迷而不悟,只要将好好的人家央他去送。起先要赢别人的钱,不想倒输了自家的本;后来要翻自家的本,不想又输与别人的钱。输家失利,赢家也未尝得利,不知弄它何干?"宣扬了赌博败家的观点。《合影楼》中更是如此,他说"我今日这回小说,总是要使齐家之人,知道防微杜渐,非但不可露形,亦且不可露影,不是单阐风情,又替才子佳人辟出一条相思路也",使用了"我"这一自称进行主观表态,明确表达了作者的劝惩之意。诸如此类的例子还有很多,即使作者没有进行直接地表达,也借人物之口对自己主张和观点进行了说明。《比目鱼》中,当财主钱万贯逼婚刘藐姑时,女主人公义正辞严:"自古道我不淫人妻,人不淫我妇。你在明中夺人的妻子,焉知你的妻子,不在暗中被人夺去?"《凰求凤》中作者又借男主人公吕哉生之口重申了因果得报的观点:"做了别样歹事,那些轮回报应,虽然不爽,还有迟早之不同;独有奸淫之报,一定要现在本身,绝不肯现到来世。淫人妻女,就将妻女还人,却象早晨借债,晚上还钱。"《慎鸾交》也借主人公华秀之口表达自己对学士、文人的期待:"我看世上有才有德之人,判然分作两种:崇尚风流者,力排道学;宗依道学者,酷诋风流。据我看来,名教之中,不无乐地,闲情之内,也尽有天机,毕竟要使道学、风流合而为一,方才算得个学士、文人"。这都是将自己因果报应的理念,对文人品格的要求进行表达,颇具主观性。

此外,如果仔细分析李渔笔下的男主人公,我们甚至可以惊讶地发现,他们都或多或少带有李渔本人的某些特征,或是相似的性格特点,或是相似的业余爱好,或是风流自赏的审美情趣,或是玩世不恭的处世态度等。如《三与楼》的男主人公虞素臣,他不仅和李渔本人一样绝意功名、寄情诗酒,而且非常喜欢盖楼。在盖楼的过程中,他也如李渔本人一样穷极精雅，还同样经历了和李渔一样迫不得已的遭遇——卖楼。孙楷第先生就曾在《李笠翁与十二楼》一文中指出"文中虞素臣，即是李渔自寓。"《闻过楼》中的顾呆叟更是如此，他避时逃名，三十多岁就放弃了功名，十分恬淡脱俗。他在去城四十余里的荆溪之南，"结了几间茅屋，买了几亩薄田，自为终老之计"。还计划将自己的居处安排的高雅脱俗："柴关紧密，竹径迂徐。篱开新种之花，地扫旋收之叶。数椽茅屋，外观最朴而内实精工，不竟是农家结构；一带梅窗，远视极粗而近多美丽，有似乎墨客经营。若非陶处士之新居，定是林山人之别业。"不仅顾呆叟的生活方式与李渔如出一辙，作者在塑造顾呆叟形象时更是将自己对园林建设的心得"移植"到他的身上①。很多人都认为顾呆叟其实就是李渔的现状、心态，尤其是其内心的纠结和期待的外化、具体化。孙楷第先生亦在其文中指出"我们稍知笠翁生平，便知道这一篇小说是笠翁自己的梦。"诸如此类的例子还有很多，如徐保卫也认为在"襁褓识之无，曾噪神童之誉；髫龄游泮水，便腾国瑞之名"的谭楚玉身上，明显打上了李渔本人青少年生活的印记。总之，李渔笔下的许多主人公都和他本人有着极为相似的性格志趣、生活态度和价值取向。

李渔作品中的"有我之境"还表现在人物形象塑造时掺入自己

---

① 顾呆叟希望自己的居所"竹径迂徐"，正符合李渔本人对竹表达出的喜爱："竹能令俗人之舍，不转盼而成高士之庐"。而其中提到的"梅窗"，更是李渔非常引以为豪的创新之举："予又尝取枯木数茎，置作天然之牖，名曰梅窗，生平制作之佳，当以此为第一。"（李渔.李渔全集：第十一卷［M］.杭州：浙江古籍出版社，1991：172.）孙楷第先生也曾明确指出："我们稍知笠翁生平，便知道这一篇小说是笠翁自己的梦。"（孙楷第.李笠翁与十二楼［M］.//李渔.李渔全集：第二十卷.杭州：浙江古籍出版社，1991：60.）

对于社会、时事、官场等的态度和看法。如《蜃中楼》中对"虾兵蟹将"的描写,作为东海龙王的兵将,鱼、虾、蟹、鳖在收到"结蜃"的指令后互相推脱,谁都不愿意先来,后来鳖被要求先吐,它便装死躲懒,可当听到"蜃楼结成了,大家都去报功"之后,它便立刻伸头高叫"让我先走"。遭到大家取笑后,它还振振有词:"列位不要见笑,出征的时节缩进头去,报功的时节伸出头来,是我们做将官的常事,不足为奇"。《怜香伴》中也多借人物之口讽刺官场上贿荐卖官的丑恶现象,申明自己的态度。例如汪仲襄本要进京会试,但是一看到宗师岁考牌到了,便立刻眉开眼笑:"我想教官望岁,与农夫望岁一般,怎肯丢了这看得见的好稻,去耕那未必熟的荒田!且等收了新生的束脩,连夜赶去未迟"。后又借副净之口,说"续把那富家子弟,逐个敲磨过去,先要开这几个;待他修削了,又要开那几个。老爷会试的盘费,就出在这里面了。"还说岁考"三年只望得一次,你们须要协力扶持,我老爷有个大富,你们也有个小富。"这些描写都是对官员以权谋私、贪图私利的讽刺,与其说是为推动故事发展作出铺垫,倒不如说李渔特地设计了一条支线情节来表达自己对于贪官污吏的态度。

同样掺入作者主观意愿的例子还表现在妒妇形象的塑造上。李渔认为女性最不应该有的品德便是善妒,他曾经驱走家中一个善妒、生事的姬妾,而对自己宽容大度、明理包容、照顾姬妾的正妻颇为感激。此外,他还不止一次地表达过对妒妇的厌恶,如《闲情偶寄》中就明确提出"女德莫过于贞,妇愆无甚于妒"的观念。这种观念直接影响到他作品中人物形象的塑造。在《移妻换妾鬼神奇》中,男主人公韩一柳的正妻杨氏本是个标致女子,因染上疯疾惹得丈夫害怕,于是丈夫只能另娶一房陈氏做小。陈氏进门后虚情假意做贤妇,看似对杨氏关照有加，背地里却让父亲买来毒药趁人不备给杨氏下毒。意外的是，杨氏的麻风竟因以毒攻毒而被治好。杨氏康复后，作为丈夫的韩一柳便在两人处轮流陪伴，陈氏入门后的独宠局面被打破。于是她多次设计陷害杨氏，并设计制造了杨氏与丈夫之间的矛盾和误会，杨氏和韩一柳在她的挑拨下逐渐离心。但李渔安排了陈氏遭到上天惩罚，不仅如疯子般披头散发"在猪圈之中搂着癞猪同睡"，还在毫无知觉的情况下讲出了以往陷害杨氏的所有阴谋。此外，陈氏还因为与猪同睡染上了癞疮，再也无法与丈夫同床。这样，小说就借神明之力惩罚了欺凌丈夫、殴辱正妻的妒妇，而不会吃醋的杨夫人却得神明帮衬，享了一生忠厚之福。由此可见，李渔为小说中人物设置的结局其实正是他自己对妒妇态度的真实再现。不仅如此，李渔还在小说的结尾强调，吃醋这件事"无论新陈，总是不吃的妙"，认为世间的醋"不但不该吃，也尽不必吃"，使得整篇小说的主题和情节完全成为作者主观态度的"传声筒"。

可是，按照他的戏曲理论，作品人物的思想感情、意志情趣、个人选择怎么能是作家自身人格的呈现和主观意愿的表达呢？这些都与他自己提出的"无我之境"的艺术追求相矛盾。

（4）创新求奇与结构安排重复

在《闲情偶寄》中，李渔多次强调创新、求奇的重要性，如"若人人如是、事事皆然，则彼未演出而我先知之"等说法。他不仅多次强调创新的重要性，还声称自己"性又不喜雷同，好为矫异"，得意地夸口自己的作品"不肖美妇一颦，不拾名流一唾，当世耳目，为我一新"等，也正是因此，后人对他颇多赞赏之词，如孙楷第先生就评价李渔的小说"篇篇有篇篇的境界风趣，绝无重复相似的毛病。"

　　但是当我们对李渔的小说戏曲作品加以细读时会发现，他虽然在情节设置等方面确有出其不意、令人耳目一新之处，但绝对不是"不肖美妇一颦，不拾名流一唾"的。傅承洲就曾在其《李渔话本研究》一书中指出李渔对前人的效仿和因袭，如《无声戏》第二回《美男子避祸反生疑》对朱素臣《十五贯》的模仿；十一回《儿孙弃骸骨童仆奔丧》对《徐老仆义愤成家》的因袭；十二回《妻妾抱琵琶梅香守节》对《警世通言》第二卷《庄子休鼓盆成大道》的参考……更不要提《十二楼》之《奉先楼》与《二刻拍案惊奇》卷之六《李将军错认舅　刘氏女诡从夫》两者间的相似；《连城璧》第七回《妒妇守有夫之寡　懦夫还不死之魂》与冯梦龙的传奇《万事足》之类同，又有诸如《人宿妓穷鬼诉嫖冤》对《卖油郎独占花魁》的加工和改写，《丑郎君怕娇偏得艳》中阙里候为娶到漂亮妻子而行的"偷天换日"之举与《钱秀才错占凤凰俦》中的颜俊央人替自己相亲的处理方式如出一辙……诸如此类都可以说明李渔虽然标榜创新，但是其具体的写作实践与其提出的创作理念自相矛盾。

　　还有一个不得不提的例子。李渔曾在"脱窠臼"一节明确表达了自己对"拼凑"的态度，对当时社会上的创作习惯进行了批评："吾观近日之剧，非新剧也，即是一种'传奇'，但有耳所未闻之姓名，从无目不经见之事实。语云：'千金之裘，非一狐之腋'，以此赞时人新剧……若是，则何以原本不传，而传其抄本也？窠臼不脱，难语填词"，认为这样拼合而成的所谓"传奇"只会"枉费辛勤，徒作效颦之妇。"李渔虽然从理论上对时下创作弊病进行了抨击，但他自己创作的《蜃中楼》却完全违背了这一指导理念，直接由唐代传奇文《柳毅传书》和元代杂剧《张生煮海》两个故事拼接而成，与他抨击的其他作品并无区别。

除了模仿和参考前人作品的人物设定和情节安排，如果分析李渔自己的小说，会发现他有一部分作品的创作模式比较固定，表达的主题也十分类同①，而且惯用误会、巧合等来推动情节的发展。如《移妻换妾鬼神奇》《寡妇设计赚新郎　众美齐心夺才子》《妒妻守有夫之寡　懦夫还不死之魂》等作品的主题都设定为劝妒，故事中的妒妇下场也都相对悲惨。具体来说，如《移妻换妾鬼神奇》中，小妾杨氏对正妻杨氏吃醋，为了实现争宠的目的三番五次设计陷害杨氏，可谓不择手段。后来她终于利用丈夫的悭吝和多心，成功地离间了丈夫和原配杨氏。在这种情况下，李渔为妒妇陈氏设计了染上恶疾、浑身癞疮、再也不能与丈夫同睡的不幸下场。《妒妻守有夫之寡　懦夫还不死之魂》中亦是如此，淳于氏为了阻止丈夫别娶，用尽了各种手段挟制丈夫，还因为娶妾之事一再质问丈夫、责罚姬妾、拷问奴婢。后来在费隐公的巧妙设计下，姬妾在外诞下孩子，而妒妇淳于氏却在家中守了几年活寡，还差点上吊死掉。这些戏文都塑造了带有"善妒"特点的人物，并使她们都受到了惩罚。看似是不同的人物形象和故事情节，却表达了相同的主题。

除了人物塑造和主题设置并非"一篇有一篇的新境界"，在推动情节进展时，李渔也广泛使用了前人创作中经常采取的误会、反差、

---

① 肖荣曾在其《李渔评传》中指出："《连城璧》第十回《吃新醋正室蒙冤　续旧欢家堂和事》中说：'从来妇人吃醋的事情，戏文小说都已做尽，那里还有一桩剩下来的。只是戏文小说上的妇女，都是吃的陈醋，新醋还不曾开坛，就从我这一回吃起。'这里虽然说的是取材问题，但却表现了作者的创作思想和审美情趣。作者不是着眼于主题的开掘和形象的塑造，而是注重情节上的花样翻新，猎奇寻异。"还认为李渔脱离对主题的思考，一味追求情节的新奇、怪诞，只会陷入形式主义的泥潭。（肖荣.李渔评传［M］.杭州：浙江文艺出版社，1985：66.）

巧合等创作方法，并未做到"脱窠臼"。如《丑郎君怕娇偏得艳》《风筝误》《美男子避祸反生疑》《失千金福因祸至》《奉先楼》《生我楼》等都明显使用了误会和巧合的创作手法。具体来说，《丑郎君怕娇偏得艳》中的主人公阙不全"五官四肢，都带些毛病，件件都阙，件件都不全阙"。这样一个人，却恰巧应了"福在丑人边"的说法，娶回来的妻子都是才貌双全。这三位美丽而又聪慧的女子都无法忍受阙不全的种种生理缺陷，才有了之后的故事情节。其实，若阙不全本人不是这样"件件都阙，件件都不全"，大概便不会被妻子如此嫌弃。若娶进来也是同样丑陋粗鄙之人，或许他们也可以组成一个普通平凡的家庭，正是这种巨大的反差和巧合，让故事一步步走向了高潮。《风筝误》更是如此，从题目就能看出整个故事基于"误会"。作者介绍"才士韩生，偶向风筝题句，线断飘零。巧被佳人拾着，彤管相赓。重题再放，落墙东、别惹风情。私会处，忽逢奇丑，抽身跳出淫坑。赴试高登榜首，统王师靖蜀，一战功成。闻说前姻缔就，悔恨难胜。良宵独宿，弃新人、坐守长更。相劝处，银灯高照，方才喜得聘婷。"书生韩世勋题诗风筝上，纨绔弟子戚施拿着这只风筝去放，不料线断。飘走的风筝恰巧被詹府才貌双全的二小姐淑娟捡到，之后便倾慕于题词者的才情。当韩世勋第二次放风筝时，风筝却意外被爱娟捡到。就这样，韩世勋、戚施、淑娟、爱娟四人的命运被阴错阳差地联系到一起，后来又经过一系列的误会和巧合，四人之间扑朔迷离的错配关系终于水落石出，结局皆大欢喜。《美男子避祸反生疑》亦是如此，蒋瑜和何氏因为移房之事引起赵玉吾夫妇的误会，之后老鼠衔扇坠时的巧合更是让故事的冲突发展到了高潮。连作者自己都说"看官，你道蒋瑜、何氏两个搬来搬去弄在一处，无心做出有心的事来，可谓极奇极怪了，谁想还有怪事在后，比这桩事更奇十倍，真令人解说不来。"这种极为凑巧的事情在日常生活中发生的几率很小。《奉先楼》和《生我楼》也是如此，主人公在乱世中没有孤单飘零，反倒是经过种种巧合最终一家团圆……可以发现，在李渔笔下的故事中，误会和巧合常常在关键时刻发挥作用，促进和推动着情节的发展，从创作方法的角度而言并没有做到"一篇有一篇的新境界"。而且如果翻看前人著作，可以发现李渔之前的小说创作中对误会、巧合的使用也并不少见，如三言二拍中的《十五贯戏言成巧祸》《蒋兴哥重会珍珠衫》《卖油郎独占花魁》……明清时期的小说中从来不乏这样的例子。虽然不能说李渔对误会和巧合的设置和使用因袭了前人的创作方法，但这种方法出现频率之高，让李渔的创作无法摆脱老套的嫌疑，从创作方法的角度而言亦未能"脱窠臼"。

从以上这些都可以看出李渔的写作实践对自己提出的戏剧创作理论的背离，可谓自相矛盾。也正因为此，李渔获得的评价也是非常矛盾的，既有人对其表示认可，称赞他的作品"位置、脚色之工，开合、排场之妙，科白、打诨之宛转入神，不独时贤罕与颉颃，即元、明人亦所不及，宜享其重名也"，同时也有人评价其作品"全以关目转折，遮伧父之眼，不足数矣"。

（二）人生道路选择、个性心理方面的矛盾

上一部分讨论了李渔"作文"时在文体使用和风格选取上与精英文人的矛盾，以及他的创作和理论的自相矛盾之处。作为一个"文

人"，李渔在"为人"方面与精英文人也是不同的。他第一次科考失利，第二次参加科考时中途折返，作《应试中途闻警归》："正尔思家切，归期天作成。诗书逢丧乱，耕钓俟生平……"他转而回到自己的家乡夏李村开始隐居，但没过多久，不甘寂寞的李渔便举家迁往杭州，并在那里开始了其极富创造力和商业性的后半生：除了"挟策吴越之间，卖赋以糊其口"，还携带女乐"日食五候之鲭，夜宴三公之府"到处打抽丰，不仅如此，他还为人撰写具有歌功颂德色彩的应酬文字，收取润笔费……诸如此类的行为在李渔的生活中占据了很大的比重。因而，以往对李渔"为人"的分析多集中在他对女人、美食、华屋、园林、"无意义"生活美学的迷恋和追求等方面，尤其是他率领歌姬四处打抽丰以获取财富的行为，被很多研究者大加批判，评价比较负面。而由于"历来对李渔的认识和评价分歧，主要不是他的著作而是他的为人"，是故李渔在当时的口碑并不好。随着这一评价标准的延续，多年来他的社会声誉都比较低下。

接下来笔者便借助史实和当时的诗文记录，尽量客观地呈现李渔在人生选择、具体行为和个性心理等方面与当时其他文人的异同，从中我们可以发现李渔的独特性所在——矛盾，正是这些矛盾，构成了李渔是是非非的一生。

值得一提的是，如果按照前文中的分类，李渔应该不属于精英文人、隐逸文人或落魄文人中的任何一种——科举失利未能在官场立足导致李渔整体而言不够"精英"；而并未出于保持个人气节的目的归隐山林，更不是毫无"出世"之志，安于无欲无求清心寡欲的隐居生活，这一点导致李渔亦不能被归类为隐逸文人；他也并不具备落魄文人"想为官而不得，故而大发牢骚"的特点，因此，李渔无法被归类为这三类中的任何一种。他最多可以被认为是一位具有部分牢骚文人特点的、部分选择了隐逸文人生活方式的、调和的市井文人。

1. 人生选择的矛盾：一条积极而又消极的路

如果从人生选择的角度来看，无论是精英文人、牢骚文人也好，还是隐逸文人也罢，他们都做出了自己的政治选择。"出仕"自不必说，"归隐"、"隐逸"也是一种主观意图十分明确的政治行为。而李渔却不属于其中的任何一类，可以说他退出了政治游戏，形成了一种自己特有的人生哲学。这种哲学并不以做官为安身立命的唯一途径，更不会屡败屡战地参加科举，或沉溺其中无法自拔直至成功获取功名、挤入仕途；或是因科举无望而丧失生活的热情，整日闷闷不乐在抱怨与牢骚中度日；也没有放弃一切俗世追求隐逸山林，避世不出。他选择了一条完全与众不同的路。

从现实功利的角度而言，这条路是更为积极的，与那些对官位孜孜以求的人相比，他看得更开，不仅仅是拒绝游戏规则，而是完全退出了政治游戏，通过卖书、售文、搬演戏剧、经营家庭戏班、创办芥子园书铺等做法，将自己成功变身为一个"开心过小日子"的生意人。这种生活虽然与当时传统知识分子所崇尚的清高道德标准相距甚远，但至少，他为自己创建了一个宽广而实用的上流社会人际交流网，并在与上流社会的交往过程中赚取了十分可观的收入，过上了普通布衣之士很难拥有的精致生活——讲究的园林、精美的饮馔佳肴、家里笙歌缭绕、身边妻围妾绕、有一帮朋友和他一起，彼此互相吹捧……他以一种独特的活法、更有创造性的生活方式，开辟出一条与众不同的路。①

但从另一方面来讲,这条路在某种意义上也是更为消极的。因为李渔虽然看起来远离了"庙堂",放弃了仕途经济,但是他的谋生方式是到达官贵人家中卖文、卖艺、打抽丰,并没有摆脱对"庙堂中人"的依赖。更为重要的是,作为一个从小耳濡目染儒家学说的读书人,李渔始终未能脱离儒家的思维模式,潜意识中具有难以舍弃的入世倾向。

这一点从其选择话本小说作为创作的最主要载体便可得到证明。明末时局动荡,社会巨变即将发生,是故经世意识复苏,实学思潮臻于鼎盛。表现在文学上,就是文学的社会作用得到重视并被一再强调。是故,冯梦龙以"醒世"、"警世"、"喻世"之类词语命名自

---

① 鲁迅先生曾在谈及"帮闲文学时"提到过李渔:"谁说'帮闲文学'是一个恶毒的贬辞呢?就是权门的清客,他也得会下几盘棋,写一笔字,画画儿,识古董,懂得些猜拳行令,打趣插科,这才能不失其为清客。也就是说,清客,还要有些清客的本领的,虽然是有骨气者所不屑为,却又非搭空架者所能企及。例如李渔的《一家言》,袁枚的《随园诗话》,就不是每个帮闲都做得出来的。必须有帮闲之志,又有帮闲之才,这才是真正的帮闲。"(鲁迅.鲁迅全集:第六卷[M].北京:人民文学出版社,2005:357.)鲁迅曾为"帮闲"做了上述"辩护",肯定了"帮闲"是具有超常才能的,认为这种角色并不是随便谁都可以做的。许多李渔评家都借鲁迅先生此观点佐证李渔的艺术创造才能。但值得注意的是,鲁迅先生在强调"帮闲之才"之外,还提到了"帮闲之志"。认为"帮闲之志"也是必须要有、不可或缺的。什么是"帮闲之志"呢?鲁迅先生没有明确讲,但他说"帮闲"是有骨气者所不屑为的。笔者认为,李渔能够置"康庄大道"于不顾,义无反顾地退出大多数文人都要参与的"政治游戏","明知不可为而而为之",有足够的勇气走一条在当时极不被认可、也被鉴定为"有骨气者不屑为"的路,这样一种更为精明实用,同时也更为纠结、甚至丧失尊严的选择在当时绝对是难能可贵和十分敢为人先的。这种与世为敌的勇气、独辟蹊径的胆识,和承受巨大心理压力却仍然坚持到底的毅力,可谓"帮闲之志"。这亦是李渔做此人生选择的积极之处。当然,这仅仅是笔者对"帮闲之志"的看法,观点有待商榷,需要更多材料作为补充。

己的小说，希望借文学作品来改变世道人心，挽救社会颓势。《清夜钟》自序中作者自己也说："盖借谐谈说法，将以明忠孝之铎，唤省奸回；振贤哲之铃，惊回顽薄。名之曰《清夜钟》，著觉人意也。"希望能够发挥小说的社会功能，宣扬忠孝和伦理道德。《鸳鸯针》更是将小说视为"医王活国的鸳鸯针"，并预期其"使世知千针万针，针针相投，一针两针，针针见血……斯世其有瘳乎？"希望借小说来实现救世目的……诸如此类强调小说作用的表述在明末不胜枚举。是故，李渔选择了在这一时期颇具特殊性的话本文体作为展现个人抱负的载体，多次提出自己的作品要"有裨于世道人心"，反映出他本质上未能摆脱传统儒家知识分子"修身、齐家、治国、平天下"的自我要求。

具体来说，其作品中，一方面经常有强调个人自我修养、品德高尚、人格完美之句，内心十分追求怀瑾握瑜的无瑕品格；另一方面无论其诗文还是哪怕被视为"小道"的戏曲小说，都或隐或现的带有一种传"道"的使命感，明确把"规正人心"、"警惕风俗"作为其文学创作的宗旨，强调写作的意义在于劝世讽喻、维护宗教伦理、展现因果报应，对合理的社会秩序表达向往。即使其中有明显的物欲横流场景，李渔亦强调是出于此目的而不得不做出的牺牲。是故，在他作品的字里行间，读者总能感受到他内心深处的政治关怀（虽然这种政治关怀并没有与其自身的实际行为结合），如"莫道词人无小补，也将搦管助皇猷"[1]，或

---

[1]　在《凰求凤》的结尾，李渔为自己的创作正名："倩谁潜挽世风偷，旋作新词付小优。欲扮宋儒谈理学，先妆晋客演风流。由邪引入周行路，借筏权为浪荡舟。莫道词人无小补，也将弱管助皇猷"。当然不排除李渔这样写是故意对自己的创作加以粉饰，但最后的"莫道词人无小补，也将搦管助皇猷。"一句，侧面反映了他潜意识中认为这类作品如果要说有什么作用的话，便是能够对社会产生积极的效应，可以对政治统治发挥自己的绵薄之力。

者至少希望自己的作品能有利于社会的稳定"劝使为善，戒使勿恶，其道无由，故设此种文词，借优人说法与大众齐听"。①"于嬉笑诙谐之处，包含绝大文章；使忠孝节义之心，得此愈显"。从这些说法中都可以看出，他希望能够通过自己的小说创作对社会产生积极影响，可见李渔内心还是没有脱离儒家"治国、平天下"的心理结构，以及在这种心理结构下产生的责任感和使命感。他始终潜藏着"立功"的政治渴望②，但实际上却又并不具备获取世俗功名的机会和能力，只能因自己"不才"而觉得"心有愧"。③

这种自称自己不屑参与政治游戏，表面潇洒自在，凭借聪明才智娱乐他人同时宽慰自己的行为，和内心深处潜意识中希望参与政治而不得、没能实现更大抱负的遗憾，虽然未必是他心中最深、但一定是非常难以磨灭的一道伤痕。这种主观的外在选择与客观潜意识中的内心期待之背离，展现为一种不可避免的矛盾。

此外，从他自己对"打抽丰"的评价也可以看出他内心的矛

---

① 在《闲情偶寄》词曲部中，李渔提出了传奇戏曲的作用："窃怪传奇一书，昔人以代木铎，因愚夫愚妇识字知书者少，劝使为善，诚使勿恶，其道无由，故设此种文词，借优人说法与大众齐听。谓善由如此收场，不善如此结果，使人知所趋避，是药人寿世之方，救苦弥灾之具出。"后来又针对有些人写文以报仇泄怨的做法，强调："凡作传奇者，先要涤去此种肺肠，务存忠厚之心，勿为残毒之事。以之报恩则可，以之抱怨则不可；以之劝善惩恶则可，以之欺善作恶则不可"。这些讲述传奇创作的要求，都是出于一种"家事、国事、天下事、事事关心"的儒家心理结构。

② 或许正是因为他无法"立功"，所以才转而从事小说戏曲创作，期待借此"立言"，毕竟在其七言古中有"君早立功予立言，相期不朽追前贤"之句。

③ 在母亲去世时写下"三迁有教亲何愧，一命无荣子不才"。（李渔.李渔全集：第二卷［M］.杭州：浙江古籍出版社，1991：158.）

盾：虽然李渔表面上说自己"日食五候之鲭，夜宴三公之府"，似是对自己的谋生方式颇为得意，但实际上他的内心是十分苦楚、压抑的。这一点从其给朋友的书信中可以看出。如"三缄宁敢期多获，万苦差能得一欢。劳杀笔耕终活我，肯将危梦赴邯郸"，打抽丰的辛劳、痛苦可见一斑。由此可见，这一人生选择也在他心里形成了挥之不去的矛盾。

2. 个人心态的矛盾：一种自得而又不甘的情绪

上一部分宏观地论述了李渔与众不同的人生选择，这一部分笔者将对其人生经历和心路历程进行具体分析。李渔科举失败之后的生活经历可以分为两个阶段：第一段是隐居在伊山别业，他过了一段与世无争的归隐生活，将自己戏称为"识字农"；第二段是不久后他改变主意，举家迁往杭州，开始卖文为生，并积极投身于社会交往中。

以往的学者大多集中分析李渔投身小说戏曲创作后的生活经历，殊不知在第一次隐居时和"出世"后，李渔的心态都是十分矛盾的：在伊山别业时，李渔表面上安于现状，内心却苦闷不堪；后来从事社会交往之后，看似沉浸在卖文为生的喜悦中，却一直无法回避自己内心仕途未就的苦闷，这些形成了李渔在心态上的矛盾，整整伴随了他的一生。

（1）伊山别业：安于现状的新活法 VS 无意识中存在的不甘

如前所述，从人生选择的角度而言，与牢骚文人相比，李渔明显是更加安于现状的。如果我们对李渔的人生经历进行一个简单的梳理，就会发现他并没有像蒲松龄等人一样，陷于科举考试无功而返的挫败情绪，抑郁不得志；更没有满腹牢骚，难以释怀。他很快地接受了现实，并为自己找到了新的出路：退出政治游戏，开始商业化的后半生。①

在第一次参加乡试榜上无名时，李渔是有些许郁闷和失落的，他曾发过几次牢骚，例如在《榜后柬同时下第者》（1639 年）中写道："才亦犹人命不遭，词场还我旧诗豪。携琴野外投知己，走马街前让俊髦。酒少更宜赊痛饮，愤多姑缓读《离骚》。千古姓名刘蕡在，比拟登科似觉高。"他将自己比作政治失意的屈原、以及很有才华却科举失利的刘蕡。这个时期的李渔，虽然嘴上说着自己的才华只是像刘蕡一样被不公正地忽视了，并没有什么大不了的，但他内心多多少少还是有一丝失利的挫折感，所以才会抱怨、会痛饮、会"悔多"。不过很快，他就开始认真为自己的未来做打算，《耐歌词》《凤凰台上忆吹箫》（1640 年）中就明显可以看出他的思考过程："昨夜今朝，只争时刻，便老幼中分。问年华几许，正满三旬。昨岁未离双十，便余九，还算青春。叹今日，虽难称老，少亦难云。闺人也添一岁，但神前祝我，早上青云。待花封心急，忘却生辰。听我持杯叹息，屈纤指，不觉眉颦。封侯事，且休提起，共醉斜曛。"他一方面坦承自己对功名的急切渴望，但另一方面，伴随着时不我待之感，他意识到自己以前那个靠科举来扬名的目标似乎在短期内不太可能实现。基于这种情况，他对待科举的态度不再如之前般坚定和志在必得，而是逐渐含糊起来——"封侯事，且休提起，共醉斜曛"似萌生退意。

---

①　笔者认为，这种商业化的选择，正是对庙堂文学的反叛。而用白话文进行写作，既是商业化的需要，同时也是对文言文老八股的反叛。这一点本书会在后面加以论述。

　　这种心态上的变化在接下来的第二次科考失利后体现得更为明显。1642 年，李渔再次出发参加乡试，不料途中预警，半路折返，并写下《应试中途闻警归》。从这首诗的内容中似乎可以看出，此次并不顺利的参试经历没有如上次失败一般带给李渔太多不快，想必若是一个苦读多年，希望借科举扬名的人，尤其是经历过科考失利，认真备考三年希望"一雪前耻"的人，考试的临时取消会让其深感懊恼甚至绝望。反观李渔，这时的他不仅没有丝毫痛苦，哪怕是遗憾或惆怅之情也几乎未曾在其身上出现。他的诗甚至隐隐透露出一丝"正中下怀"的喜悦："正尔思家切，归期天作成。诗书逢丧乱，耕钓俟升平。""正尔思家切""天作成"在一定程度上描写了李渔当时的心境——警报声于他而言可谓正中下怀，他可以开开心心地回家耕钓去了。虽说他对于科考的热情骤降可能与时局动乱、母亲生病致使无法全力备考等客观原因有关，但无论如何，这次科举中途遇阻后的言行，可见他对于科举的心态变化，及其与之前迥异的"新活法"的萌芽。

　　就这样，李渔回到了夏李村，建造了伊山别业。在《伊山别业成　寄同社五首》（1648）中，他已经可以愉快地享受现在的生活，安心做一个轻松惬意的"识字农"了。"南轩向暖北轩凉，宜夏宜冬此一方。载遍梅竹风冷淡，浇肥蔬蕨饭家常。窗临水曲琴书润，人读《花间》字句香。诗债十年酬未始，拟从今日备奚囊。"以及"但作人间识字农，为才何必擅雕龙。养鸡只为珍残粒，种橘非缘拟素封。酒少更栽三亩秫，花多添饲一房蜂。贫居不信堪舆改，依旧门前着好峰。"这样看来，李渔似乎是很快扭转了思维，放弃了为尘世上的名利奔忙，安心享受平淡闲适的生活。后来更是在《闲情偶寄》中追忆这段时间时认为自己享受了"列仙之福"。

　　但如果详细分析他这一时期的诗文，我们似乎会了解更多：在这些表面的释怀和安于平淡背后，后悔、遗憾、不甘之情一直被压抑、同时也暗地生长着——即使他曾经有过渔樵之志，也缺乏独善其身的恒心。

前文提及，第二次科举失利后，他做《应试中途闻警归》（1642），似是考试取消这件事正中其下怀，他对此不仅毫不在意，反而有一丝庆幸和开心。但就在此之后不久，母亲去世的第二年，李渔在扫墓时作《明清日扫先慈墓》（1643）一诗，诗云："三迁有教亲何愧，一命无荣子不才。人泪桃花都是血，纸钱心事共成灰"。其中的"一命无荣子不才"等句写出了李渔为自己没有在母亲有生之年取得成绩而感到愧疚和难过。毕竟母亲一直以来对他的期望很高，尤其是在其被授五经童子之后。他辜负了母亲的期望，没能让母亲因己自豪，在扫墓时想起母亲的教诲，千言万语化作懊恼的眼泪，我们有理由相信当时的李渔是为自己没能光宗耀祖而感到痛悔和遗憾的，是故只能"纸钱心事共成灰"。因此，外表呈现出的坦然释怀与内心深处的后悔惭愧，带给了李渔无尽的纠结和矛盾。当然，他的纠结和矛盾还远不止于此。

李渔选择了隐居，将生活的一切归于平淡。从表面上看，他甚至无需说服自己，就开始了"绝意浮名""不干寸禄""擅有生之至乐"①

---

① 《闲情偶寄》中，李渔曾描述自己在伊山别业的生活："明朝失政以后，大清革命之先，予绝意浮名，不干寸禄。山居避乱，反以无事为荣。夏不遏客，亦无客至，匪止头巾不设，并衫履而废之。或裸处乱荷之中，妻孥觅之不得；或偃卧长松之下，猿鹤过而不知。洗砚石于飞泉，试茗奴以积雪。欲食瓜而瓜生户外，欲啖果而果落树头。可谓极人世之奇闻，擅有生之至乐者矣。"（李渔.李渔全集：第三卷 ［M］.杭州：浙江古籍出版社，1991：318-319.）

的生活，还在《闲》中表明了自己的心迹："畏看云出岫，爱学鸟知还。早岁能如此，头颅正未斑"。但同样写于这一时期的《山居杂咏》（1647），就明显可以看出他的心态出现了动摇。一方面说自己"剩有闲情在，幽居肆讨论。选竿留竹杪，蓄杖护梅根。恋树身同鹤，忘忧我即萱。倦眠花影上，梦压海棠魂"，又有"独喜林泉福，天犹不甚悭"。但另一方面也纠结地指出"为结山林伴，因疏城市交。田耕新买犊，檐盖旋诛茅。花绕村为县，林遮屋是巢。此身无别往，久系欲成匏"，对自己一直以来的山居生活的消极影响进行了书写，甚至觉得如果一直这样下去，他终将变成没有任何用途的"匏瓜"。明确提及"结山林伴"和"绝尘世交"之间的必然联系，李渔即使尚未动摇，但已然对自己的选择产生怀疑。这种怀疑在《丁亥守岁》（1647）一诗中表现得更为明显："著述来年少，应惭没世称。岂无身后句，难向目前誉。……每逢除夕酒，感慨易为增。"这绝对不是一个决心隐居乡间的人会有的心态，隐居之人大多生怕被世事牵累，又怎么可能考虑到隐居是否会埋没自己原有的名声、还担心自己死后会获得怎样的评价呢。不仅如此，这个想法已经困扰他很久了，每年除夕进行"年终总结"的时候，都会浮现在他的脑海中，而且"感慨易为增"。从这个角度来看，是否隐居对于李渔这样一个在乎他人的称赞和评价的人而言，显然是很矛盾的，他无法容忍自己变成"匏瓜"，在寂寞无闻中默默死去。因而对于隐居山林的人生选择，李渔内心显然是矛盾而充满不甘的——他仅在伊山别业生活三年便携家带口地迁往杭州，也从侧面说明了这一问题。

（2）名声大噪：卖文为生的喜悦 VS 仕途未就的苦闷

李渔在辛卯年到达杭州后写下《辛卯元日》（1651年），诗中有

"又从今日始，追逐少年场"之句。幸运的是，他很快找到了实际有效的盈利方式——卖文为生。其短篇小说集《无声戏》问世后在市场上受到了很大的欢迎，聪明如李渔很快便修改了《无声戏》中几篇小说的题目和内容，和几篇新创作的小说合编在一起，迅速出版了《连城璧》，又一次引发购买狂潮。这些作品（集）的成功出版不仅扭转了李渔的经济情况，还为他带来了明显的社会效应：他的人际关系网得以逐渐铺开，通过和杭州文化圈中的知识分子的交往，他开始融入当地上流社会，在政界也打开了知名度，如孙治（1619-1683）、陆圻（1614-？）等人不仅积极为其作品写序、作评，还将其作品大力推广，在自己的朋友圈中替李渔打响了名号，使得当时很多官员都期待可以一睹李渔的风姿，当面进行交谈。这一现象在黄鹤山农为《玉搔头》做的序中也被证实，"当途贵游与四方名硕，咸以得交笠翁为快"。就这样，李渔凭借自己的创作逐渐和当时政要建立了联系。

这种联系很快被转化成了实际效益，时任江左布政司张缙彦（1599-1670）为李渔提供了一笔钱，供李渔刊印、出版自己的小说作品。这样一来，书商便无法从刊刻过程中抽取利润，然而更重要的是，这笔钱让李渔的"自产自销"成为可能。随着小说的成功发行，李渔在自产自销的商业化道路上走得愈发稳健，《无声戏二集》等作品接连问世。

随着出版作品的增加，李渔的名气越来越大，他只用了几年的时间就从一个普普通通的"读书人"变成了杭州知名作家。根据前人记载："笠翁词曲有盛名于清初，十曲初出，纸贵一时。"有人甚至推崇他"所制词曲，为本朝第一"，随之而来的就是社会上竞相上演其剧作的热潮。范骧（1608-1675）在为《奈何天》做的序中写道："唐时梨园歌声，又往往倚诗人为声价。如刘采春能唱元微之《望夫歌》，便称言词雅措；而长安妓能唱白乐天《长恨歌》，便云不同他妓是也。予自吴阊过丹阳道中，旅食凤凰台下，凡遇芳筵雅集，多唱吾友李笠翁传奇，如《怜香伴》《风筝误》诸曲。而梨园子弟，凡声容隽逸，举止便雅者，辄能歌《意中缘》，为董、陈二公复开生面。……笠翁天才骚屑，触手则齐谐、诺皋比肩，摇笔则王实父、贯酸斋接迹。近自汤临川《牡丹亭》、徐文长《四声猿》以来，斯为绝唱矣。"从这段描述中可见，当时的艺人"众口一词"排练李渔剧作，将会唱他的剧本作为一种时尚风气和文人风雅的象征，可见李渔在当时的知名度和认可度。其实，李渔的受众远远不限于梨园歌姬和普通的市民大众，官员们也对他追捧有加："当事诸公购得之，如见异书，所至无不虚左前席。"李渔在当时受到的追捧和喜爱可想而知。《闲情偶寄》出版之后也是"不胫而走，百济之使维舟而求，鸡林之贾辇金而购矣。"后来，李渔的作品因市场反响太好还出现了被书商盗版的情况，苏州、杭州地区这种情况屡有发生，甚至有很多人假借李渔之名出版、贩售图书，这些都说明了李渔作品在当时的受欢迎程度，以及李渔作为一个创作者名号之响亮。

不得不说，如果李渔还是固守当初科举取士的老路，或许几年后的他还在没有穷尽地读书，屡败屡战地参加科举考试；也可能一蹶不振，丧失了生活的热情；又或许他成功实现了自己的抱负，成了一个小小的政府官员，领着微薄的俸禄等待升迁……但无论如何，他都很难在短短几年的时间内，获得现有的一切。换句话说，无论是从经济利益的获取还是声名的远播来看，他都很难成功得这样快。

在以自己的创作闻名之后，李渔的人生变得愈发顺遂了。他开始对一些长篇通俗小说如《水浒》《金瓶梅》等进行评点；还成立了自己的家庭戏班，调教女乐，并开始"打秋风"，范围从南到北，从初级官员到政府要员，都有所涉足。从初期为官员们润饰文稿、搬演剧目，到后来编辑文集、帮助设计花园、布置厅堂等许多方面，李渔在整个过程中收获颇丰——无论是经济上还是社会声誉上，他都凭借自己的才华，拉拢着交际圈中的人脉、增强了自己的社会影响力。到了后来，基本上整个《资治新书》《尺牍初征》等书的作者都成了他"打秋风"的对象，其交际范围和交际成果可想而知。后来，在"行情看涨"的情况下，李渔果断开办了翼圣堂以及后来的芥子园书铺，在个人创作、社会交往和商业经营方面均做得风生水起。

除了读者对其青睐有加，李渔本人对自己的创作也颇为得意，他曾自豪地声称："若稗官野史，则有微长，不效美妇一颦，不拾名流一唾，当世耳目为我一新。使数十年来无一湖上笠翁，不知为世人减几许谈锋，增多少瞌睡！"志得意满之情溢于言表。他也曾这样描述自己"成名"后的生活："混迹公卿大夫间，日食五候之鲭，夜宴三公之府。长者车辙，充溢衡门；馆阁诗筒，捷于邮置……"可见他本人对卖文为生取得的成就亦十分自豪。也正是因为这样，李渔在《闲情偶寄》中专辟"词曲部"，将自己置于"写作导师"的位置介绍自己的创作理念；后来还在"行情看涨"的情况下，果断开办芥子园书铺。在个人创作、社会交往和商业经营方面做得如此风生水起，李渔当时的意气风发和志得意满便可想而知了。

卖文为生的顺利带给了李渔极大的自信和太多的社会资源，可以说他已经证明了自己的才华，也在很大程度上实现了自己的社会价值。志得意满的他似乎不应再有任何烦恼，但实际上，李渔内心一直为未能走上仕途而耿耿于怀、苦闷不堪。他表面上说自己"地气任从枯管动，名心不复死灰燃"①(《长至日》)，似乎早已失去了对科举的热情；但实际上，他始终都没有放弃对仕途的渴望，一直还算顺利的、卖文为生的生活没有能够抵消他仕途未就的苦闷，反倒是两相碰撞，表现为一种矛盾。

《资治新书》的编写便是证据之一。这是一部供官员办案参考的工具书，可谓实用性断案方法的汇编。虽然很多人认为李渔编写《资治新书》的主要目的在于借此机会加强自己和达官贵人之间的联系，但值得注意的是，想实现这一目的的办法有很多种，但李渔并没有选择成功过的、一直以来使用、并引起很好反响的作品类型——带有感情色彩的书信集（如以往的《尺牍初征》）或带有文学色彩的文学作品集、诗词酬唱集等，而是对官员断案时的司法案例加以整合，编纂案例汇编，所以加强与达官贵人之间联系不能作为这本书撰写的主要目的。更何况李渔拉拢与权贵的关系多是为了打抽丰，终极目的在于获得更多经济利益，而想要做到这一点，写作广受追捧的小说戏曲便可以做到了，无需绕这么大的一个圈子。

因此，《资治新书》的编写，应该更多的是出于李渔个人对体情断案的喜爱，又或者是他于参与、评价政事的热情，否则他也不会仅凭一已之力便义无返顾地投身于了解、记录、整理官员审理案件的全过程。张道勤就在《资治新书》的点校说明中指出"李渔一生没有做过官，但不等于没有用世之心，由其广搜博访海内遗牍新篇，分门别

---

① 李渔曾在《长至日》中形容自己："曝背终朝手一编，无衣亦可度残年。乍寒乍暖生阳候，疑雨疑晴作雪天。地气任从枯管动，名心不复死灰燃。夜深烛尽惟余跋，索笔誊诗且未眠。"更多的是对自己的处境感到无可奈何。（李渔.李渔全集：第二卷［M］.杭州：浙江古籍出版社，1991：174.）

类，精心汇编，并对这些文章逐一圈点批评，以抒发一己之见可以看出，他实是一位对政治有热情、有理想，但怀才不遇的人。"

更加明显的证据是，在这本书卷首，李渔自作《详刑末议》《慎议刍言》等，中有"朝廷既有国治，自当明正典刑"带有明显的儒家治国口吻；又如"官府政事殷繁，日不暇给，令其破有用之功夫，验无伤之斗殴，况有下亲验之事，告者不是害人，害人罪小，害官罪大，即毙诸杖下，彼亦何说之辞！"俨然是国家政权的代言人，让读者感到李渔在潜意识中似乎已经将自己视为统治阶级的一员。

此外，若对《资治新书》的题词和序加以研究，李渔的匡世救民之心以及为此做出的努力就更加显而易见了。具体来说，王曰高在《资治新书》初集的《叙言》中写道："笠翁笠翁，假使天老其材，以当大用，将来经世救世诸伟论，一一皆见之设施，所为坐而言，起而见诸行事者，将于他日验之，知不徒贵洛下之纸而增名山之价矣。"不仅认为李渔有用世之才，并且为他没能为世所用感到遗憾，明显是在暗为李渔鸣不平。王仕云在题词中写道："余乃知学而仕，仕而学，古人一之，今人（指李渔）二之也。由是编观之，政则真政，文则真文，仕则真仕，学则真学……笠翁之有稗于吏治远矣。"王士禄在序中写道："……于《礼》有之：士非明义理，备道德，通经学者，不可居治狱之官。笠翁诚有见于此乎？向使操尺寸之柄，得自展其所为文，必大有足观者。而仅取空言以为世法，其意亦良苦矣。"这些话都是在强调李渔有从政的才学，认为从一部《资治新书》便足以看出他对于吏治的功用，那么如果李渔可以入朝做官，必定能够为社会做出更大的贡献。作为作者和出版者，李渔允许他们的序或题词等发表，足以表明李渔对于这些文字的认可。同样的例证又如伪斋主人观《无声戏》，评之"以为戏可，即以为《春秋》诸传亦可。"极力拔高李渔《无声戏》对社会的贡献。因此，笔者认为《资治新书》以及这部作品的序、乃至于其他作品获得的此类评点被刊登出来，可以看作是李渔本人对于步入仕途这件事的无声表态，他对从政为官其实并没有对外表现出的那样无欲无求甚至不屑、排斥。①

这种隐藏的为官之念还可以从其《五十初度答贺客》（1660）一诗中得到证明："尽日为弄曲水边，偶因客至罢耕田。穷愁岂复言初度，衰病空劳祝大年。艾不服官今已矣，岁当知命却茫然。纷纷燕贺皆辞绝，止受心交一字怜。"从其中的"穷愁岂复言初度""艾不服官今已矣"句都可看出，李渔的出仕为官之念其实一直以来都未曾改变，多年来他只是将自己内心深处的渴望自我压抑、按下不表。这首诗的写作背景是其好友张缙彦因资助他出版《无声戏二集》受到弹劾，可能受此触动和惊吓，他才说自己的出仕之心到此时"今已矣"，终于告一段落。联想早前他就多次说自己不屑从政，早已放弃了为官的想法，可此时又写诗称自己"今已矣"，才刚刚放下。那谁又敢说，这不是李渔再一次的自欺欺人、自我开解和自我劝说呢？多年来的执

① 其实李渔的朋友们多次发表类似言论，例如杜濬在《连城璧》的序中就评价李渔"有裨世道不浅"。在《合影楼》第一回的眉评中又说他"羽翼六经，扶持名教，厥功伟矣。"郭传芳在《慎鸾交》的序言中说得更为明确："予固谓笠翁为当今良吏，惜乎有蕴莫展，而徒使建帜于风雅之坛。"这些评论显然都有较为明显的鼓吹之意，很有可能是在刻意迎合李渔的心理追求。李渔将他们的评论发表出来，也大有借人口叙己情的嫌疑。否则他不会多次邀请这些能鼓吹自己的人帮自己多次作序，还一直采纳暗含这种观点的言论作为自己作品的序评。此外，可以说明李渔有做官之意的还有很多，例如有学者曾指出李渔在南京的第一个书店为"翼圣堂"。如果这种说法为真，翼作为"羽翼"之意，显然表达了希望对执政者进行辅佐的意思。类似的例子还有很多，如顾呆叟的形象塑造等，在此不再一一列举。

念恐怕不是轻易就能放弃了的。否则，他又为何会在之后的日子里积极辅导自己的两个儿子，让他们努力应试、参与科举呢？

由此可见，在面对科举一再失利时，尤其是迁居杭州之后，李渔表面上保持了他一贯积极、正面思考的态度，那些无法为官的苦闷和无奈似乎很快就被李渔自行消解掉了。后来的他，看上去为自己传奇戏曲、白话小说的创作感到满意和自豪，自我夸奖之语频见笔端，似乎对自己卖文为生的能力和目前享受的优渥生活颇为喜悦和自得，但实际上，他始终没能摆脱内心深处对庙堂和仕途的追求、向往。这一点，从他虽然不曾亲自说出，但一直刊登朋友们赞他政见超群，有功于吏治等话语的行为中便可得证。

3. 对精英文人评价的矛盾：一种自负而又自卑的态度

对于很多文学创作者而言，作品会在一定程度上记录自己的生活经历和情感状态，李渔也不例外。他在人生选择和个人心态方面的矛盾有意无意地反映在自己的创作中，使作品也不可避免地增加了矛盾的色彩——不屑和不甘的态度并存，面对传统精英文人时自卑而又自负。

也正是因为这样，李渔在作品中一方面对传统精英知识分子大力排斥和丑化，强调自己不屑与之为伍，似是以此证明自己人生选择的正确性和主观心态的怡然自得；但另一方面，他却借人物形象之口为自己政途不顺大鸣不平，还创作了清高的隐逸文人"迫于无奈"在"不得已"的情况下，被亲朋好友"强拉"入世的故事，似乎暗合了他身体中那个希望成为精英文人一员的另一个自我。不屑和不甘两种情绪在作品中的并存，使得李渔对自己笔下的精英文人表现出一种自卑而又自负的态度，反映了李渔在人生选择和个人心态方面的矛盾。

前文已经论及，在作品接二连三地顺利出版之后，李渔在社会上可谓风头无两，卖文为生的喜悦一股脑儿地冲向了他，随之而来的是一系列巨大的"边缘效应"。此时自信满满的李渔在作品中对传统精英知识分子进行了毫不留情地嘲讽。短篇小说《乞儿行好事　皇帝做媒人》的一开始就写道："三百余年养士朝，一闻国难尽皆逃。纲常留在卑田院，乞丐羞存命一条。"用乞丐在面临国家危难时的死节行为反衬口口声声讲纲常礼教，却在国家遇到危难时立刻逃跑的士大夫知识分子，对于他们软弱无耻、道德沦丧的行为进行了毫不留情地批判。很多戏曲作品中更是塑造了让人无言以对的知识分子形象：他们或是固执己见的、或是迂腐不堪的、又或是不懂得随时应变、缺乏决断性或自主能力的……李渔为这类人物形象赋予的缺点太多，简直不胜枚举。这一点从《风筝误》《蜃中楼》《丑郎君怕娇偏得艳》等作品中都能看出。在他的笔下，这些人物形象大多徒有其表，代表着传统甚至是落后的道德理想或固有价值观念，而且在日常生活中很少能做出有益于事态发展的举动。李渔甚至在《风筝误》中直接借用戚施之口说："左也是一首诗，右也是一首诗，只怕是打死了人，也只有靠诗来偿命。"《蜃中楼》中柳张二人虽然德行和才华都很出色，但他们和龙女们婚姻的最终缔结靠的是神仙相助，而非自己的学识、品行、能力。《丑郎君怕娇偏得艳》中的袁进士在得知吴氏被卖与阙不全后"只当不闻""只管冷笑"，说"你是个知书识礼之人，岂不闻覆水难收之事。你当初既要守节，为甚么不死，却到别人家去守起节来……"，还跟阙不全说"兄可速速领回去，以后不可再教他上门来坏学生体面"，诸如此类的情节很容易让读者感到这些所谓的"精英文人"十分古板、沉闷，除了在死气沉沉的科举道路上稍有微长，日常生活中的他们根本一无是处，完全不值得赞美。《连城璧》中的《谭楚玉戏里传情 刘藐姑曲终死节》更是直接让身为书生的谭楚玉放弃了儒生身份和科举考试，毅然加入戏班学戏……可以说，李渔在字里行间都在向读者传达着这样一个讯息：能够出仕为官的传统知识分子并没有什么大不了的，科举道路上的成功并不代表他们在想法和能力上的高人一等，只有那些能够为自己确定合理的目标，并有勇气有能力去实现它们的人，才是值得肯定的——比如作者自己。

此外，李渔还在《奈何天》中写道："如今世上，尽有那一介贫儒，看他的形容举止，寒酸不过，竟与乞丐一般；一旦飞黄腾达，做起仕宦来，不但居移气，养移体，那种气概与当初不同，就是骨骼肌肤，也绝不是本来面目。"借变形使者之口讽刺成功为官的儒生的虚伪势利。不仅如此，李渔还曾揶揄过一些反对他的儒家学者，"彼虽不敢自买，未必不借人代买而读之；虽不敢明读，未必不背人而私读耳。"

但在对传统精英知识分子表达不屑和嘲讽的同时，李渔却也同样为没能成为他们之中的一员表达过郁闷和不满。《丑郎君怕娇偏得艳》篇首便大发议论："诗云：天公局法乱如麻，十对夫妻九配差。常使娇莺栖老树，惯叫顽石伴奇花。合欢床上眠仇侣，交颈帏中带软枷……这首诗单说世上姻缘一事，错配者多，使人不能无恨……美妻嫁了丑夫，才女配了俗子，止有两扇死门，并无半条生路，这才叫做真苦。古来'红颜薄命'四个字已说尽了，只是这四个字，也要解得明白。不是因她有了红颜，然后才薄命，只为他应该薄命，所以才罚做红颜。但凡生出个红颜妇人来，就是个薄命之坯子了，那里还有好丈夫到她嫁，好福分到她享？"以美貌的女子作喻，暗示读者：与"红颜薄命"一样，时运不济是才子们需要为自己的才华付出的代价。

徐保卫在其《李渔传》中对这部小说中的女性形象进行了分析，认为"从形而上角度而言，她们象征着作者以及与作者有着相同或相似命运的、由于遭到无法抗拒的来自外部世界的粗暴力量干涉而无法实现自我价值的一大批人。"所谓"借他人酒杯，浇自家块垒"，毕竟早从屈原的《离骚》开始，就出现了用美丽女性来隐喻知识分子，以女子的婚姻幸福隐喻才子和统治者之间那种时而欢欣，时而痛苦的复杂关系。因此，笔者认同徐保卫的观点，认为这段议论中的不幸女主人公们的形象明显带有李渔的自况意味。易言之，李渔对于自己未能做官这件事其实是十分介怀的，否则不会在这一篇以及之后其他篇目中，几次三番强调人在命运面前的无可抗拒和照单全收的必然。

后来他更是在《闻过楼》中设立了"善笔墨""有宗风""为人寡澹经营""常带山林隐逸之气"的顾呆叟形象，而这一形象一直以来被公认为是李渔中年形象的完整再现。顾呆叟有满身才华，却宁愿隐居避世，他的朋友们为了请他出山，不惜一次又一次威逼利诱、为他提供离开乡间的条件，但顾呆叟都一一拒绝，最后，在朋友们善意的"欺骗"下，他才终于迁入城市。谁又能说，《闻过楼》中的故事情节不是李渔的心理自况，那时的李渔不希望自己有一帮故事中那样的好朋友呢？他大概很希望有一群朋友逼迫他做"自己不愿意做的事"——出山，然后自己再"勉为其难""不得不如此"的向朋友们"妥协"吧。

从以上的部分都可看出李渔对于传统精英文人"不屑为之"亦

"心向往之"的矛盾态度①。而李渔身上的矛盾还表现在他常在作品的字里行间强调创作要有讽世、劝惩的效果,说作家创作应该注意要有利于人心的教化、社会的安稳平定,却又在诗文中反思自己生平所著之书,"无裨于人心世道"②,对自己作品效果的评价前后矛盾。接下来笔者将对这一点进行论述。

4. 个人期待和自我评价的矛盾:"为大众慈航"与"无裨于人心世道"

前文中笔者提及,退出政治游戏后的李渔虽然奉行了一套安身立命的人生哲学,具体行为甚至显得有些不合儒家行为规范,但他这些以"退出"行为为代表的种种表象却无法掩盖自己内心源于儒家心理结构所自然而然形成的对社会国家的政治关怀。

是故他常常感到不甘,说"填词非末技,乃与史传诗文同源而异派者也"。极力拔高戏曲创作的地位,而且一再强调自己的戏曲有

---

① 其实李渔最期待的是能够在"精英文人"和"普通大众"这两者间找到一个平衡,这一点从《合影楼》和《慎鸾交》等作品中都能够看出。例如《合影楼》中解决棘手问题的关键人物是路公,而作者对路公的描绘是:"他的心体,绝无一毫沾滞,既不喜风流,又不讲道学,听了迂腐的话也不见攒眉,问了鄙亵之言也未尝洗耳,正合着古语一句'在不夷不惠之间'"。此外,《慎鸾交》中也表达了他对平衡和中立的生活方式的期待:"毕竟要使道学、风流合而为一,方才算得个学士、文人"(李渔.李渔全集:第五卷[M].杭州:浙江古籍出版社,1991:424.)。

② "生平所著之书,虽无裨于人心世道,若止论等身,几与曹交食粟之躯等其高下"(李渔.李渔全集:第三卷[M].杭州:浙江古籍出版社,1991:7.)。

"药世救人""救苦弥灾"等作用，如《比目鱼》结尾的"思借戏场维节义，系铃人授解铃方"，还说这种"劝善惩恶"的作用是经史、文章等无法做到的——教化更多的市民大众这一目的，只能通过这种看似普通甚至低俗但是受众很广的小说戏曲来实现。不仅李渔强调自己的作品可以"有裨世道"，连他的朋友都站出来替他说话，希望别人了解他创作小说的"苦心"。是故，杜浚在为《连城璧》作序时，开首便道："迷而不知悟，江河日下而不可返。此等世界，惩不能得之于夏楚，劝亦不能得之于逌铎。每在文人笔端，能使好善之心苏苏而动，恶恶之念油油而生。乃知天下能言之流，有裨世道不浅。……吾友洵当世有心人哉！经史之学，仅可悟儒流，何如此作为大众慈航也！"极大地抬高了《连城璧》的作用；在《凰求凤》的序言里也直言"吾友笠道人之深忧之，以为此非庄语所能入，法拂所能争也，必也以竹肉为针砭，以俳优为直谅，则机圆而用捷矣，其惟传奇乎？于是《凰求凤》之书又出焉。"

这些人都在评论中对李渔笔下戏曲小说的作用竭力进行拔高，李渔将他们的评论刊登出来，既是对自己选择的一种辩护，同时更有一种主观引导之功效充斥字里行间。李渔似乎意在向读者表明：在朝为官者做不到的，我李笠翁却可以做到。那如果身处高位的是我，一定会比现在这些精英文人们做得更好。

但另一方面，李渔经常在自己的作品中评价自己"不才"，如在《闲情偶寄》中说自己"生平所著之书，虽无裨于人心世道，若止论等身，几与曹交食粟之躯等其高下"，在《偶兴》中写道"著书三十年，于世无损益"，甚至在《过子陵钓台》中说自己"形容自愧""面目堪憎""钓虚名""有目羞瞠"等，说自己的著作对于人心世道的功用也没那么大。①

　　这是李渔对自己的作品进行评价时的矛盾，一种自负又自卑的心态跃然纸上。

（三）作文和为人特殊性的原因分析

　　根据前文的论述，作为一个文人，李渔在作文和为人上与同时期大多数文人有显著区别，这主要体现在三个方面：第一，选择一直以来被视为"小道"和"末技"的戏曲和小说体裁进行创作，并使用白话文写作；第二，作品充斥了许多为"正统文人"所不齿的奇闻异事，尤其是情色描写，且语言比较直接、露骨；第三，在人生道路选择方面，放弃了文人士大夫们一直视为"正轨"的科举考试路线，以卖文为生，还豢养家庭戏班、四处打抽丰，走上了一条传统文人绝不

---

　　①　有人认为这些只是李渔的自谦之词，但笔者恰认为这是李渔自知之明的体现。因为在《闲情偶寄》"词曲部"的开篇便有"填词一道，文人之末技也"，说明他知道其他人如何看待戏曲、小说这种文体。若李渔真的认为填词"与史传诗文同源而异派"，且戏曲可以发挥"药世救人"、"救苦弥灾"的作用，那么晚年的他为什么不教自己的儿子写这种作用重大，且能带来巨大收益和名望的文体类型，而是一丝不苟地辅导自己的儿子们写八股，敦促他们考科举，期待他们入仕？从更加宏观的角度而言，李渔在自夸和自谦之间的态度可以说明其对于文以载道和文以娱情这两个自古以来便有的文学传统的矛盾取态。因而他一边说"传奇原为消愁设，费尽心机歌一阙"，另一方面又说传奇亦有载道的作用，可以药世救人等。这种对文学传统取态的模糊和摇摆，正是其"矛盾"体现。

会选择的商业化道路。

虽然以上这些特点构成了一个更加多元化的李渔，使其形象更有特点也更加丰满，但这同时也是李渔一直以来颇受诟病的缘由。这些特点不仅给他的内心带来无限纠结，还造成了他对外呈现出的种种矛盾。尤其是与同时代其他大多数文人截然不同的人生道路之选择，使他背负上了"性龌龊、善逢迎，其行甚晦"的骂名，至今难以摆脱。我们不禁要问：李渔本人当时是否知道他人的这些评价呢？如果知道，那么他继续这么做的原因，是其个人性格本就如此，无可避免地反映到了作品当中，还是出于商业化需要而对当时的大众读者刻意做出的"屈就"和"迎合"？这是本书接下来要讨论的问题。

1. 对于文体分类和鉴赏标准的明确认识

根据《李渔全集》中的资料，首先可以明确的是，李渔对于传奇戏曲小说在当时的地位是有明确认识的。

这一点从《闲情偶寄》等李渔自己的作品中便可得到验证。在《词曲部》开篇，"填词一道，文人之末技也"。此句足以说明李渔对于传奇戏曲创作在当时的认可度了然于胸。在"忌填塞"一节，又说"传奇不比文章，文章做与读书人看，故不怪其艰深；戏文做与读书人与不读书人同看，又与不读书之妇人小儿同看，故贵浅不贵深"。可以看出，他知道诗文是读书人身份的象征，但依然愿意写作供妇人小儿也一并可以观看的传奇戏曲。紧接着又说金圣叹将《水浒》和《西厢》重命名为"五才子书"和"六才子书"，原因在于"盖愤天下之小视其道"，也说明他对于时人对这一类书籍的态度是了然于胸的。

然而即使这样，他还是在说完"填词一道，文人之末技也"之后言之凿凿地说"然能抑而为此，犹觉愈于驰马试剑，纵酒呼卢……"；明知世人将填词视为"小道末技"，但还是在"语求肖似"一节开头就大言不惭"文字之最豪宕、最风雅，作之最健人脾胃者，莫过填词一种。若无此种，几于闷杀才人，困死豪杰"，提出填词作曲对人们的生活也有积极的一面；他更知道戏曲创作"稍欠和平，略施纵送，即谓失风人之旨，犯桃达之嫌"，也在"戒淫亵"一节自己写下戏曲创作的标准"人间戏语尽多，何必专谈欲事？即谈欲事，亦有'善戏谑兮，不为虐兮'之法，何必以口代笔，画出一幅春意图，始为善谈欲事者哉？"但仍然淫词秽语毫无避忌，为夺人眼球无所不用其极。种种这些做法，都说明李渔本人对于当时文学界的创作取向是十分明确的，其做法可谓"明知不可为而为之"，是对于自己主动提出的一系列标准的背离，可谓自相矛盾，明知故犯。

此外，李渔对于自己卖文为生、组建家庭戏班、到处打抽丰等行为引起的社会评价也是知道的。这一点从他笔下的莫渔翁形象即可看出。《连城璧》第一回《谭楚玉戏里传情 刘藐姑曲终死节》中，主人公投水自尽却被莫渔翁救起，免去一死。后来谭楚玉中了进士，希望莫渔翁跟他一起进京赴任，莫渔翁拒绝了，并说："那打抽丰的事体，不是我世外之人做的，只好让那些假山人、真术士去做。我没有那张薄嘴唇、厚脸皮，不会去招摇打点"。由此可见，李渔知道"打抽丰的事体"、"托钵的生活"是需要以尊严为代价去交换的，会为社会大众所不齿。在《乞儿行好事 皇帝做媒人》的入话中，李渔也借唐伯虎之口说出"写晚生帖子干谒要津，是当今名士的长技，我一向耻笑他们的，此戒断不可破"。也可见他知道"干谒要津"会为人耻笑。后来的《过子陵钓台》一诗更是很有力地证明了他对自己行为的性质之了然："过严陵，钓台咫尺难登。为舟师，计程遥发，不容先

辈留行。仰高山，形容自愧；俯流水，面目堪憎。同执纶竿，共披蓑
立，君名何重我何轻！不自量，将身高比，才识敬先生。相去远，君
辞厚禄，我钓虚名。再批评，一身友道，高卑已隔千层。君全交，未
攀衮冕。我累友，不恕簪缨。终日抽风，只愁戴月，司天谁奏客为
星？羡尔足加帝腹，太史受虚惊。知他日，再过此地，有目羞瞠。"
这首诗作于李渔晚年，可谓是对自己一生经历的一个回顾和总结。虽
然诗中表现出的这种诚惶诚恐的自我批判并不一定完全出自李渔真
心，但从中至少可以肯定的是，李渔知道自己的做法并没有给自己带
来很好的社会声誉，被社会公认的"正人君子"对这种行为一定是不
齿、也是不会去做的。

2. 明知不可为而为之的原因

即使对当时的时代环境和社会风评取向了如指掌，李渔还是选择
了一种与其他人迥异，并且显然会遭到诟病的作文和为人方式，这直
接导致了他在人生选择和个人心态上挥之不去的矛盾。李渔这种明知
不可为而为之的行为背后的原因值得深思。[1] 单锦珩先生曾经提到：
"研究李渔的品质，可以从他的生平、著作、交谊等许多方面去探究，

---

[1] 张晓军先生曾在《李渔的创作论稿》一书中将李渔由"学而优则仕"到"学
而优"这一转变的助因归纳为战乱、民族情绪、强仕之年三点。有些前人研究还将经
济发展、社会观念随之变动作为李渔在放弃举业之后走上以文为商、以艺为商道路的
原因，指出当时许多士子都纷纷做出了"去举业而从商"的举动，尤其是在一些商业
比较发达的地区，出现了"以商贾为第一等生业，科第反在次着"的现象。但这些原
因都是时代赋予的，比较宏观而笼统，笔者希望找寻一些特属于李渔个人的原因。

而他直抒胸臆的诗词,最能传达他的心声,表明他的人格。"因此,接下来的部分将对李渔的作品,尤其是《李渔全集》中的诗词为分析对象,从中寻找原因和依据。

(1)对成名的热切渴望

如果我们将李渔对戏曲的论述综合起来看,可以发现他多次在关键时候提到"成名"的想法。例如在"词曲部"的开篇交代自己为什么要写这一部分时,就在"结构第一"节中提出戏曲容易让人成名的观点。在说完"填词一道,文人之末技也"之后不久,李渔就提出自己的观点"吾谓技无大小,贵在能精;才乏纤洪,利于善用。能精善用,虽寸长尺短,亦可成名",认为技艺没有高尚和低贱的分别,只有是否精炼、纯熟的差别,而"填词一道,非特文人工此者足以成名,即前代帝王,亦有以本朝词曲擅长,遂能不泯其国事者",认为不仅文人可以靠填词成名,即使是前代的帝王,亦可以因为自己朝代的人擅长词曲而使自己的国家扬名后世。接下来,他又列举了高则诚、王实甫的例子,说他们二人除了填词作曲之外一无所长,因此若不是他们撰写了《西厢记》和《琵琶记》,今天根本没有人会记得他们:"使两人不撰《琵琶》、《西厢》,则沿至今日,谁复知其姓字?"类似的例子还有明朝才子汤显祖,在李渔看来,汤虽写过书信和诗文,但他是凭借《牡丹亭》留名于世的:"汤若士,明之才人也,诗文尺牍,尽有可观,而其脍炙人口者,不在尺牍诗文,而在还魂一剧。使若士不草《还魂》,则当日之若士,已虽有而若无,况后代乎?是若士之传,《还魂》传之也。此人以填词而得名者也",认为是《牡丹亭》的光芒使汤显祖的名字得以流传。后面还说如果不是因为《琵琶记》《西厢记》《元人百种》等流传后世的剧本,那么当时的元朝也会和五代、金、辽等国一同消逝了，"焉能附三朝骥尾，而挂学士文人之齿颊哉？"在"词曲部"开首多次列举文人因填词作曲闻名，以及帝王家因填词作曲流传于世的例子，对"成名"、"留名"这件事的重视程度可见一斑。

这种期待成名的想法，总是在有意无意间被李渔强调。如"立主脑"一节，李渔写道："然必此一人一事果然奇特，实在可传而后传之，则不愧传奇之目，而其人其事与作者姓名皆千古矣。"立主脑的结果是故事情节中的人和事件，跟作者姓名一起都可以流传千古了。又如"填词余论"中，"夫人作文传世，欲天下后代知之也，且欲天下后代称许而赞叹之也。殆其文成矣，其书传矣，天下后代既群然知之，复群然称许而赞叹之矣，作者之苦心，不几大慰乎哉？"李渔在此再次提到了希望通过作品留名于后世的想法，类似的说法还有很多，如"不效美妇一颦，不拈名流一唾，当世耳目为我一新。使数十年来，不知为世人减几许谈锋，增多少瞌睡？"又如"知笠翁为此道功臣，凡其所言，皆真切可行之事，非大言欺世者比也。"希望功成名就、借自己的作品留名于世之心跃然纸上。

这一观点从其诗词文著作中亦可得到佐证，如六十岁时作七律《六秩自寿四首》其三中有"祈假十年增著述，古稀希古并留声"，七言古《赠施匪莪司城》中亦有"君早立功予立言，相期不朽追前贤"之句。那么，对功名怀有热切渴望的李渔，在"士而成功也十之一，贾而成功者也十之九"[①]的情况下，放弃科举取士，走上商业化道路，并选择借戏曲扬名，便很容易理解了。

---

① 转引自张海鹏，王廷远.明清徽商资料选编［M］.合肥：黄山书社，1985：251.

（2）退而求其次的心态

李渔除了希望借戏曲扬名之外，更重要的是"从来名士以诗赋见重者十之九，以词曲相传者犹不及什一，盖千百人一见者也。"在名士之中，十个人就有九个人因为诗词被器重，而因为戏曲流传于世的还不到十分之一，从这个比重来看，显然是写作词曲的竞争对手更少，更容易扬名。

这一观点再次得到证实是在李渔六十多时。他在《耐歌词》长调《满江红》中有一首《读丁药园〈扶荔词〉，喜而寄此，勉以作剧》（1674）："愧偏词场，三十载，谬称柳七。向只道中原才少，果然无敌。止为名儒崇正学，不将曲艺妨竟术。致妖魔忽地自称尊，由无佛。魔数尽，真人出。旭轮上，灯光没。看词坛旗帜，立翻成赤。愧我妄操修月斧，惜君小用如椽笔。急编成两部大工商，分南北。"这首词里提到了自己从事曲艺创作的两个原因，一个是因为他对于政治上的名利地位并无兴趣，和柳永一样；另一个是因为"名儒崇正学"，正人君子们多崇尚正统道学，而不屑于进行戏曲创作，所以他这样一个"妖魔"才可以轻而易举"打遍中原无敌手"。尤其是在后半部分对丁澎进行抬高时，更是明确说在他面前，自己的才华就好像是灯光遇到了太阳，如果丁澎也进行戏剧创作，那么如今的这种由李渔本人独领风骚的局面就一定会被打破了。

所以，李渔从事戏曲、小说创作，而没有致力于名儒崇尚的"正道"的一部分原因很有可能是出于一种"与其临渊羡鱼不如退而结网"的心态，主动避开有才之人聚集的诗、词、文等"正学"领域，退而求其次地为自己谋划了一条最容易"鹤立鸡群"之路，进而开始其目标明确、极富行动力的"转型"。科举的失利显然说明了他在"正道"上与名儒们的差异,既然如此,何不识趣地知难而退,在较少精英文人涉足的"小道末技"上下功夫,以求"矮子中间拔将军"呢。

（3）对战乱的痛恨和遗民心态的影响

李渔在崇祯十二年（1639）赴杭州应乡试落榜后作七律《榜后柬同时下第者》,有"姓名千古刘蕡在,比拟登科似觉高",以因宦官专权而落第的刘蕡来自况,表达对自己才能的信心。崇祯十三年（1640）《凤凰台上忆吹箫》还写下"叹今日,虽难称老,少亦难云……封侯事,且休提起,共醉斜曛"之句,叹功名不就。崇祯十四年（1641）收到金华府同知赠送的稚虎一头,在《活虎行》的序言中发出"一虎之微,只以但见其死,未见其生,遂致倾动一国,宝若凤麟;使人而虎者,炳蔚其文,震作其声,而又不以为人所习见之事,则一鸣惊人,使天下贵贱老幼,以及妇人女子,咸以得见为幸,其得志称快,又当如何!"表明自己出人头地的决心。但李渔竟然放弃了最为正统的出人头地道路——出仕,笔者认为这一选择离不开入清后遗民身份对他的影响,也离不开随之而来的政治高压气氛在其潜意识中造成的恐慌。

首先,崇祯十五年（1642）《应试中途闻警归》中有"诗书逢丧乱,耕钓俟升平"之句,可见战乱对他的生活和事业都造成了不可忽略的影响。同年,其母病逝,李渔在《清明日扫先慈墓》中写道"三迁有教亲何愧,一命无荣子不才。人泪桃花都是血,纸钱心事共成灰。"时代和家庭的巨变来袭,李渔不可能不受影响。对未来的迷茫和焦虑挥之不去,因科举失利而愧对慈母的心事在这满目荒凉的现实中,高冢如山的情景下,只能随着纸钱一起化为灰烬。崇祯十七年（1644）李自成称帝，三月破京师，崇祯帝自杀。五月，清睿亲王多尔衮入定京师，同时明宗室福王朱由崧即位于南京，年号弘光。李渔在《甲申记乱》（1644）中曾描写自己的感受："初闻鼓鼙喧，避难若尝试。尽曰偶然尔，须臾即平治。岂知天未厌，烽火日以炽……人生贵逢时，世瑞人即瑞。既为乱世民，蜉蝣即同类。"在这样动乱的日子里，李渔自然是没机会参加科举的。但他满腔的报国志却从未泯灭。是故，当金华府同知许檄彩邀请他做幕僚时，李渔愉快地接受了这一邀请，还写了《乱后无家暂入许司马幕》一诗。此诗不仅对许的赏识表达了感激，更将此当做一次入仕和建功立业的机会："丧家何处避烽烟，一榻劳君谬下贤。只解凌空书咄咄，那能入幕记翩翩。时艰借箸无良策，署冷添人损俸钱。马上助君惟一臂，仅堪旁执祖生鞭。"对祖逖挥鞭典故的使用，抒发了自己希望能够像祖狄一样努力进取的向往，力争建功立业、恢复中原。虽然历史发展的形势证明这一愿望并不现实，但李渔济世救国的拳拳之心还是显而易见的。"马上助君惟一臂"的强烈理想抱负，愿倾尽一己之才为国效力的心情即使在时局动荡时也依旧未曾改变。

而且，在顺治二年（1645）之后的诗中，李渔经常提及大规模战乱对人民生活的恶劣影响，表达自己对于战争的痛恨和绝望之情。如《甲申纪乱》（1644）中"兵去贼复来，贼来兵不至。兵括贼所遗，贼享兵之利。如其吝不与，肝脑悉涂地。纷纷弃家逃，只期少所累。"《甲申避乱》（1644）中的"去去休留滞，回头是战场。"《避兵行》（1645）中"八幅裙拖放作囊，朝朝暮暮裹糇粮。只待一声鼙鼓近，全家尽陟山之岗……下地上天路俱绝，舍生取义心才决。不如坐待千年劫，自凭三尺英雄铁。先刃山妻后刃妾，衔须伏剑名犹烈。"战乱带给人们极大的痛苦，人们上天无路，入地无门，他甚

至在诗中描写了全家自杀的想法。《丙夕除夜》（1646）中也发出了
"髡尽狂奴发，来耕亩上田。屋留燹后，身活战场边。几处烽烟熄，
谁家骨肉全？借人聊慰己，且过太平年。"这般绝望的感叹。又，从
同样写于战乱中的《吊书四首》如"心肝尽贮锦囊中，博得咸阳片
刻红。终夜敲推成梦呓，半生吟弄付飘风。文多骂俗遭天谴，诗岂
长城遇火攻？切记从今休落笔，兴来咄咄只书空。"等句，亦可见李
渔对于随战乱而来的消极后果的极度不满和难过。战乱带给人民太
多的创伤，在朝不保夕的心理状态和命如草芥的现实情况下，不仅
科举中断，而且人心惶惶。他不仅在客观上失去了科举的机会，更
丧失了主观上备战科举的热情，这在一定程度上奠定了他不肯入清
为官的思想基础。

其次，后来的两首剃发诗又可见其对清朝政权的痛恨和无奈。
《丙戌除夜》中有"髡尽狂奴发，来耕亩上田"句，后来的《丁亥守
岁》（1647）和《薙发二首》中，李渔亦表达了自己对清廷强制剃
发的不满。《丁亥守岁》："骨立先成鹤，头髡已类僧"，《薙发二首》
（其二）："晓起初闻茉莉香，指拈几朵缀芬芳。遍寻无复簪花处，一
笑揉残委道旁。"这样看来，李渔对于战争发起者的痛恨自然是可以
想见了。

再次，这一时期李渔多次对动乱中死去的人（尤其是他认为的
"忠义之士"）进行悼念。顺治二年（1645）五月，清兵屠扬州，下江
南，入南京，后又连下剃发令。是年，李渔作《乙酉除夕》，明确提
出"鼛鼓声方炽，升平且莫歌……忠魂处处有，乡曲不须傩。"紧接
着，李渔又作诗悼念丙戌死难者，《婺城行吊胡仲衍中翰》（1646）：
"婺城攻陷西南角，三日人头如雨落。轻则鸿毛重态山，志士谁能不
沟壑。胡君妻子泣如洗，我独破涕为之喜。既喜君能殉国难，复喜

君能死知己。"又如《挽季海涛先生》云:"服官无冷热,大节总宜坚。师道真堪表,臣心不愧毡。"在哀悼的同时都对罹难者进行了肯定,"殉国难"、"大节宜坚"、"师道堪表"等说法都可以见得李渔对故国的忠诚态度。类似的说法还有"乱世功名未足夸,羡君昂首弃乌纱"等。此外,更值得一提的是,《古今史略》一书中,李渔在已有的《古今全史》基础上增加了明代熹、怀二庙的史实记录,还附上了殉难于明末战争中的人员名单。这些都侧面反映了李渔在易代之际的复杂情绪,更显示了他对那些为国殉难的忠臣之心的珍视和肯定。对战乱的厌恶、对清兵的痛恨、以及对殉国之忠臣志士的赞叹都昭示着作为明朝遗民的李渔对故国的态度,这是他不肯在清朝继续入仕的又一思想动因。

（4）政治高压气氛下不得已的选择

遗民身份带给李渔的远远不止这些,在后来的几十年中,清廷的一系列高压政策带给了李渔无尽的恐慌感。如他曾在顺治四年（1647）作《剃发二首》表达自己剃发后的感想,这首诗被认为甚为狂悖,成为乾隆年间禁毁《笠翁一家言》的主要原因。顺治十五年（1658）他的朋友尤侗因其《钧天乐》传奇"有刺科场语"走避京师;周亮工被控贪赃罪,王仕云因袒护其被一同逮京。顺治十七年（1660）其好友张缙彦更是因其曾对李渔施以援手被劾奏"守潘浙江,刻有《无声戏二集》,诡称为不死英雄,以煽惑人心"获罪,后被流放宁古塔。顺治十八年（1661）,庄廷鑨《明史稿》案发,庄家全族十五岁以上的尽数处斩,因此案受牵连致死的人不计其数。康熙四年（1665）丁耀亢又以《续金瓶梅》被逮……政治高压逐渐消解着李渔的入仕之心。

是故，李渔在《意中缘》（1653）的"尾声"中写下"非是文心多倔强，只因老耳欠龙钟。从今懒听不平事，怕惹闲愁上笔锋"之句；又在《鹤归楼》中描绘了皇帝的残酷、自私和暴虐，塑造了谨慎防御、自我保护的主人公段玉初形象，主人公从未为自己的仕途顺遂而高兴，反多次表达对出仕、晋升的不情不愿（后来发生的惨剧也恰恰证实他的担心并不多余）。在这篇小说中，李渔不仅表达了反对急功进仕的谨慎态度，而且还宣扬了一种小心防范的人生哲学。由此可见李渔显然已经对难以预料的政治灾难充满防备，十分恐惧做官可能带来的后果和危害。

此外，他对于自己未能做官而进行的自我开解也可以从侧面证实这一问题。在李渔的作品中，他曾经不止一次以仕途的不稳定、政治的动荡、为官之可怕为由来缓解自己"吃不到葡萄说葡萄酸"的心情。例如《癸卯元日》（1663）中，李渔写道："元日焚香叩太虚，天教巢许际唐虞。不才自合逢明主，误用何能保贱躯。水足砚田堪食力，门开书库绝穿窬。天年但幸多豚犬，何必人人汗血驹。"在这首诗中，李渔不仅没有为自己未能争取到官职而觉得遗憾或是沮丧，更多的是将其视为一种能够让自己保全性命、平安度过劫难的浩荡皇恩，虽然不排除其"吃不到葡萄说葡萄酸"的心理，但在众多理由中选用无需为官的庆幸来抵消未能为官的失落，亦可以从侧面反映出他对时局的恐惧。

又如《和诸友称觞悉次来韵（四首）》（1670）其四，这首诗写在李渔六十岁生日之际，充分反映了当时李渔的生活状况以及内心的顾虑和忧愁："世情非复旧波澜，行路当歌难上难。三缄宁敢期多获，万苦差能博一欢。劳杀笔耕终活我，肯将危梦赴邯郸。"李渔无奈地指出目前的社会环境早已今非昔比，因此为人处世时不得不"三缄其口",哪怕"劳杀笔耕终活我",一直沉溺在别人认为的插科打诨和嬉笑享乐中,也要让自己尽量远离政治领域、使自身安危得以保全;而"万苦差能博一欢"可见他打秋风的过程中内心的伤痛和煎熬——为了在严峻的政治形势下尽最大可能迎合权贵要求,他作文演戏、巴结奉承,即使表面风光无限,也如愿取得了很多经济回报,但其中的艰辛痛苦、内心的纠结压抑始终只有自己一个人知道。反观现实,情况却是"我不如人原有命,人能恕我为无官。"在政治的角力场上,自己不占有任何优势,所以面对瞬息万变的政治环境,退出恐怕是最好的选择,是谓"人能恕我为无官。"

其实同样的意图李渔不止一次提及。在前文引用的《过子陵钓台》(1675)中,他也对自己"我不如人原有命"的想法进行了再次阐释:"相去远,君辞厚禄,我钓虚名。再批评,一身友道,高卑已隔千层。君全交,未攀衮冕。我累友,不恕簪缨。终日抽风,只愁戴月,司天谁奏客为星?羡尔足加帝腹,太史受虚惊。知他日,再过此地,有目羞瞠。"这首词中,李渔坦承自己和严子陵这种"正人君子"的高下之分,但同时也表达了对自己原生处境的无可奈何、以及自己作为一个无权无势的普通文人在政途上无人庇护时迫不得已"钓虚名"的"累友"行为。其中的"羡尔足加帝腹,太史受虚惊"涉及的典故是说严子陵是汉光武帝刘秀青少年时候的同学,两人感情很深,在刘秀称帝之后,曾命手下大臣四处寻找严子陵,将他请至洛阳宫中做客,两人关系好到白天同进同出,夜晚同榻而眠。一天,钦天监太监惊恐地禀报,在夜观天象时发现紫微星附近有一颗不知名的客星闯入,因为根据当时的天文历法,皇帝就是天上的紫微星转世,而其一举一动、生命安危都可以从星象中反映出来,因此十分担心皇帝有危险。但没想到汉光武帝不仅不以为然,反而哈哈大笑说是因为昨晚睡着以后，严子陵无意间将腿放在了他的肚子上。李渔用这个故事说明当时严子陵有皇帝作为靠山，所以处境十分让人羡慕。而李渔在政途上一直以来就不具备这样的客观条件，所以自己从政没有任何优势，只好转而从事商业化的"有目羞瞠"的行为。

是故，李渔不止一次对自己进行开解。如在《闲情偶寄》的《夏季行乐之法》中将自己此时的状态称为"享列仙之福"："追忆明朝失政以后，大清革命之先，予绝意浮名，不干寸禄，山居避乱，反以无事为荣。夏不谒客，亦无客至，匪止头巾不设，并衫履而废之。或裸处乱荷之中，妻孥觅之不得；或偃卧长松之下，猿鹤过而不知。洗砚石于飞泉，试茗奴以积雪；欲食匏瓜而瓜生户外，思啖果而果落树头。可谓极人世之奇闻，擅有生之至乐者矣。此后则徙居城市，酬应日纷，虽无利欲薰人，亦觉浮名致累。计我一生，得享列仙之福者，仅有三年。"不可谓不悠闲自在。又如《帝台春》（1666）中"朝臣入，衣冠湿。宫僚出，星辰没。求富贵须忙，为贪慵，脱不下、雨蓑烟笠。"《六秩自寿四首》（1670）中说自己"自知不是济世材，早弃儒冠辟草莱"等等。

由此可见，政治高压气氛带来的恐慌也在一定程度上促使李渔做出了以"卖文为生"代替"致仕为官"这一与众不同的人生选择。

（5）经济效益的驱动及对读者喜好的迎合

李渔为什么在"卖文为生"的路上选择了当时被视为"小道"和"末技"的小说戏曲呢？笔者认为直接原因便是："近日人情，喜读闲书，畏听庄论。"从更根本的角度而言，在于明末清初资本主义萌芽兴起后，商业化对李渔的驱动。因此他选择了最贴近市民大众心理、同时也是最容易获得经济收益的创作方式。具体理由如下：

李渔的经济条件是很拮据的，这一点他不止一次提及。如"予生忧患之中，处落魄之境，自幼至长，自长至老，总无一刻舒眉""渔无半亩之田，而有数十口之家，砚田笔末，只靠一人。一人徂东，则东向以待；一人徂西，则西向以待。今来自北，则皆北面待哺矣"，又如"仆无八口应有之田，而张口受餐者五倍其数……但求一二有心人，顺风一呼，各助以力，则湖上笠翁尚不即死"。作为家中的经济来源和支柱，经济窘境对李渔的影响亦十分显著，故有"卖赋以糊其口"之说。1645年，李渔乱后无家，入许檄彩幕，"时艰借箸无良策，署冷添人损俸钱"，此句可看出当时其经济之拮据。又如1650年《卖山券》一文，他提及"兵燹之后，继以凶荒，八口啼饥，悉书所有而归诸他氏"。在这样的背景下，《怜香伴》（1651）出版，虞巍在序中写道"笠翁携家避地，穷途欲哭……"佐证了当时李渔家中的经济情况。又如1665年，李渔作《广陵归日示诸儿女》，中有"杖头唯有字，鹤背竟无钱"。同年冬《四字帖辞武林诸亲友之招》中亦有"旅橐萧然，不能日备肩舆之费"，甚至因为无钱过年，将衣囊典当殆尽。其经济情况在《家累》（1670）一诗中也再次得到强调："砚田食力倍常民，何事终朝只患贫。举世皆穷非独我，一生多累是添人。当年八口犹嫌众，此日千瓢尚未均。爨下有时焚旧管，嗅来初不异劳薪。"《江行阻风四首》（1672）中也写道："熟识离家苦，经年事远游。只缘贫作祟，致与乐为仇。举酒酹扬子，题诗同石尤。如何情独至，委曲恋孤舟？"《与诸暨明府刘梦锡》（1675）："倘蒙念其凄凉，而复悯其劳顿，则悌袍之赐，不妨遣盛使颁来。"七律《吴兴诸广文醵金赐宴为席甚丰诗以谢之》（1677）中有"只愁囊里消清俸，客去青毡分外寒。"从这些诗句中都可以看出其家庭经济状况不佳。晚年时给友人写的求助信更是直接露骨，毫不避讳，如《凌山人索赠》中"家贫差作贾"之语，均可见其经济状况之窘困。除了诗、词、文，《闲情偶寄》中的许多记录也可以用于佐证，如种植部的"水仙"一节中有"记丙午之春，先以度岁无资，衣囊质尽，迨水仙开时，则为强弩之末，索一钱不得矣。"诸如此类的"哭穷"，在李渔的作品中可谓比比皆是。

对于经济情况如此窘迫的李渔而言，清代高昂的书价和版费^①显然是他致力于小说、戏曲等"小道"创作的重要原因。由于生活拮据，收入的多少便是其进行职业选择时必须要考虑的问题。而根据前人的研究，当时从事写作、出版的利润是很高的（远高于出仕为官等）。黄卉曾在其《明代通俗小说的书价与读者群》中综合了各项因素，得出结论说"从已知的二十余种明代钤有书价的图书看，大体每部书要一二两银子，而其中的两部通俗小说《封神演义》（纹银贰两）、《春秋列国志传》（纹银壹两）所标价格既不是十分昂贵的，也不是异常低廉

———————————

①　明末清初尚无明确的"版费"说法，但大众早已有了对"版权"的印象。因为早在南宋《东都事略》中便记载着"不许复版"的声明，对出版者进行着权益保护。到了明清时期，这种对出版者权益的保护更是成为一种普遍的意识，李渔也不例外。所以他才采取了许多措施，为保护自己作品的版权而东奔西走。他的作品中不乏对自己维护版权行为的记载，如："吴门之议才熄""杭人翻刻已竣"，以至李渔不得不"东荡西除，南征北讨"。他还在《闲情偶寄》中明令警告："至于倚富恃强，翻刻湖上笠翁之书者，六合以内，不知凡几。我耕彼食，情何以堪？誓当决一死战"（李渔.李渔全集：第三卷［M］.杭州：浙江古籍出版社，1991：229.）。可见"版费"在当时虽未做为一个明确的概念流行于世，但李渔"决一死战"势必是为了自己的经济收益，也就是我们今天所说的版费。

的，基本上与当时的其他类图书价格大致相当……"① 基于明朝所规定的官员俸禄，比照明代通俗小说《封神演义》贰两纹银、《春秋列国志传》壹两纹银的书价②，有的研究者感慨道："对于买书来说，就是做官人家，也要量力而行。一位七品芝麻官的每月薪俸，仅能买几部平常之书而已。"而"乔衍琯先生的《乾嘉时代的旧书价格及其买卖——读〈荛圃藏书题识〉札记》一文中提到'从明末毛氏汲古阁到黄氏的百馀年间，书价涨了数倍乃至数十倍……'"可见到了清代每部图书的均价是要远多于贰两的，从事图书出版行业的利润颇高，出仕做小官的俸禄收入等与其相比明显不可同日而语。考虑到经济收益，作文、经商显然非常有诱惑力。③ 此外，李渔创办家庭戏班在演出时亦能获得丰厚的酬劳，"据李渔所言，一场成功的巡回演出收入可达六位数"。"1667年陕西之行所得足以购置一座乡间别墅"。是故，在1650年"兵燹之后，继以凶荒，八口啼饥"，后来移家杭州又欠有债务时，李渔没有出仕，而是选择了"卖赋以糊口"——1651年《怜香伴》传奇出，紧接着1652年《风筝误》传奇问世；1653年《意中缘》传奇问世，如此频

---

① 这篇文章中提到书籍的类别不同、印刻地点不同、所用木板的优劣、纸张的选择、写工、雕工、印工等等的不同，导致书籍的价格不同，但总的来看，"画谱、印谱类以图为主、对刻印质量以及纸张等因素要求高的书籍比较贵，而以文字为主的一些日用医书、日常娱乐书则比较便宜，而关于通俗小说的书价，基本可以以《封神演义》（纹银贰两）和《春秋列国志传》（纹银壹两）作为基本均价。"（黄卉.明代通俗小说的书价与读者群［J］.第十届明史国际学术会议论文集，2004（8）：461.）

② 《骨董琐记》卷一云："明时京师钱价，纹银一两，率易黄钱六百。崇祯末，贵至二千四百。"

③ 还有一个很明显的例子便是陈继儒。他科场失利，29岁放弃科举投身出版商业活动，使用他人提供的资金撰写和编纂大部头的集子，并从中获利。

繁的创作和"自产自销"的经营模式想必为其带来了不少的经济收益。又如1665年因为无钱过年，将衣囊典当殆尽，这种状况下《玉搔头》传奇问世。李渔年谱中的这些记载都可以从侧面证明"卖文为生"的利润应该是更加直接、快速和巨大的。因此，家庭经济状况拮据应该是李渔放弃出仕，选择"卖文为生"的另一个原因。

除了经济效益对文体选择的影响，商业化作为巨大的驱动力之一，对李渔创作文体、内容、语言、风格等的影响也不容小觑。这一点从《闲情偶寄》中便可看出，如词曲部"文贵洁净"一节中有："凡作传奇，当于开笔之初，以至脱稿之后，隔日一删，逾月一改，始能淘沙得金，无瑕瑜互见之失矣。"但是紧接着又说，这句话虽然说起来容易，但是自己一直没有做到，原因是多方面的："此说予能言之不能行之者，则人与我中分其咎。予终岁驱饥，杜门日少，每有所作，率多草草成篇，章名急就，非不欲删，非不欲改，无可删可改之时也。每成一剧，才落毫端，即为坊人攫去，下半犹未脱稿，上半业已灾梨，彼伶工之捷足者，又复灾其肺肠，灾其唇舌，遂使一成不改，终为痼疾难医。"从这段话中可见李渔作为当时的"畅销书作家"，作品刚刚写完就被大肆争抢的局面。当作品已经成为商品，李渔势必要更加考虑到为商品买单的人。也就是说，当他走上以文为商的道路后，为了维持他还算优渥的生活水准和比较广泛的人际关系网，他必须要不断地创作，并且保证自己的作品受到大众购买者的欢迎。而当时市民阶层的崛起和日益发展的态势，让他在写作时不得不向他们靠拢，或多或少地迎合市民情趣。

在《蜃中楼》中，他就曾对自己的行为进行过辩解："从来不演荒唐戏，当不得座上宾客尽好奇，只得在野豆棚中说了一场贞义鬼。"指出宾客"好奇"的审美需要在一定程度上影响到自己的创作。还在

《闲情偶寄》词曲部的"戒讽刺"一节专门指出:"窃怪传奇一书,昔人以代木铎。因愚夫愚妇识字知书者少,劝使为善,诫使勿恶,其道无由,故设此种文词,借优人说法与大众齐听……"又在评论汤显祖的《牡丹亭》时说"若云作此原有深心,则恐索解人不易得矣。索解人既不易得,又何必奏之歌筵,俾雅人俗子同闻而共见乎!"是故,为了满足"市井"的欣赏习惯,他常常安排离奇夸张的故事情节吸引大众眼球,还使用了通俗易懂、明白晓畅、妇孺皆知的语言,将"科浑"称为"看戏之人参汤",多次强调趣味,争取更多的读者和观众……这些都是商业化取向对李渔的驱动。

文体的选择方面亦是如此。与诗、词相比,戏曲、小说,显然是最"渐进人情"、最容易引发读者兴趣并让人感同身受的文体。王骥德在《曲律》中就曾指出:"诗不如词,词不如曲,故是渐进人情。"而从语言表达的角度考虑,"夫诗之限于律与绝也,即不尽于意,欲为一字之益,不可得也。词之限于调也,即不尽于吻,欲为一语之益,不可得也。若曲,则调可累用,字可衬增。诗与词不得以谐语方言入,而曲则唯吾意之欲至,口之欲宣,纵横出入,无之而无不可也。故吾谓:快人情者,要毋过于曲也。"认为曲"能令听者色飞,触者肠靡"①等等。也就是说,与诗、词相比,曲文更加随意自由,不需要追求整

---

① 原文为:"《关雎》、《鹿鸣》,今歌法尚存,大都以两字抑扬成声,不易入里耳。汉之《朱鹭》、《石流》,读尚聱牙,声定椎朴。晋之《子夜》、《莫愁》,六朝之《玉树》、《金钗》,唐之《霓裳》、《水调》,即日趋冶艳,然衹是五、七诗句,必不能纵横如意。宋词句有长短,声有次第矣,亦尚限边幅,未畅人情。至金、元之南北曲而极之长套,敛之小令,能令听者色飞,触者肠靡,洋洋纚纚,声蔑以加矣。此岂人事,抑天运之使然哉!"(王骥德.曲律[M].长沙:湖南人民出版社,1983:206.)诸如此类论述曲和诗文不同,尤其是曲具有优于诗文的表达效果的观点还有很多。

齐谨严。这样一来，它在表情达意以及感悦人心方面就会更胜一筹，尤其是在创造虚构的情节、为不同性格的人物安排说辞时，更加灵活多变，利于创作者思维的驰骋。随之而来的，就是更好的表达效果和更容易贴近人情、感染观众的人物形象和具体情节。徐渭也说过戏曲"本取于感发人心"，"听之最足荡人"，臧懋循说戏曲"使快人者掀髯，愤者扼腕，悲者掩泣，羡者色飞"；吴伟业也认为传奇"感动人心，较昔之歌舞更显而畅也"，可以"令阅者不自觉其喜怒悲欢之随所触而生，而亦于是乎歌呼笑骂之不自已。"这样看来，就吸引力而言，戏曲这种"小道"是更能打动人心的。那么商人李渔选择这两类文体来扩大自己的受众，为争取更多的经济效益而不得不创作市民大众喜闻乐见的故事情节、人物形象，当然就成了顺应受众接受程度的自然选择。

张晓军在《李渔创作论稿》中也谈到李渔为艺术职业化付出的人格代价，"他摆脱了功名仕途的束缚，但他的创作和经营却套上了商业性的束缚……物质上有求于人，志节上有屈于己，实在是在所难免的"。这段话很好地说明艺术的商业化，影响甚至规定着李渔的创作成色。著名学者韩南先生也认为，李渔作为靠卖文以糊口的专业作家，以文谋生对其著述的影响是不能漠视的。[①]此外傅承洲先生也曾评论《无声戏》"之所以一本作品集，只有一篇真正以爱情为主题的故事，是因为李渔对自己作品的起初定位，其小说的主要受众，不是有钱、有闲、有对不切实际的风花雪月的幻想的文人，而是最普通

---

① 韩南在《创造李渔》的序言中也曾表达过类似简见解，认为李渔"是靠售卖作品为生的职业作家，他写作的具体内容、雅俗程度和基本格调大多受此支配。"（［美］韩南.创造李渔［M］.杨光辉，译.北京：中央编译出版社，2010：3.）

的、处于社会最底层的、有更多柴米油盐的现实追求的市民阶层,其对爱情故事的关注远远比不上对如因果报应、清官妒妇等现实'问题'的欣赏需要。"

值得强调的是,李渔出于商业化目在创作时作出的迁就绝不仅限于对市民大众的迎合,还包括对统治阶级的迎合。想要作品有更好的销路,即使不去直接奉承当权者们,也至少不能违背统治阶级的意愿。因此,他所创造的"小道"和"末技"能够跻身文学殿堂,并被允许出版、发行的前提是:尽可能顺应统治阶级的价值和趣味。所以他才会在讲完故事之后,刻意强调"莫道词人无小补,也将弱管助皇猷",强调"思借戏场维节义,系铃人授解铃方",可谓对统治阶级的迎合。

此外值得注意的是,为什么李渔的创作实践和其戏曲理论有诸多的自相矛盾之处呢?

李渔对自己的戏曲创作无疑是很有规划、有要求的,所以他才会在自己的作品《闲情偶寄》中专设"词曲部"对戏曲作品的写作设立规范,"结构第一""词采第二""音律第三""宾白第四""科浑第五""格局第六"等部分,都从艺术审美角度对小说、戏曲创作加以指导,明确表达了李渔对这些方面的重视。但显然,李渔自己的创作与他提出的戏剧理论出现了一些背离,最明显的就是前文中提及的,一方面"戒淫亵",另一方面却大量描绘男女之事,还多次为读者详细呈现色情下流的场景;一方面"戒荒唐",一方面多次虚构怪异的情节;一方面劝告大家少提鬼神,另一方面在自己的作品中多次借鬼神之力推动情节的向前发展……如果对这种自相矛盾的状况加以分析,笔者认为,出现这种矛盾的原因亦在于李渔以自欺欺人的态度,为商业化和大众化做出了主动的让步。

　　之所以说李渔这样做是主动为作品的商业化和大众化做出让步，原因在于李渔进行的所有行为都有明确的个人意识。《闲情偶寄》的"贵自然"一节，他就提出了"岂文章一道，俗则争取，雅则共弃乎"的问题，由此可见他对作品的雅俗之别是否会对读者取舍作品造成影响以及会产生怎样的影响进行过思考。他也曾在《四方诸友来，无不讯及新制填词者，不能尽答，二诗共之》中写道："白雪阳春世所嗔，满场洗耳听《巴人》。"这句话更是直接说明李渔对读者群体中阶层差别的明了。也正是为了迎合普通市民大众的阅读兴趣和观剧喜好，他主动降低了作品的思想深度和艺术格调——"调不能高，即使能高亦忧寡和，所谓'多买胭脂绘牡丹'也。"这是他对别人的劝告，下层民众喜欢什么样的，就写作什么样的，即使色情、猥琐、即使内容缺乏深度、甚至让自己看起来像一个轻浮的寻欢浪子。也正是从这一点出发，李渔多次提出创作应当"通俗化"的主张，例如："取事不取幽深，其人不搜隐僻，其句则采街谈巷议，即有时偶涉成书，亦系耳根听熟之书，舌端调惯之文"，他认为文学创作"所最忌者，不能于浅处求新""能于浅处见才，方是文章高手"；为文应讲究"新而妥，奇而确"，而且"有一字难解者即为易去"等。诸如此类，不胜枚举。这样的做法虽然不符合艺术审美的要求，但在李渔看来，这至少可以争取到更多的读者，使自己在商业化的道路上走得更为顺利，是谓"雅俗同欢，智愚共享"。这种对于中下层读者阅读趣味的迎合，导致了作品不可避免的在内容上略显单薄，在语言风格上，难以摆脱市井俚俗的气息。

　　此外，值得注意的是，李渔在将自己的作品"通俗化""大众化"时，采取了一种自欺欺人的态度，让作品趋于"流俗化""情色化"，而自己还拒绝承认这一点，总是极力模糊自己作品的客观效果。

连一些龌龊之行、猥亵之语，也被李渔淡化成了"通场角色皆不可少""雅俗同欢、智愚共享"的插科打诨。

就这样，李渔的作品中出现了明显的、同时也是无法避免的矛盾，这些矛盾出现的根本原因在于他本人在个性心理和进行人生选择时就早已形成在内心深处的纠结。换句话说，李渔的创作行为显然是出于追求个人独特价值的需要，同时更不乏对大众心理的积极迎合。如果我们对李渔的个人独特性有了更清晰的认识，那么围绕着他本人及其作品的种种"矛盾"及其成因也就自然而然的展现在我们面前了。

3．小结

作为明末清初的文学创作者，李渔虽然将自己归类为精英文人，但从作文和为人两方面而言，他都与当时采用传统写作方式的正统精英文人们有所区别，无论是在语体、文体的选择、创作内容的取舍、题材选取的深度、描写人物或事物的语言上，还是在人生道路的选择、言与行二者一致的程度上，都不尽相同——这些区别似乎让李渔没办法如自己所愿地被划分到传统儒士精英群体。而如果我们将这些明显的区别具体化，会发现李渔身上存在着数不尽的矛盾，如人生道路和个人心态的矛盾，政治关怀和具体行为的矛盾，创作理论和创作实践上的矛盾，对自己作品褒贬评价的矛盾等等。与此同时，他也完全不同于当时被称为"市井文人"的一类人，虽然这一群体与李渔的相似度很高，如他们社会地位普遍不高、有一定的才华、靠各种形式的写作谋生，也都创作了白话小说、戏曲，内容中也或多或少涉及到色情文学的部分。但他们基本都是用笔名进行创作，对自己的身份多加掩饰，如兰陵笑笑生、风月轩又玄子等，而李渔不仅用真实姓名创作，而且一再对自己的创作意图和文章效果进行拔高，还坦坦荡荡、大言不惭甚至自信满满地将这类文章送到达官贵人手上，或是邀请传统精英文人写序和作评。此外，除了与社会地位较高的人交游之外，他从来也不乏布衣之交，朋友遍布各个地区、各个阶级、各种身份……所有的这些都让我们很难断定李渔内心的真实想法，他到底是一个审美标准优先的文人，还是一个商业标准优先的商人？他究竟是本身就具有表演型人格，还是在有意识地进行哗众取宠？这种出发点的不同直接导致读者对于李渔的炫耀是"性格使然"，还是为了利益而刻意进行炫耀这个问题的讨论很难有确定的结果。但目前看来，精明的文人和成功的商人这两个身份在李渔身上首先就是共存的，因而也是相辅相成的——因为他是一个精明的文人，所以他有机会成为一个成功的商人；而因为商业方面的成功，他会更有热情和抱负继续在写作、卖文的路上付出更多的努力、争取更多的成绩。因此，李渔大概是两者都有的，他的创作风格是被生计逼出来，但同时也是个人心态和性格的外化。总而言之，文人求官的价值观和财富上的成功在李渔的内心交织，他虽然选择了小说、戏曲创作作为自己成名的工具，以"打秋风"的生活方式获得常人难以企及的经济利益和社交关系，但他内心始终是不甘甚至是矛盾的。这也更加说明了李渔是一个极为复杂、特殊的文人，更是一个难以被忽略的存在。

五　从饮食书写看李渔的矛盾性及其审美独特性

　　如果我们将关注的目光转向《闲情偶寄》中李渔关于饮食的书写，便可以发现，李渔的矛盾性除了表现在其性格、创作等方面，在其饮食文观中也体现得十分明显。但是到目前为止，学界对这一问题的研究尚且比较有限，对于《闲情偶寄》"饮馔部"、"颐养部"及"器玩部"中涉及饮食书写的研究相对比较薄弱，就更不用说那些散落在其诗、词、小说等其他作品中的饮食书写片段了。

　　当然，前人对这一问题亦非从未涉足。曾有学者将李渔的饮食书写置于明代饮食文化发展的时代大背景中进行分析和定位；也有人从李渔的生活经历着手，对其"高等食客"的身份、长期"游食"于显贵之门的状态进行论述，分析其饮食思想形成的原因；还有一些学者从李渔饮食主张的特点出发，探讨其性格特征和主体心态；也有一些研究者从美学角度对其食材选择、饮食结构等具体主张进行总结评价，或将李渔与后代的袁枚等人的饮食观进行对比……虽然研究的角度不少，但共同的关注焦点无外乎是李渔饮食书写的特点，得到的结论也比较单一，大都千篇一律称赞其饮食主张高雅精致、尚新求奇、以自然为宗，具有浓郁的美学色彩与文化内涵、追求养生之道等，认为这些构成了李渔颇具特色的饮食思想体系。

对李渔饮食书写的研究绝不应当止步于此。在研究中笔者发现，鉴于李渔个人身份的复杂性，他的饮食书写出现了比较多重的面向——从文化属性而言，李渔可被归类于士大夫知识分子，享有相对较高的社会声誉；从经济水平而言，他又仅能隶属于普通的市民群体，在日常生活（尤其是涉及到饮食生活）的消费中并不占有绝对优势。这一"士"、"民"身份的重叠使得他的思想呈现出一定的交叉性，具体到其饮食方面的主张中，会显得比较复杂甚至矛盾。因此，本章将会从饮食书写的角度入手，分析李渔的矛盾性和个人独特性。

（一）庖人之书——李渔与精英知识分子之矛盾

总体来说，李渔的饮食主张可谓十分考究，"如何吃"这件事在李渔的生活中已经由简单基础的食物烹饪方法、食物搭配指南上升到一种精神享乐、艺术体验的境界。这些主张一方面为他赢得了当时大众乃至后世很多人的认可，被归类为晚明闲情美学的一个重要组成部分；但另一方面，不得不说，他的某些主张与当时许多上层文人士大夫的倾向并不一致，在具体饮食书写的过程中明显呈现出一些与众不同之处，值得深入分析。

例如李渔鄙视具体的烹饪之法。在别人问及其《闲情偶寄》的饮馔部中为何没有烹饪之法时，他讥讽《食物志》等书为"庖人之书"："又有怪予著《饮馔》一篇，而未及烹饪之法，不知酱用几何，醋用几何，薤椒香辣用几何者。予曰：'果若是，是一庖人而已矣，乌足重哉！'人曰：'若是，则《食物志》、《尊生笺》、《卫生录》等书，何以备载此等？'予曰：'是诚庖人之书也。士各明志，人有弗为。'"在此，李渔用了"庖人"和"庖人之书"这两个词。在古代等级制社会中，庖人包涵"屠夫"和"厨师"的意思，他们的地位通常很低，疏离政治中心，可以说是一个十分边缘化的社会角色，历史上很多遗留下来的文字记载中都流露出对"庖人"的轻视①，孟子劝说齐宣王行王道的时候就有"君子远庖厨"之说。李渔将以这种方法写书的人称为"庖人"，并将这些著作称为"庖人之书"，带有一定的贬义色彩。

但是值得注意的是，几乎在李渔提出"庖人之书"说的同一时期，仍有许多记载"酱用几何，醋用几何，醝椒香辣用几何"的食谱被刊行出来，如宋濂所著，成书于弘治 17 年的《宋氏养生部》；张岱

---

①　历史上很多文字记载都表达了对"庖人"这一社会角色的轻视和鄙夷，如《庄子·逍遥游》："庖人虽不治庖，尸祝不越樽俎而代之矣"，说厨师虽然不做祭祀的饭菜，祭祀官也绝不能越位来代替他。这是许由用以拒绝唐尧让贤给自己时所说的话，虽然这只是一个简单的类比，但从中也可以看出庄子对"庖人"这一职业的不以为然。《说苑·尊贤》中说："释父兄与子孙，非疏之也；任庖人钓屠与仇雠仆虏，非阿之也。持社稷立功名之道，不得不然也"，说不过分亲近父母兄长和子孙，并不是要疏远他们，任用厨师垂钓者和屠夫、仇人、奴仆也并不是要迎合偏袒他们，是为了治理国家、功成名就而不得不这样做。其中的"阿"和"不得不然"都表达出了一种曲从迎合，不得不这样做的意思，从中显示出他对于庖人等的嫌弃之意。《说苑·正谏》中记载，齐景公要求到晏婴家做长夜之饮，被晏婴婉言谢绝："夫布荐席，陈簠簋者有人，臣不敢与焉。"晏子说的"布荐席，陈簠簋者"，主要就是指庖人。言外之意就是说自己并非庖人，因此不能替君王准备酒席。虽然晏婴说这句话的目的是要以此为托词劝君王不要违背礼规沉溺于享乐，但他在强调自己不能超越职权范围的同时，已经在潜意识里将自己和庖人严格区别开来，由此可见其对庖人的轻视。《抱朴子·博喻》中也有"抱朴子曰：栖鸾戢鸞，虽饥渴而不愿笼委于庖人之室"，其中不无蔑视之意。

编写，成书于晚明的《老饕集》；名士高濂所写，成书于万历 19 年的《遵生八笺》(中的饮馔服食笺)；龙遵叙所写，成书于万历 24 年的《饮食绅言》；周履靖编写，成书于万历 25 年的《群物奇制》等，都有关于食材选择、用量、烹制方法详细而具体的论述。此类作品在当时不仅大量出现，而且它们大都出自当时的文人士大夫之手，宋诩、张岱、高濂等人都可归至当时公认的才子之列。由此可以看出，与李渔给予这一类书极低的评价不同，当时的文人对于食谱这类书籍是持肯定态度的。而紧随其后，社会上又出现了更为详细的食谱，如顾仲的《养小录》、朱彝尊的《食宪鸿秘》、李化南和李调元的《醒园录》、袁枚的《随园食单》，还有一本据推测是乾隆年间江南盐商童岳荐所撰，但最后成书于何人则待考证的《调鼎集》等，这些著作的问世和在坊间的流行情况，足以证明当时文人并不抗拒这种介绍具体烹饪之法的食谱，是正视"食谱"之功能的，而李渔却将它们称作"庖人之书"，可谓是李渔与当时文人在观念上的矛盾。

（二）自相矛盾——《闲情偶寄·饮馔部》中的细节探究

虽然将食谱之类的作品贬低为"庖人之书"的说法与当时其他文人、才子的观念不同，但李渔一再通过对这些作品的讥讽和贬低，来标榜自己有着高水准的文化人格。不仅如此，他的这类自我抬高之语还赢得了一些人的赞同，如周作人就曾评价"若以《随园食单》来与饮馔部的一部分对看，笠翁犹似野老的掘笋挑菜，而袁君乃仿佛围裙油腻的厨师矣"。

但从具体的饮食书写方面来看，李渔涉及到的很多烹调细节与其之前所定义的"庖人之书"的作者们、之后的袁枚等人差别似乎并不大，他的饮食书写虽然没有具体到"酱用几何，醋用几何，蒜椒香辣用几何"等细节，但内容同样涉及选材、分量、烹饪步骤、做法等，与他自己定义的"庖人之书"相比，只是五十步笑百步。如"饭粥"一节：

> 米用几何，则水用几何，宜有一定之度数。如医人用
> 药，水一钟或钟半，煎至七分或八分，皆有定数。

对于煮粥时水的用量、做法、时间都有涉及，虽然没有像其他食谱一般明确写出每种材料需要"几何"①，但同样表明了对食材、配料分量的重视。如果将李渔笔下的烹调细节和注意事项等与"庖人之书"作者们写作的同类内容进行对比，"五十步笑百步"之说可以得到更有力的说明。

以高濂的《遵生八笺》为例，作为被明确提及的"庖人之书"，其"饮馔服食笺"与李渔《闲情偶寄》的"饮馔部"有重叠之处，对比之后可以增加上述论点的说服力。例如同样是写"笋"，"饮馔服食笺"在"又笋鲊方"条中介绍晒笋干的过程和步骤：

> 春间取嫩笋，剥尽，去老头，切作四分大、一寸长块，
> 上笼蒸熟，以布包裹，榨作极干，投于器中，下油用。制造
> 与麸鲊同。

---

① 如《遵生八笺》中在谈及"粥"时常出现如"一瓯"、"半盏"、"一二匙"、"一升"、"三合"、"一两"等。

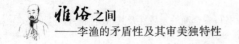

还在"又方"条中介绍了制作鲊笋的方法：

> 白萝卜、茭白生切，笋煮熟，三物俱同此法作鲊，可供。

在"晒淡笋干"条写道：

> 鲜笋猫儿头，不拘多少，去皮，切片条，沸汤焯过，晒干收贮。用时，米泔水浸软，色白如银。盐汤焯，即腌笋矣。

李渔同样提及"笋"：

> 食笋之法多端，不能悉记，请以两言概之，曰："素宜白水，荤用肥猪。"……白煮俟熟，略加酱油……，以之伴荤，则牛羊鸡鸭等物皆非所宜，独宜于豕，又独宜于肥……烹之既熟，肥肉尽当去之，即汁亦不宜多存，存其半而益以清汤，调和之物，惟醋与酒。此制荤笋之大凡也。

对比发现，关于笋的烹调，两书唯一不同的是李渔没有写"剥尽""去皮"等准备事项，但根据李渔自己对"庖人之书"的定义，两书同样涉及了烹调的方式、添加的调料、具体的做法，那么其本人的《闲情偶寄》又何尝不能算是"庖人之书"呢？

这样的例子并不在少数。如《遵生八笺》在谈及"胡萝卜菜"时这样写道：

取红萝卜切片，同切芥菜，入醋略腌片时，食之甚脆。仍用盐些少，大小茴香、姜、橘皮丝同醋共拌，腌食。

李渔在其"萝卜"中是这样写的：

生萝卜切丝作小菜，伴以醋及他物，用之下粥最宜。

对比一下就可以发现，与其说李渔的内容是像他所标榜的"未及烹饪之法"，倒不如说李渔只是简化了烹饪的具体步骤，没有罗列得那么详细。"萝卜"是食材，"生切""拌"是烹调方法，"醋及他物"是添加的调料，关键步骤与高濂相比并无区别。高濂笔下的"食之甚脆"是感官描写，李渔同样有"用之下粥最宜"一句描述主体的食用感受和感官体验，唯一的不同在于李渔直接用"他物"代替了高濂笔下详细的"大小茴香、姜、橘皮丝"等。由此观之，虽然李渔将《遵生八笺》贬低为"庖人之书"，但其本人的作品与所谓"庖人之书"差别不大，可谓五十步笑百步。

如果将高濂的"天门冬芽"条和李渔的"莼"条对比来看，所谓的"优劣之分"就更不明显了。"天门冬芽"条：

川芎芽，水藻芽，牛膝芽，菊花芽，荇菜芽，同上拌料熟食。

李渔的"莼"条是这样写的：

陆之蕈，水之莼，皆清虚妙物也。予尝以二物作羹，和以蟹之黄，鱼之肋，名曰"四美羹"。

对比可以发现，这两段文字差别不大，铺排方法也十分相似，都
是先罗列食材，再说明制作方法"拌"和"和"。这两段话即使出现
在同一部书中，大概也并不会让人觉得突兀。

再比如谈及鱼的制作方法时，"饮馔服食笺"中"蒸鲥鱼"条写道：

鲥鱼去肠，不去鳞，用布拭去血水，放荡锣内。以花
椒、砂仁、酱擂碎，水洒葱拌匀其味和蒸，去鳞供食。

李渔在其饮馔部提及"鱼"的时候将整个过程铺排得更为详细：

食鱼者首重在鲜，次则及肥，肥而已鲜，鱼之能事毕
矣……如鲟、如鳇、如鲫、如鲤，皆以鲜胜者也，鲜宜清煮
作汤；如鳊、如白，如鲥、如鲢，皆以肥胜者也，肥宜厚烹
作脍。烹煮之法，全在火候得宜……鱼之至味在鲜，而鲜之
至味，又只在初熟离釜之片刻……鱼之水忌多，仅足伴鱼而
止，水多一口，则鱼淡一分……更有制鱼良法，能使鲜肥进
出，不失天真，迟速咸宜，不虞火候者，则莫妙于蒸。置之
镟内，入陈酒、酱油各数盏，覆以瓜姜及蕈笋诸鲜物，紧火
蒸之极熟。此则随时早暮，供客咸宜，以鲜味尽在鱼中，并
无一物能侵，亦无一气可泄，真上着也。

将两部著作中对制鱼方法的描述相对比而言，反倒是李渔更强调
烹饪之法，更在意配料、火候等烹调必备条件，也就更符合他自己定

义的"庖人"特点。

对比两部著作中"面"的制作方法,这一点就可以得到更充分的说明。"饮馔服食笺"中提到"臊子肉面方"和"水滑面方",与"饮馔部"的"五香面"和"八珍面"做法十分相似。受篇幅所限,这里不具体引用"臊子肉面方"和"水滑面方"的内容,且看李渔的介绍:

> 五香者何?酱也,醋也,椒膜也,芝麻屑也,焯笋或煮蕈煮虾之鲜汁也。先以椒末、芝麻屑二物拌入面中,后以酱醋及鲜汁三物和为一处,即充拌面之水,勿再用水。拌宜极匀,擀宜极薄,切宜极细,然后以滚水下之……

需要的材料、做法、程序、操作步骤都已经介绍得极为详尽,介绍"八珍面"时亦是如此:

> 八珍者何?鸡、鱼、虾三物之内,晒使极干,与鲜笋、香蕈、芝麻、花椒四物,共成极细之末,和入面中,与鲜汁共为八种……鸡鱼之肉,务取极精,捎带肥腻者弗用,以面性见油即散,擀不成片,切不成丝故也……鲜汁不用煮肉之汤,而用笋、蕈、虾汁者……拌面之汁,加鸡蛋清一二盏更宜……

将八珍面所需材料、做法,甚至是每一个原材料的选取标准和搭配之道都叙述得十分详尽。

由此可见,所谓"庖人之书"的撰写方式,李渔自己并没有能够置身事外。因此,笔者认为,将是否记载"酱用几何,醋用几何,豉

椒香辣用几何"作为对饮食著述是否为"庖人之书"的考量只是李渔
为他人设置的标准，如果用这一标准反观他本人的创作，李渔也有被
称为"庖人"的嫌疑，毕竟他的作品中涉及具体、详尽的烹调之法的
例子比比皆是，颇为相似的内容和几乎相同的表述要点，是对自己提
出的评价标准的背离，可谓自相矛盾。

　　他的自相矛盾还体现在其他一些地方，如他一直对肉食持一种
鄙夷、讽刺却又不乏怜悯的态度，而这一态度在实际生活中却荡然无
存——他本人不仅没有戒肉，反而一再为自己食肉的行为找寻借口。
具体来说，他曾对"肉食者鄙"的说法表示认同，也曾饱含同情地批
判烹调鹅掌时方法的残忍①，但另一方面，却又出言狡辩说：

　　　　渔人之取鱼虾，与樵人之伐草木，皆取所当服，伐所不
　　得不伐者也。我辈食鱼虾之罪，较食他物为稍轻。

尤其是在谈及自己钟爱的蟹时，直接耍赖说：

　　　　即使日购百筐，除供客外，与五十口家人分食，然则入
　　予腹者有几何哉？

---

　　①　在《饮馔部》的"鹅"条中，李渔在提及别人残忍的食鹅之法后，曾用第
一人称直接表态："予曰：惨哉斯言！予不愿听之矣。物不幸而为人所畜，食人之食，
死人之事。偿之以死亦足矣，奈何未死之先，又加若是之惨刑乎？二掌虽美，入口即
消，其受痛楚之时，则有百倍于此者。以生物多时之痛楚，易我片刻之甘甜，忍人不
为，况稍具婆心者乎？地狱之役，正为此人，其死后炮烙之刑，必有过于此者"（李
渔.李渔全集：第三卷［M］.杭州：浙江古籍出版社，1991：251.）。

为自己食蟹找借口，完全不顾自己之前"肉食者鄙"的言论，其言与其行之间的矛盾十分明显。再比如"谷食第二"条：

> 食之养人，全赖五谷，使天止生五谷而不产他物，则人身之肥而寿也。

还说：

> 是止食一物乃长生久视之道也。

可到了后面谈及"面"的时候，自己又说：

> 本草云："米能养脾，麦能补心。"……然使竟日穷年止食一物，亦何似胶柱口腹，而不肯兼爱心脾乎？

这种自相矛盾的情况在《闲情偶寄·饮馔部》中比比皆是。

总之，李渔一方面设立各种"高标准"和"严要求"，苛刻地评价他人著作，但若以同样的标准来检测李渔自己的饮食作品和行为，可以发现：在其饮食著作中，李渔一直在写与"庖人之书"类似、同时也是被自己所否定的内容。此外，若对其在饮食方面的实际行为（或是其书中提及的行为）加以观照，亦可发现这些行为与其饮食书写中的主张的自相矛盾之处。

在这种"自相矛盾"的行为背后，李渔的动机似乎更值得思考。尤其是饮食著作方面，不屑人为却己为之的做法让人不禁莞尔。本书认为，这是李渔身上一个很明显同时也十分特别的地方，他很在意读者对自己的评价。是故，为了追求读者认同，李渔刻意塑造了一个与"庖人"相对的、不"油腻"的、与众不同的清高形象。说的更加直接一些，李渔将他人定义为"庖人"是有目的的，有借贬低他人来抬高自己的嫌疑。毕竟，如前文所述，李渔饮食书写的具体内容与其所谓的"庖人之书"并无本质区别，唯一较为明显的差异是，《遵生八笺》（包括后来的《随园食单》《调鼎集》等）都是简单直接、清晰明了的"食谱"，而李渔将烹饪方法和制作步骤、注意事项等融于自己感官体验的描写、主体感受的呈现以及个人情感的抒发，虽然增加了文本的艺术性和可读性，但多的只是一层包装，实际换汤不换药。

而笔者之所以将其动机归因为李渔在意自己在他人心目中的评价，线索其实来自于他本人在"糕饼"条中提出的说法："求工之法，坊客所载甚详，予使拾而言之，以作制饼制糕之印版，则观者必大笑曰：'笠翁不拾唾余，今于饮食之中，现增一副依样葫芦矣！'冯妇下车，请戒其始。"。由此可见，李渔在写作时是会预估读者感受的，他担心观者的嘲笑，看重读者的反馈，希望自己在读者心中是具有独特价值的，这是一个经济地位低下的没落文人为了维持自己社会地位所能够进行的最后挣扎。因而李渔力争求异，绝对不拾前人旧语，这一点不仅表现在其饮食书写中，在其戏曲、小说等创作方面也表现得十分明显，这一点前文已有论及。

（三）人间烟火气——与其它以清雅著称的食谱相较

如前所述，李渔称部分同类作品为"庖人之书"，难脱借贬低他人来抬高自己的"标榜之嫌"。那么，与代表"低俗"之意的"庖人之书"相比，他自己的饮食书写又是否高雅、脱俗呢？基于李渔对自己作品的高度评价，如"讲饮食清供之道者，皆不可不知也"，笔者选取以崇尚清淡著称的《本心斋食谱》和《山家清供》为例，与李渔《闲情偶寄》中的饮食书写相比较，会发现李渔的饮食书写具有明显的"人间烟火气"。

《本心斋疏食谱》开篇便言"本心翁斋居宴坐，玩先天易，对博山炉，纸帐梅花，石鼎茶叶，自奉泊如也。客从方外来，竟日清言各有饥色，呼山童供蔬馔。客尝之，谓无人间烟火气。"

这种"无人间烟火气"的饮食观是对自己清淡饮食生活的描写，饮食作为日常生活的一角，与玩味易经、床上围有画着梅花的纸帐、用石鼎沏茶等行为一起，增加了日常生活的诗意，是对作者闲适的生活姿态、深厚的气质修养、淡泊自适的价值取向的强调，因此"无人间烟火气"。而且客人的反应并不在作者关注的范围内，虽然客人们已经做出了十分正面的评价。

而且，本心翁在说完他推崇的素食二十品之后还专门补充了一句"或樽酒酬酢，畅叙幽情，但勿醯醋，恐俗此会。""畅叙幽情""免俗"等词语和意识的出现，意在强调不希望沾染丝毫浊气，希望自己的生命尽可能远离尘世纷扰，情致可嘉；"可羞王公，可荐鬼神，以之待宾，谁曰不宜？第未免贻笑于公膳候鲭之家，然不笑不足为道。彼笑吾，吾笑彼，客辞出门大笑，吾归隐几亦一笑，手录毕又自笑。乃万一此谱散在人间，世其传，笑将无穷也"可见，本心翁的食谱意在分享给"与味道腴者共之"，他不怕贻笑于公膳候鲭之家，不需要考虑社会评论，亦无需顾忌大众是否接受。

从这一点来说，李渔与本心翁是完全不同的。"饮馔部"这样开篇："吾辑是编而谬及饮馔，亦是可已不可已之事，其止崇俭啬，不导奢靡者，因不得已而为造物饰非，亦当虑始计终，而为庶物弭患。如逞一己之聪明，导千万人之奢欲，则……"可见，他虽然强调不导人以奢，但字里行间，可以看出他对于"导人"这件事是有一定心理预期的，很希望更多的人认可和接受他的饮食主张。也正是因此，他声称自己的饮食观"富有天下者可行，贫无卓锥者亦可行"，便于迎合生活水平和饮食条件各异的读者群体。

如在"饭粥"条中，李渔写道"予尝授意小妇，预设花露一盏，俟饭之初熟而浇之，浇之稍闭，拌匀而后入碗。食者归功于谷米，诧为异种而讯之，不知其为寻常五谷也。此法秘之以久，今始告人。"他人的"诧为异种而讯之"带给李渔"秘之以久"的优越感，"今始告人"更是有一种自鸣得意的炫耀心态。与本心翁笔下无目的、无欲求、字里行间无不透出超凡绝俗之感的饮食观相比，李渔似乎被反衬成了粗鄙的"庖人"。

接下来谈及将花露浇于饭之中时，李渔写道："行此法者，不必满釜浇遍，遍则费露甚多，而此法不行于世矣。止以一盏浇一隅，足供佳客所需而止。"与《本心斋食谱》中的惬意、自适之感不同，李渔发明这些饮食方法的目的似乎在于"炫奇"，源于无法抑制的虚荣心，哪怕"打肿脸充胖子"，他也要制作并且仅制作够客人品尝的分量。与本心翁的"免俗"情致截然相反，一个虚荣、拘谨、又精明的小市民形象跃然纸上。

当然，这里我们必须考虑到李渔作为市民阶层在经济能力上的局限性。受限于"无半亩之田，而有数十口之家，砚田笔未，止靠一人"的家庭环境，李渔不得不考虑更为经济实用的饮食之道。是故，他的饮食主张中偶尔会闪烁一点精明，带有一丝狡黠，明显带有"人间烟火气"①。

如果将《闲情偶寄·饮馔部》和《山家清供》中的食蟹场景进行对比，上述论点可以得到更好的说明。在《闲情偶寄·饮馔部》中，李渔这样写道：

> 每岁于蟹之未出之时，即储钱以待。因家人笑予以蟹为命，即自呼其钱为"买命钱"。自初出之日始，至告竣之日止，未尝虚负一夕，缺陷一时……所不能为汝生色者，未尝于有螃蟹无监州处作郡，出俸钱以供大嚼，仅以悭囊易汝。即使日购百筐，除供客外，与五十口家人分食，然则入予腹者有几何哉？

这段话一方面显示出了李渔的嗜蟹如命，另一方面也反映出受限于拮据的经济状况，李渔购蟹的经费紧张，无法大快朵颐的食蟹。反观《山家清供》：

> 幸有钱君谦益，惟砚存，复归于吴门。秋，偶过之……留月旬，每旦市蟹，必取其元烹，以清醋杂以葱、芹。仰之

---

① 其实这种市民的拘谨和实际在他向大家"推荐"或者说"展示"茶的相关之事时也有所体现，"至于香茶沁口，费亦不多，世人但知其贵，不知每日所需，不过指大一片，重至毫厘……别有一种，为值更廉……"（李渔.李渔全集：第三卷［M］.杭州：浙江古籍出版社，1991：124.）作为一个需要养活数十口之家的人，李渔无法避免的会涉及买茶所耗等现实经济问题，这就导致他无法像本心翁等人一样，具有脱离现实生活的"闲情雅致"，享受"无人间烟火气"的饮食生活。

以脐，少俟其凝，人各举其一，痛饮大嚼，何异乎柏手浮于
胡海之滨？……"举以手，不必刀"尤见钱君之豪也。

与李渔的"仅以悭囊易汝"不同，林洪等人食蟹的场景是"人各
举其一，痛饮大嚼"、"举以手，不必刀"，这是何等畅快！他还感慨
"何异乎柏（拍）手于渤海之滨！"洒然的风度不啻魏晋名士，心满意
足之情溢于言表。这样，回看李渔的作品，一个迫于生计，需要负担
全家生活经费的焦头烂额的市民形象就这样被呈现了出来。

再来看对烹蟹方法、场景的描写，《闲情偶寄·饮馔部》中是这
样描写的：

> 凡食蟹者，只合全其故体，蒸而熟之，贮以冰盘，列之
> 几上，厅客自取自食……旋剥旋食则有味，人剥而我食之，
> 不特味同嚼蜡，且似不成其为蟹与瓜子、菱角，而别是一物
> 者。此与好香必须自焚，好茶必须自斟，童仆虽多，不能任
> 其力者，同出理。讲饮食清供之道者，皆不可不知也。

而《山家清供》中就是上文提到的"必取其元烹，以清醋杂以
葱、芹。仰之以脐，少俟其凝"这样就可以吃了。比较一下可以看
出，《山家清供》中的食蟹方法是第一人称的主观叙述，豪爽地喝酒
吃蟹，议论纵横，是与朋友一起肆意享受美味的真实生活写照。而李
渔的"凡食蟹者"如何如何、"讲饮食清供之道者，不可不知也"等
句，显然是虚拟了文章的论说对象，整篇文章似是写给观看者的饮食
指南。这也再次验证了前文所述，李渔期待大众的认可和接受，是故
其饮食书写注定无法像本心翁或林洪一样仅仅作为日常高雅生活的一

角，从侧面呈现出生活中的闲适和雅意，而是具有不可避免的功利和实用的性质，带有"人间烟火气"。

是故，即使李渔将许多同类饮食著作称为"庖人之书"进行贬损，但通过与其他被公认以"清"、"雅"著称的作品相较，可以发现李渔的饮食书写并不如他想象般清雅，受限于作者本人的经济条件、出于笼络受众、追求性价比等现实考量，《闲情偶寄》未免多了一分刻意，少了一些自得；多了一些拘谨和功利，少了一些闲适和恬淡，总的来说内容新奇有余而高雅不足，颇具"人间烟火气"。

（四）感官描写——李渔与前人的区别和个人特点

对于在意读者评价、追求个人独特性的李渔而言，他的独特性离不开个性化的写作方法和语言。写作方法如前所述，是将烹饪方法、制作步骤和注意事项等融于自己感官体验的描写、主体感受的呈现以及个人情感的抒发，在一定程度上增强了文本的艺术性、趣味性和可读性；语言方面，就是用词特别，不拘一格，不仅形象生动，而且带有明显的个人特点。

如果我们对李渔之前的饮食类著作（或是日用类书中的饮食部分）进行细读，可以发现在其之前的作者们在进行味觉、视觉、触觉等方面的描述时，语言比较单一、直接。例如明中叶重新校刊出版的《居家必用事类全集》中，描写味觉效果时用的通常都是很简单的"脆美""酥美""酸甜得宜"等词，如《造脆姜法》："嫩生姜，去皮。甘草、白芷、零陵香少许，同煮熟，切作片子。食之，脆美异常。"

一句"脆美异常"就概括了自己品尝时的感官感受；又如《造豆芽法》："沸汤焯，姜、醋、油、盐和食之，鲜美。"再如《烧饼》："鏊上烤得硬，煻火内烧熟极脆美。"用到的形容词仅限于"鲜美"、"脆美"这类中规中矩的词语；即使是到了后来，弘治年间成刊的《宋氏养生部》中，在涉及味觉描述时，用词虽然比《居家必用事类全集》中的"美"要具体不少，但仍比较抽象，如《梅酥汤》："梅酥再研，作沸汤，调加蜜，酸甜得宜，饮。"又如《淡韭》："有温豆腐泔浸没老菜，遂作酸味可食。"还有其他一些描写味觉感受的词语如"味不苦涩"等；到了明中叶周履靖写作《群物奇制》时，味觉描写仍停留在对酸甜苦辣咸中规中矩的概括上，如"煎乌贼，研入酱同煎，不出水，且味佳。或入蜜最妙"、"藕皮和菱米食则软而甜"、"研芥辣用细辛少许，醋与蜜同研则极辣"、"红糟酸入鸭子，与酒则甜"、"同萝卜梗同煮，银杏不苦"；而高濂的《遵生八笺》虽然比前有所进步，但仍停留在"甜如蜜"、"味自甜"、"点汤甚香"、"柔脆可食用"、"香美加甚"、"香脆可食"、"色香味皆奇绝"等形容词上①。

李渔在感官描写方面与前人有明显的区别，他在描绘味觉时不仅使用了更为多样的词汇，还将味觉享受分了层次和等级，从这一角度而言，李渔无疑是更为敏锐和更富创造力的。《闲情偶寄·饮馔部》

---

① 高濂在其《遵生八笺》中用了许多以往并未使用过的词语来描述自己的感官感受，形容味觉感受如"取以点汤服之，妙甚"，"滚汤一泡，花头自开，如生可爱，充茶香甚""午间去花，点汤甚香""入供以咸菜为过，味甚佳""临食加醋和匀，食之甚美"等；形容视觉感受如"碧油煎出嫩黄深""取为末，如嫩草色""色碧，食之解暑""取嫩叶捣汁成粉，如嫩草郁葱可爱""供馔亦珍美"（高濂.遵生八笺［M］.成都：巴蜀书社，1992.）等。

的"肉食第三"条中有："食鱼者首重在鲜，次则极肥，肥而已鲜，鱼之能事毕矣。然二美虽兼，又有所重在一者：如鲟、如鳔、如鲫、如鲤，皆以鲜胜也。"由此可见，李渔认为食物的"鲜"是排名第一的，而"肥""甘""腻"等都排在其后。这种感官描述的复杂变化，一方面离不开明清时期经济的高速发展、物质的充裕富足、人们对感官享受的重视；同时也在另一方面反映了李渔可以充分利用自己的才华和鉴赏力，敏锐地表达自己对饮食的感受（大概也是要藉此实现彰显自己品位的目的），是与前人的不同之处。

　　此外，如果我们对李渔进行感官描写时使用的语言加以关照，会发现李渔选词造句时用词不仅十分具体，还具有明显的个人特点——常以美色作喻，情色描写居多。在其《零星水族》中描写"海错之至美，人所艳羡而不得食者"的"西施舌"时，说其"白而洁，光而滑，入口哑之，俨然美妇之舌"，直接将自己品尝时的味觉感受与"美妇之舌"联系起来。而同样是味觉描写，如前文所述，在李渔之前作家们的著作中，或是很少提及，或是用词比较单一抽象，几乎很少会有作者像李渔那样直接写食物味道"俨然美妇之舌"，充满情色意味。在对食物的外观进行描写时，李渔更是以美色为喻，如《笠翁一家言文集》的《荔枝赋》中说荔枝"莹同冰雪之肤，娇若芙蓉之面"；在《笠翁一家言诗词集》中赞杨梅"红肌生粟初圆日，紫晕含浆烂熟时。醉色染成馋客面，余涎流出美人脂"等，虽然生动形象，但色情意味浓厚，语言较为低俗。而这种情况并不仅限于其饮食书写，在其他作品中，李渔更是多次直接写出诸如"竹音娇似肉，相见唇如玉"之类的句子……美人、肌肤、唇舌等情色意象多次出现在他的著作中，占有较高的比重。

　　总括而言，本章认为，通过对李渔饮食书写的梳理，将其与同一时期的文学、饮食家进行对比，我们可以发现，作为一个介于精英阶层文人士大夫和普通市民群体之间的特殊存在，除了其文学创作和文化人格的特殊性之外，李渔的饮食书写亦有十分明显的复杂性。而这个复杂性主要就体现为一种"矛盾"。

具体来说，他的有些观点与同一时期其他精英阶层的文人所秉持的观点并不一致，是不同甚至是矛盾的。如果从细节处着手进行对比，往往高下立判。其次，李渔的饮食行为与其声称的饮食主张和评价标准是自相矛盾的，如果将他用于评价他人的标准，以及攻击其他人的准则应用于他自己身上，会发现李渔自身的一些问题。

当然，李渔在饮食书写上所取得的成就和特色是绝对不容忽视的，如创新求奇、标新立异、文化内涵丰富，等等。而且，李渔与同时期其他精英阶层的文人士大夫一样，都在一定程度上带有所处时代的特有色彩，如重视饮食生活的高雅精致、强调自己的饮食主张清淡脱俗等。本章的意义在于从一个崭新的角度对李渔的饮食文观进行梳理，提出了李渔饮食书写的一个新特点：矛盾——这是对目前李渔研究的贡献和创新之处。因而，当笔者在比较的思维模式下对李渔饮食书写的内容进行文本细读，便会发现，其饮食书写相对而言是家常有余而清雅不足的，使用的语言和比喻等艺术手法有明显的个人独特性。从这一角度而言，我们对李渔饮食书写的评价应当更为全面和辩证。笔者希望这一观点可以为丰富李渔饮食书写的研究提供一个新的思路。

结语

　　明清之际是社会的转型期，特殊的政治、经济和文化环境，塑造出了一批备受瞩目同时也颇易于引发争议的人物，李渔便是其中之一。作为历史上著名的文学、戏剧、生活、艺术大师，李渔的特别之处在于他的"思想明显渊源于晚明的个性享乐之风，又受到明清之际特定政治、经济、文化诸条件因素的制约而发生了某种变异，并在其个人的生存环境、生存方式以及资禀个性的因缘下，最终形成了复合、复杂而又独特的形态结构。"

　　近年来学者对于李渔的关注度逐渐增加，从各个角度进行的分析都逐渐展开，但研究仍然较为分散。具体来说，虽然当前研究对其生活态度、思想人格、戏曲理论、小说创作、闲情美学、饮食思想等方面都有涉及，但始终缺乏对李渔审美独特性的整体解读，更没能从整体的角度将李渔与同时代其他文人的生活方式和艺术创作进行对比分析。但这显然是必要的，因为与其他人相比，李渔的特殊性正基于其与众不同的复杂性——从文学创作角度而言，他到底是浪漫文人、通俗文学作家，还是哗众取宠的市井文人、低俗不堪的封建文人、自我吹捧的创作者？从处世态度而言，他是风流才子、山人清客、清初遗民、献媚邀宠的"帮闲文人"，还是自我推销的文化商人？从艺术和美学角度而言，他是饮食文学的先锋、生活美学的集大成者、炫耀才识的乞求认同者，还是回归世俗的流行制造者？李渔似乎什么都是，又似乎远不止于这些。那么他应当被如何分类？这种分类又意味着什么？思考这些问题都需要我们从更宏观的角度，把李渔放在一个更广阔的讨论空间内进行解读。值得注意的是，这种整体的解读不仅对我们更准确的认识、定位李渔有所帮助，更有利于我们对其所处时代及其特征有更准确的理解和判断。

本书从对"雅"的态度、作文和为人的独特性、以及饮食书写这三个主要方面进行探讨，以李渔的诗文作品、戏曲小说、美学论著等为材料，分析李渔的独特性所在。

从对待"雅"的态度而言，李渔在一定程度上承续了晚明世风，很多观点和主张都与晚明大多数风雅文人十分相似，例如他一直以雅人韵士自居，将日常生活中常见的、琐碎的、繁杂的、平庸的事物统统视为"俗"，期待着有朝一日可以"休萦俗事催霜鬓，且制新歌付雪儿"，他甚至曾言"但求远市廛，不为尘俗侵"，由此可见李渔对"雅"的追求和对"俗"的摒弃，这与同时期其他风雅文人是一致的。是故，以往学者研究的关注点大多集中于他作为"风雅文人"对"雅"的推崇和向往，认为即使李渔曾投身通俗文学创作，也做出过许多商业化的务实行为，但这些都是带着雅人逸士的感觉的，只是出于"营运资生"的需要，打抽丰、经营芥子园书铺等也更多的是属于发展文化周边产业，是"俗中见雅"的。总之就是认为即使他作为"雅士"的外在标志略显模糊，但其行为并未脱离文人趣味，是可以被归于文人风雅的格调范围之内的。但是本书通过对晚明时期"雅"概念的分析、归纳与对比，对以上观点提出了修正：晚明人士认为的"雅"包括"古""合宜""素""清"四个方面的内涵，而李渔只对其中的"古""合宜"和"素"三方面的内涵进行过明确的认同。不仅如此，李渔观念中与"雅"相连的"古""合宜"和"素"与同时期大多数风雅文人观念中的概念并不相同，虽然看似都在提倡"雅"，但"雅"的内涵、适用范围、提倡雅的动机以及"雅"背后的深层意义等早已悄悄发生了改变，他的某些主张与同时期大多数风雅文人不仅不同，甚至可以说是矛盾的。

此外，于风雅文人而言，"雅"的实现离不开特殊的（相对与世隔绝的）生活环境、充裕的经济条件、自得的内在心态、高尚的精神追求以及脱俗的审美情操等，而李渔在生活中却并不完全具备崇"雅"的现实条件。具体来说：首先，这种"雅"需要一定的经济基础、社会条件和生活保障，即"心无驰猎之劳，身无牵臂之役"，只有这样，才能真正做到"避俗逃名，顺时安处"。其次，这种"雅"具体表现为一种难能可贵的"闲雅"。谢肇淛在其《五杂组》中曾写道："所谓闲者，不徇利，不求名，澹然无营，俯仰自足之谓也。"强调一种"自足""怡然自得"和"淡然处之"之意，并不需要其他人的赞同或认可。从这个角度而言，一辈子贫困潦倒，为了维持生计四处奔走，逐利于达官贵人之门，极力迎合市民欣赏水平和市场需求的李渔显然不具备这样的条件，因此，李渔和同时期的风雅文人是不同的。也正是因此，虽然李渔一直强调自己对"雅"的追求，标榜自己为"风雅功臣"，但他的作品中总是不经意地带给读者"不雅"、甚至是"俗"的阅读体验。

值得注意的是，无论是对于李渔还是对于同时期大多数风雅文人而言，他们的"雅"都是为了进行身份区分而被刻意强调出来的——当晚明商品经济取得了迅猛的发展，巨商富贾通过生产、流通和消费为自己赢得了巨大的财富和无可替代的经济地位时，他们便开始尝试以经济能力置换政治和文化方面的权利，例如介入文化领域附庸风雅。这些情况直接导致了文人阶层的焦虑和不安。因此文人阶层通过对"雅"概念的重构，来强化自身话语权和身份地位，弥补本群体业已丧失的阶层优越感。也正是因此，他们所定义的"风雅"是颇具主观性的，带有文人阶层独特的审美，目的在于划分自己与"粗俗的"市民阶层和"庸俗的"达官显贵之间的距离——这一点是李渔与其他提倡风雅的文人的相似之处。而李渔的独特性在于，他一直抱着一种"和而不同"的态度，以提出"优于"[①] 大多数风雅文人的主张为乐趣，刻意创新求奇，似是以自己的"与众不同"来标榜和彰显自己更为风雅。而且不同于大多数风雅文人在著作中常进行的高雅脱俗的自我表达，追求精神的超脱与享受，李渔更多的是抱着一种引导性的态度对大众进行劝说，颇具教导和劝告之意，各种主张明显具有普适性，是有预设观众和阅读对象的刻意标榜。虽然打着"脱俗""风雅"的旗号，但仍不乏"适俗"之举，言行并不完全一致。

从作文的角度而言，李渔的主要精力并没有放在长久以来传统文人最为重视的、同时也是官方一直以来最为认可的传统文体如诗、词、文的创作，而是以诗词文创作为辅，以小说、戏曲创作为主，并使用白话文进行写作，这是他与同时期传统知识分子的差异和区别。在具体写作过程中，李渔虽然对以往的话本小说形式有所继承，但更多的是创新，他根据市场需求和大众喜好写出了大量拟话本小说，供街头巷尾读者的阅读和戏剧舞台的搬演。也是出于迎合市场需求和大

---

① 李渔认为自己的主张优于其他人，比其他人更好。如前文所提，他认为其他人的饮食类著作"是诚庖人之书也"。而自己不屑为此，"士各明志，人有弗为"。但实际上，这是见仁见智的。

众喜好的考量，他的作品普遍通俗化，颇多贴近日常生活的人情故事，不仅创作目的、写作风格和内容选取等与传统文人不同，而且与自己在《闲情偶寄》中提出的戏曲理论也颇多自相矛盾之处：如提倡戏曲创作"戒淫邪"而具体实践却颇多"恶趣味"；戏曲理论中要求"戒荒唐"，实际创作时却有颇多情节"索诸见闻之外"；又如要求戏曲创作应当"说一人，肖一人"，追求"无我之境"，而自己的传世作品却偏偏都带有明显的主观色彩，不仅在开首或结尾加入自己的劝戒之意，还会在故事情节的设置，人物归宿的安排上掺入自己的主观态度……诸如此类问题都可以看出李渔言与行之间的矛盾。

从为人的角度而言，李渔的人生道路选择与同时期文人也不尽相同：就谋生方式而言，他放弃了传统文人普遍选择的、可以光宗耀祖的康庄大道——科举。这意味着他同时也放弃了对科举所代表的政治权力的追求，转而走上了亦文亦商的人生道路，但他从未疏离或排斥过主流社会观念。从政治立场而言，他既有对保有遗民气节之人的称赞，也不乏对变节降清之友的宽容和理解。从个人心态的角度而言，他既安于现状、自我满足，常有自我称赞和自我抬高之语，但又从未摆脱仕途未就的苦闷、未能实现更大抱负的失落和不得不安于现状的不甘。从自我评价的角度而言，他既标榜自己为"风雅功臣"，认为自己能够借戏场来"维节义""为大众慈航"，令"当世耳目为我一新"，但另一方面又说自己"于世无损益"，与正人君子们相比，"形容自愧""面目堪憎""有目羞瞪。"看似既自豪又谦虚，实则对自己的选择充满犹豫、内心纠结，自我矛盾。而这一点，从其一边跟别人吹嘘自己的创作"有裨世道不浅"，一边在诗中愧叹自己"无裨于人心世道"；一边让自己的儿子努力考科举，并费心帮其联络一边自嘲自己此举乃"老来颜面厚如初"可以得到更有力的说明。

　　从饮食书写的角度而言，与同时期的饮食著作如《宋氏养生部》《老饕集》《遵生八笺·饮馔服食笺》《饮食绅言》《群物奇制》等相比，李渔的饮食主张有颇多与众不同之处。例如，不同于当时大多数文人对介绍具体烹饪之法的食谱之正视和认可，李渔将它们归类为"庖人之书"，认为写作这些内容的作家是应该受到鄙视的——他这样做的目的更多的是要通过对他人的攻击和贬低来抬高自己的地位，强调自己的品味；又如，将饮食相关的内容融于自己感官体验的描写、主体感受的呈现以及个人情感的抒发，在一定程度上增强了文本的艺术性、趣味性和可读性，有利于为读者制造一种"身临其境"之感，这是同时期其他此类书籍的作者未能做到的；再如，李渔在语言的使用方面，不仅使用了更为丰富的词汇，还将味觉享受分了层次和等级，敏锐而富创造力，具有明显的个人特点……诸如此类的种种特征都是李渔的独特性所在。此外，李渔的饮食文观还有一个尤为明显、不容被忽视的特点，便是自相矛盾，如一方面赞同肉食者鄙的言论，另一方面为自己的食肉行为找寻借口；一方面嘲笑他人作品为"庖人之书"，烹饪细节兼备，另一方面在自己的书中同样细致地介绍了配料、火候、烹饪方法等，五十步笑百步。

　　综合以上，当我们结合李渔的性格、作品、人生道路选择及处世方式，并将这些与其同时期文人加以对比时可以发现，李渔的文化人格、人生志趣、审美心态、艺术思想、政治态度等都具有明显的独特性，而所有的这些独特性都有一个共同的指向——矛盾。他身上的这种矛盾既包括李渔和当时持同类观点的风雅文人或传统文人的矛盾，更包括李渔自己言行之间的自相矛盾。

　　孙楷第先生曾经指出，李渔本身性格是"好为矫异"的。他的性格和喜好决定了他不会如传统文人一般一味地汲汲于功名、流连于政坛，但他从小受到的儒家思想的教育和影响又让他非常明晰社会对士人的期待，不甘于功名无望。也正是因为此，他或是出于"顺心而动"之情，或是出于"曲线救国"之意，亦或是出于对"数十口之家"现实经济需求的考量，他将事业的重心从政坛转向商场，从治国平天下转向生活美学、小说和传奇戏曲的创作，在为自己赢得社会追捧的同时，将自己塑造成了"雅"的定义者和维护者、通俗文学的提倡者和奠基者、时尚的先锋和流行的风向标。

如果我们放眼望去，便不难发现李渔的纠结其实是那个时代很多文人共同的纠结，而他的矛盾，也是那个时代每一位经历了鼎革和动荡的士人都共同需要面对的，社会期望和个人选择之间的矛盾；延续了几千年的传统经邦济世宗旨下士人对传统道德准则的维护、对立德立功的渴望与历史巨变导致的活跃社会风气、个性思潮解放之间的矛盾；是城市文化和商品经济的发展对原有社会结构产生冲击和传统文人阶层拒绝地位被撼动的矛盾。而李渔的可贵之处就在于，他不仅审时度势，而且对自己有清晰的认识和明确的规划，果断放弃了文人阶层一直以来热衷的政治游戏，不再迎合，亦不会逃避，而是根据自己的能力和需求进行判断，在立德、立功无门之后选择了立言，走上了自己擅长的亦文亦商之路。他采取了颇为有效的权宜之举，表面上看是个人选择，但实际上是生活所迫，更是大势所趋①。因此，与其说他活得精明市井，倒不如说他活的清楚明白，特立独行。这是他在当时和上一个世纪受到社会抨击和指责的原因，也是近年来他受到后人赞

---

① 此处"大势所趋"是指李渔做出这样的人生选择是外部社会环境和内部个人追求共同作用的必然结果，即使李渔日后多次声称对自己的选择"有愧"，却未必有悔，再给他一次重新来过的机会他未必会做出不一样的选择。

叹和追捧的缘由。

其实李渔的"矛盾"远不止于此，拿小说戏曲来说，如果读者将其创作理念、创作目标、创作内容、实际效果等结合起来考虑，还会发现许许多多的矛盾之处。如其内容设置和处理方式的矛盾：作品既有对现实的揭露和讽刺，同时也不乏对实际问题的回避和对黑暗现实的粉饰；既有情真意切、嬉笑怒骂之语，也不乏虚情假意、道德劝诫的生硬说教。又如创作意图和实际效果之间的矛盾：李渔在作品中力求粉饰太平，多有劝世讽喻之语，但在现实生活中，其作品却无法摆脱"蛊惑世道人心"的恶评及遭禁的待遇；又如对天命和鬼神态度的矛盾：一方面在自己的诗词或给他人的信件中说自己不信天命和鬼神（如《回煞辩》等），但另一方面却将自己的科举失利等不幸遭遇归因于命和天，如"才亦犹人命不遭"等，还在多篇小说中借鬼神之力营造天理昭彰的结局，可谓自相矛盾。再如具体作品中明显的论述矛盾：《男孟母教合三迁》中，先是描写了两人的痴情和许季芳死后尤瑞郎对其子几十年如一日的付出，让两人在责任和道义上都无法被指摘，后来许季芳的儿子"把瑞娘待如亲母，封为诰命妇人……就是死后，还与季芳合葬，题曰：'尤氏夫人之墓'。"还说"这许季芳是好男风的第一个情种，尤瑞郎是做龙阳的第一个节妇，论理就该流芳百世了。"对两人之间坚定而崇高的同性情谊表达了感动和赞许，但却又在结尾处笔峰一转："如今的人，看到这回小说，个个都掩口而笑，就像鄙薄他的一般。这是甚么原故？只因这桩事不是天造地设的道理，是那走邪路的古人穿凿出来的，所以做到极致的所在，也无当于人伦。"一改之前的歌颂与赞扬，对两人之间的同性情谊表达了明确的反对，还说"我劝世间的人，断了这条斜路不要走，留些精神施于有用之地，为朝廷添些户口，为祖宗绵绵嗣续，岂不有益！为什么把金汁一般的东西，流到那污秽所在去？"对这一南风事件的态度可谓前后矛盾。再如李渔一面强调自己是"风雅功臣"，可另一方面语言浅陋粗俗，颇为直白、露骨。此外，还有李渔行事心态和面对现实情况时的矛盾：他有时愤世嫉俗、不屑功名、狂傲不羁，有时却又循规蹈矩、谨小慎微、战战兢兢；又如作为一个打抽丰赚钱的商人，他原本应该是奸猾、老道、利益至上的，但当他看到友人为了资助他而典当自己的物品时，心下又颇有愧疚之意，觉得自己"累人不浅"："昨有馈书十二金，渔往谢而值其不在，见有赘券一张，伏于砚石之下。取而阅之，则所典之镪数，适与所馈相符，始之贫士之交，累人不浅。"再有李渔对于女性态度的矛盾，他一方面认可女性的才华，对女子的智慧赞赏有加（这一点在其《闲情偶寄》中①和多篇小说、戏曲的女主人身上均有体现）充分肯定女性的价值，具有明显的进步色彩，但是另一方面又站在男权至上的视角对女性进行着束缚和限制。对婚恋的态度亦是如此，他一方面大力赞赏男女的真挚爱情，强调恋爱自由和婚姻自主，表现出明显的进步性；另一方面却又多次明确提倡一夫多妻制，鼓吹封建主义的伦理道德，强调妇女的贞操观念、要求她们守节抚孤。又如他一方面可以判断出并且坚持走好一条与常人不同，但更适合自己的人生道路，可谓十分理性，但另一方面却一直沉溺于对纵情享乐的过度追求，甚至可以说是对自己个人欲望的极大放纵……正是这些一直以来并存在他身上的种种矛盾，使得他既经历着大众市场的肯定，同时也遭受着社会卫道士的冷眼与鄙视。

---

① 李渔并不赞同"女子无才便是德"的说法："才德二字，原不相妨，有才之女，未必人人败行，贪淫之妇，何尝历历知书？"（李渔.李渔全集：第三卷［M］.杭州：浙江古籍出版社，1991：142.）他认为女子的才有利于她的德。

　　"齐家、治国、平天下"，"先天下之忧而忧、后天下之乐而乐"等是传统社会对于儒家知识分子的要求与期待，但社会的巨变、残酷的现实让这种儒家理想的实现变得极为艰难。早年参加科举、致力八股的李渔想必一定也有过这样的思想抱负，但特殊的历史时期，鲜明的个性特点让李渔做出了最为实用的选择。于是，他的现实人生便与社会对儒家知识分子的期待渐行渐远，这种"渐行渐远"的结果作用于李渔这一个体身上，便表现出无处不在的矛盾——这些矛盾让他与具有高尚道德的传统精英文人拉开距离，同时也正是这些矛盾，使李渔没有彻底的沦为唯利是图或恶俗不堪的狡猾商人，而是成为一个亦正亦邪、亦文亦商、亦雅亦俗、亦理智亦随性的"风雅文人"。可以说，在这样特殊的历史时期，李渔身上的种种矛盾都是自然而然形成的，这是他想尽办法应对社会束缚和经济困境的必然。因此，从更宏观的角度而言，李渔身上的种种"矛盾"其实代表着这一时期知识分子的无奈与反抗，体现着作为特殊时期历史见证者和应对者的自觉。

　　总而言之，无论是李渔在其有生之年获得的恶劣评价，或是20世纪50年代之前学界对其浅薄、低俗的贬低性定位，亦或是20世纪50年代之后的亦褒亦贬、评价不一，又或是近年来研究者对李渔的赞赏、美化和拔高，一直将其奉于喜剧大师、文学大家之位……不同时期的学者对李渔的评价虽然不尽相同，但大家对李渔的好奇却从来没有过中止。撇去雅俗、褒贬、称赞或批评、主观拔高或刻意贬低不谈，本书希望通过将时人和李渔的文学主张、艺术追求、文化审美、个人品格、思想行为等进行分析和对比，指出李渔这位游走于社会规则之外的形象与当时大多数文人的不同之处；与此同时，探寻他保持自己作为文人的心理优势的种种途径和方法，进而阐释其身上一个虽然显著却从未被详细分析的特点——矛盾。

主要参考文献

中文著作

白谦慎.傅山的世界——十七世纪中国书法的嬗变［M］.上海：生活·读书·新知三联书店，2006.

笔记小说大观［M］.扬州：江苏广陵古籍刻印社，1983.

曹丕.典论［M］.北京：中华书局，1985.

陈从周，蒋启霆，选编.园综［M］.上海：同济大学出版社，2004.

陈达叟.中国烹饪古籍丛刊：吴氏中馈录·本心斋疏食谱［M］.北京：中国商业出版社，1987.

陈继儒.小窗幽记［M］.上海：上海古籍出版社，2000.

陈乃乾.曲苑［M］.海宁陈氏影印本，1921.

虫天子.中国香艳全书［M］.北京：团结出版社，2005.

丛书集成初编［M］.上海：商务印书馆，1935-1937.

丛书集成续编［M］.上海：上海书店出版社，1994.

戴健.明代后期吴越城市娱乐文化与市民文学［M］.北京：社会科学文献出版社，2012.

董含.三冈识略［M］.沈阳：辽宁教育出版社，2000.

董其昌.画禅室随笔［M］.南京：江苏教育出版社，2005.

伏涤修.西厢记资料汇编［M］.合肥：黄山书社，2012.

傅承洲.李渔话本研究［M］.南京：凤凰出版社，2013.

高濂.遵生八笺［M］.成都：巴蜀书社，1992.

古本小说集成［M］.上海：上海古籍出版社，1994.

郭英德.明清文人传奇研究［M］.杭州：浙江古籍出版社，1991.

郭英德.明清文学史讲演录［M］.广西：广西师范大学出版社，2005.

胡应麟.少室山房笔丛［M］.上海：上海书店出版社，2009.

华阳散人.鸳鸯针［M］.沈阳：春风文艺出版社，1985.

黄果泉.雅俗之间——李渔的文化人格与文学思想研究［M］.北京：中国社会科学出版社，2004.

黄云眉.鲒埼亭文集选注［M］.济南：齐鲁书社，1982.

黄宗羲.黄宗羲全集［M］.杭州：浙江古籍出版社，1985.

计成.园冶注释［M］.北京：中国建筑工业出版社，1988.

江竹虚.小说考证［M］.上海：上海古籍出版社，1984.

景印文渊阁四库全书［M］.台北：中国台湾商务印书馆，1983-1986.

孔丘.元中华经典藏书·论语［M］.北京：中华书局，2006.

兰陵笑笑生.金瓶梅［M］.张竹坡，评.香港特别行政区：文乐出版社，1974.

李伯重.江南早期的工业化［M］.北京：社会科学文献出版社，2000.

李渔.李渔全集［M］.杭州：浙江古籍出版社，1991.

李玉.北词广正谱［M］.台北：中国台湾学生书局，1987.

历代戏曲目录丛刊［M］.扬州：广陵书社，2009.

林洪，章原.山家清供［M］.北京：中华书局，2015.

凌濛初.二刻拍案惊奇［M］.海口：海南出版社，1993.

刘传鸿.〈酉阳杂俎〉校正：兼字词考释［M］.北京：北京大学出版社，2014.

罗贯中.三国演义［M］.北京：人民文学出版社，1979.

罗筠筠.华夏审美风尚史［M］.郑州：河南人民出版社，2000.

毛亨.十三经注疏·毛诗正义［M］.北京：北京大学出版社，1999.

毛文芳.晚明闲赏美学［M］.台北：中国台湾学生书局，2000.

冒辟疆.冒辟疆全集［M］.南京：凤凰出版社，2014.

瓶花谱.瓶史［M］.北京：中华书局，2012.

钱谦益.牧斋初学集［M］.上海：上海古籍出版社，1985.

清实录［M］.北京：中华书局，1985.

任中敏.任中敏文集［M］.南京：凤凰出版社，2015.

沈德符.万历野获编［M］.北京：中华书局，1959.

四库禁毁书丛刊［M］.北京：北京出版社，2000.

四库全书存目丛书［M］.济南：齐鲁书社，1997.

唐圭璋.词话丛编［M］.北京：中华书局，1986.

唐壬森.浙江省光绪兰溪县志［M］.台北：成文出版社有限公司，1974.

陶宗仪.说郛三种［M］.上海：上海古籍出版社，1988.

屠隆.考槃馀事［M］.北京：金城出版社，2012.

王骥德.曲律［M］.长沙：湖南人民出版社，1983.

王利器.元明清三代禁毁小说戏曲史料［M］.上海：上海古籍出版社，1981.

王辟之，欧阳修.渑水燕谈录 归田录［M］.北京：中华书局，1981.

王士性.广志绎［M］.北京：中华书局，1981.

王思任.王季重十种［M］.杭州：浙江古籍出版社，2010.

文震亨.长物志校注［M］.南京：江苏科学技术出版社，1984.

吴承恩.西游记［M］.北京：人民文学出版社，2005.

吴其贞.书画记［M］.北京：人民美术出版社，2006.

夏基.隐居放言［M］.翰墨林，清康熙癸酉，1693.

谢肇淛.五杂组［M］.上海：上海古籍出版社，2001.

徐保卫.李渔传［M］.天津：百花文艺出版社，2011.

许仲琳.封神演义［M］.北京：北京图书出版社，2001.

续修四库全书［M］.上海：上海古籍出版社，2002.

余英时.士与中国文化［M］.上海：上海人民出版社，2013.

袁宏道.袁宏道集笺校［M］.上海：上海古籍出版社，1981.

臧懋循.元曲选［M］.北京：文学古籍刊行社，1995.

张岱.陶庵梦忆 西湖梦寻［M］.上海：上海古籍出版社，2001.

张俊.清代小说史［M］.杭州：浙江古籍出版社，1997.

张晓军.李渔的创作论稿——艺术的商业化和商业化的艺术［M］.
北京：文化艺术出版社，1997.

赵尔巽，等.清史稿［M］.北京：中华书局，1977.

赵敏俐，吴思敬，王小舒.中国诗歌通史·清代卷［M］.北京：
人民文学出版社，2012.

中国古代乐论选辑［M］.北京：人民音乐出版社，1981.

中国古典戏曲论著集成［M］.北京：中国戏剧出版社，1982.

中国美学史资料选编［M］.北京：中华书局，1981.

周作人.苦竹杂记［M］.石家庄：河北教育出版社，2002.

诸子集成［M］.上海：国学整理社，1935.

张廷玉等.《明史》，北京：中华书局，1976.

谷应泰.《明史纪事本末》，北京：中华书局，1977.

汤纲、南炳文.《明史》，上海：上海人民出版社，1985.

戴逸.《简明清史》，北京：人民出版社，1980.

冯天瑜等.《中国文化史》，上海：上海人民出版社，1990.

牟复礼等.《剑桥中国明代史》，北京：中国社科院出版社，1990.

北京大学中文系.《中国小说史》，北京：人民文学出版社，1978.

［美］韩南.《中国白话小说史》，杭州：浙江古籍出版社，1989.

夏志清.《中国古典小说导论》，合肥：安徽文艺出版社,1988.

杨义.《中国古典小说史论》，北京：中国社会科学出版社，1996.

孙楷第.《中国通俗小说书目》，北京：人民文学出版社，1982.

胡士莹.《话本小说概论》，北京：中华书局，1980.

孙逊.《明清小说论稿》，上海：上海古籍出版社，1986.

刘敬圻.《困惑的明清小说》，哈尔滨：黑龙江人民出版社，1990.

鲁德才.《中国古代小说艺术论》，天津：百花文艺出版社，1987.

全汉昇.《明清经济史研究》，台北：联经出版社事业股份有限公司，2009.

［美］韩南.创造李渔［M］.杨光辉，译.北京：中央编译出版社，2010：176.

［美］张春树（Chang Chun-shu），［美］骆雪伦（Lo Shelley Hsueh-lun）.明清时代之社会经济巨变与新文化［M］.王湘云，译.上海：上海古籍出版社，2008.

［英］柯律格.长物——早期现代中国的物质文化与社会状况［M］.高昕丹，陈恒，译.上海：生活·读书·新知三联书店，2015.

中文论文

杜文平.从《闲情偶寄》看李渔的自我矛盾性［D］.青岛：中国石油大学硕士论文，2011.

乔衍琯.乾嘉时代旧书价格及其买卖——读菦圃藏书题识札记［J］.大陆杂志，1963（27）.

单锦珩.李渔的心声：读〈笠翁诗集〉［J］.读书，1981（9）.

沈津.明代坊刻图书之流通与价格［J］."国家图书馆"馆刊，1996（1）.

英文专著

Quentin Bell. On Human Finery［M］. London：Allison & Bushy，1947.